SELTSAME VÖGEL
FLIEGEN
VORBEI

KETO VON WABERER

SELTSAME VÖGEL FLIEGEN VORBEI

BERLIN VERLAG

SELTSAME VÖGEL FLOGEN

Und alles kommt zurück
besonders nachts, als wüßte es etwas
von mir, das ich nicht weiß:
die alte braune Pension
am Eisenbahnviadukt,
das Sägewerk mit seinen dampfgetriebenen Sägerahmen,
die manchmal am hellichten Tag
so sonderbar klagende Laute von sich gaben,
der See mit treibenden und halb versunkenen Stämmen.
Irgendwo hinter dem Horizont
erstreckten sich endlose Sumpfwiesen,
Schilf, das dichter war als jedes andere.
Seltsame Vögel flogen
und hatten für mich noch keine Namen,
aber sie flogen wie künftige Träume
Träume, die vielleicht dreißig Jahre
voraus lagen oder mehr
voraus in dem, was mein unbekanntes
kommendes Leben war,
ja, sie flogen,
schwer und ganz dicht über der Oberfläche.

Aus: Lars Gustafsson, *Auszug aus Xanadu*,
München 2003, übers. von Verena Reichel

I

Aus dem Beinhaus neben der Kirche, wo die vielen Totenschädel gestapelt liegen, jeder mit einem fadendünnen roten Kreuz auf der Stirn, wähle ich einen kleinen Schädel aus und nehme ihn mit. Ich lege ihn auf den Grund meiner Kraxe, die ich auf dem Rücken habe, um das halbe Brot nach Hause, hinauf auf den Berg zu tragen. Ich sage mir, dass dieser Schädel sicher gerne mitkommt, weg von diesem großen Haufen. Ich werde ihm einen Blumenkranz machen und ihn an einem schönen Platz aufstellen, wo er ins Tal schauen kann.

Meine Mutter versteht das nicht, sie wird böse. Sie muss wieder hinunter ins Tal mit mir und dem Schädel. Sie spricht kein Wort mit mir. Ich habe etwas sehr Schlimmes getan. Wir klopfen beim Messner, und ich gebe ihm den Schädel und sage, dass es mir leidtut. Meine Mutter steht neben mir und hält mich am Nacken. Er lacht. Er ist ein alter Mann, und ich habe Angst vor ihm, weil er so schwarze Augenringe hat und graue Haare aus seiner Nase wachsen. Alle Schädel gehören ihm. Er bewacht sie. Man darf keinen nehmen. Meine Mutter sagt, ich werde es nicht wieder tun. Und dann steigen wir wieder schweigend den Berg hinauf.

An Weihnachten klettere ich früh am Morgen auf den Altar und hebe das Jesuskind, das ein steifes goldenes

Kleid für die Festtage anhat, aus dem Arm seiner Mutter. Es ist sehr schwer, und ich bin enttäuscht, weil seine blau bemalten Holzaugen mich so matt und blass anschauen. Ich lege es zurück.

Wir halten Rast, auf der Holzbank, vor dem Gehöft des Schonnerbauern. Es ist ein heißer Morgen. Niemand ist zu Hause. Wir sehen den Bauern und seine Knechte herumlaufen, klein wie Ameisen, drunten am Bach. Manchmal blitzen ihre Sensen in der Morgensonne. Meine Mutter winkt trotzdem, aber keiner schaut herauf. Wir trinken Wasser aus dem Brunnen, einem ausgehöhlten Baumstamm, aus dem am Abend prustend die Kühe trinken. Auch sie sehen wir, verstreut im Grün der Wiese, klein wie Spielzeugkühe.

Die braunen Ziegen folgen uns auf dem Weg zum Wald. »Rehbraun«, sagt meine Mutter. Sie riechen scharf, sie blöken und bimmeln um uns herum. Ich will auf Mamas Arm, aber das geht nicht. Ich mag die Ziegen nicht. Sie knabbern an meiner Hose, und die Kleinen boxen übermütig nach meinen Beinen. Meine Mutter streichelt ihre glatten runden Stirnen. Sie haben goldene Augen mit langen schwarzen Pupillen. Meine Schwester sagt, Zauberer hätten solche Augen. Sie sagt das, um mir zu zeigen, wie lächerlich meine Angst ist.

»Vielleicht sind es verwunschene Zauberer«, sagt meine Mutter.

»Es sind Zauberer, die so tun, als wären sie Ziegen«, sagt meine Schwester streng.

Bei den ersten Tannen bleiben die Ziegen zurück und schauen uns einmütig nach.

Im Wald wachsen die Heidelbeeren an den sonnigen Abhängen in dichten Büschen. Es ist kühl hier, zwischen den Bäumen, und der Kuckuck ruft. Der Wald riecht nach Tannennadeln und Harz, und unten aus der Schlucht herauf kommt ein feuchter Duft nach Moos und Pilzen. Meine Mutter hat eine große blaue Milchkanne, in die leeren wir unsere Hände voll Beeren. Wir dürfen beim Pflücken so viele essen, wie wir können. Jede dunkelblaue Beere ist weiß gepudert. Erst wenn man sie berührt, wird sie glänzend blau. Die wilden Erdbeeren erkennen wir schon von weitem an ihrem Duft. Preiselbeeren sind leuchtend rot, aber bitter, und nur meine Mutter isst sie gerne.

Es ist ein weiter Weg nach Hause, und meine Mutter trägt mich Huckepack.

Zu Hause schwimmen die Heidelbeeren oben auf der Milch, und wenn man sie zerdrückt, färben sie die Milch lila.

Wir essen jeden Tag Polenta. Meine Schwester und ich teilen die Pfanne in zwei Hälften und ziehen Gräben, ehe meine Mutter die braune Butter darübergießt. Am besten ist die knusprige Haut, die am Ende auf dem Pfannenboden übrig bleibt.

Meine Mutter macht Brennnesselspinat, und sie macht Sirup aus den jungen Trieben der Tannen, die lange in Zuckerwasser gekocht werden. Sie macht Schmarrn aus den Eiern vom Bauern. Manchmal kriegt sie ein Stück Speck für uns. An der Schwarte, an der immer noch ein bisschen weißes süßes Fett sitzt, kann man angenehm lange nagen, dann kommt am Ende das feine Netzmuster auf der weichen Schwarte zum Vorschein. »Das sind die Hautzellen«, sagt meine Mutter.

Zu Festtagen bringt uns die Bäuerin manchmal Speckknödel oder »Graukas«. Brot holen wir alle paar Tage vom Bäcker im Dorf, aber es ist nicht so gut wie das, das die Bauern in ihrem Backhaus backen. Wenn man dort zu Besuch ist, stellt einem die Bäuerin manchmal ein Näpfchen Rahm hin und einen Kanten Schwarzbrot zum Auftunken.

Meine Mutter backt Torten für die Bauern, zur Taufe, zur Hochzeit, zur Kommunion. Die Bäuerin bringt Mehl, Eier, Butter und Zucker, und wenn wir Glück haben, springt auch ein kleiner Kuchen für uns dabei heraus. Meine Mutter verziert die Torten so, wie die Bäuerin es haben will. Mit Rosen, Herzen, Kränzen und Pferden. Sie färbt die Buttercreme mit Farben aus unserem Farbkasten. Abwechselnd dürfen wir die Schüsseln auslecken. Manchmal sind wir auch zum Fest eingeladen, aber meine Mutter will sich nicht aufdrängen. Wir kommen aus der Stadt, wir gehören nicht dazu.

Sie will auch nicht, dass wir ja sagen, wenn man uns fragt, ob wir Hunger haben.

Ich sitze gerne auf dem Schoß der Bauerntöchter. Ich finde sie alle drei wunderschön, und sie riechen gut. Sie haben blonde Gretelfrisuren und braune Arme und Beine. Sie machen sich über jeden lustig, sie lachen über alles und raufen miteinander und werfen den jungen Knecht den Hang hinunter.

So möchte ich auch werden.

Meine Katze Tuttelsanft, genannt Tutti, erkennt man erst, wenn man genau hinschaut. Auf dem Foto halte ich sie an mich gedrückt wie ein langes struppiges Kissen, dann sieht man ein abgeknicktes Ohr neben meiner Backe.

Ich stehe vor dem Zaun des Gemüsebeets, auf dem zwei Milchkannen kopfüber zum Trocknen stehen. Ich habe an, was ich immer anhabe: kurze schwarze Hosen mit Hosenträgern – sie sind grün und ein rotes K ist auf das Band über die Brust gestickt –, dazu ein weißes Bubenhemd mit aufgekrempelten Ärmeln. Ich sehe missmutig aus, wie auf allen Fotos, und meine Haare sind ungekämmt und hängen in mein Gesicht. An den Füßen habe ich »Knoschpen« mit dicken Holzsohlen und blanken Nägeln, da wo das Leder festgenagelt ist. Die Kappen abgeschnitten, und meine nackten Zehen schauen raus.

Meine Mutter fotografiert auch die Bauern. Den Vater Hausberger, wie er nach dem Melken auf der Tennentreppe sitzt. Er will das nicht, denn er hat seine zerlumpten Stallsachen an. Die Mutter Hausberger zwischen ihren Hühnern. Die beiden Knechte, die Heu tragen. Sie sehen aus wie die Bäume, die ich zeichne: eine große Heukugel, in der Kopf und Arme verschwinden, über einem dicken Stamm mit Beinen.

Ich mag es nicht, fotografiert zu werden, und lasse es nur zu, wenn Tutti mit aufs Bild kommt, aber auch sie hat bald keine Lust mehr und befreit sich mit einem kleinen Sprung ins Gras.

Den Hausbergerhof kann ich nur durch das Guckloch sehen, das in die Bretterwand des Klos gesägt ist. Er liegt am Hang, wie ein großes Tier, das ins Tal schaut, mit weißem Bauch und hölzernem Leib. Die zwei Kamine stehen in die Luft wie Ohren.

Unser Klo, am Ende des Balkons, ist ein verbotener Ort. Ich könnte in die Grube fallen, durch das runde Loch. Drunten schaut man in eine stinkende Hölle, mit zottigen braunen Bärten bewachsen. Ich sehe Coco da unten liegen, die Katze meiner Schwester. Mein Vater hat unsere beiden Katzen in Petroleum gebadet, wegen der Flöhe. Tutti sind alle Haare ausgefallen. Sie hat sich vor mir versteckt, als sie nackt war und voller Schorf. Dann kam sie zurück. Ich lag auf der Wiese, und sie kam und steckte ihre Nase in mein Gesicht, mit einem kleinen zärtlichen Ton. Ihr Fell war wieder gewachsen und dichter als vorher. Coco aber liegt in der stinkenden Grube und sieht aus, als schliefe sie. Sie ist tot. Meine Schwester hat geglaubt, auch sie käme zurück.

Beim Hausberger gibt es im Klo zwei kleine Löcher für Kinder, neben den drei großen für Erwachsene. Die sitzen dort nebeneinander und unterhalten sich. Ich benutze diese Kinderlöcher nie. Ich hocke mich lieber hinters Haus, in die Huflattichblätter.

Meine Mutter geht nicht auf unser Klo, wenn die Bauern die Wiese mähen am Hang vor unserem Haus. Sie will nicht, dass man sehen kann, wenn sie aufs Klo geht. Sie nimmt meinen Topf.

Der Mooserhof brennt. Wir sehen ihn glühen, drüben auf der Schattenseite. Er leuchtet im blauen Schnee wie eine gelbe Blume. Es ist schon fast dunkel, und man kann die ersten Sterne sehen und den Sichelmond über dem Galtenberg. Kein anderes Licht, das Dorf liegt im Tal, nur diese wunderschöne gelbe Blume mit den zuckenden Blütenblättern. Ich sehe keinen Rauch.

Meine Mutter zittert und weint. Sie hält uns fest umarmt am Fenster. Dann will sie hinüber zum Hausberger Hof, aber der Schnee ist viel zu tief.

Ich schlafe mit in Lenas Bett. Meine Mutter muss mit meiner Schwester zum Arzt nach Kufstein, und ich darf bei Lena schlafen. Sie hat eine Unterhose mit Spitzen an, die ihr zu klein ist. Die hat meiner Mutter gehört, und Lena hat ihr dafür Speck gegeben und Eier. Sie zieht die Unterhose erst an, als sie ins Bett steigt.

»Heute Nacht kann sein, dass einer kommt«, sagte sie. »Heute ist die Nacht, wo sie kommen.«

Nachts wachen wir auf, weil einer durchs Fenster kommt. Es ist ein Mann. Ich sehe nur seinen Umriss gegen den Sternenhimmel. Er legt seinen Hut aufs Fensterbrett. Er flüstert mit Lena. Wir machen Platz im Bett für ihn. Er hängt seine Hose über das Fußende. Er hat keine Schuhe an.

»Schlaf«, sagt Lena zu mir und streichelt mein Gesicht.

Am Morgen erwache ich auf der Bank, eingewickelt in eine kratzige Decke. Lena ist schon wach und kämmt ihr langes Haar vor der Spiegelscherbe, die am Balken neben dem Fenster steckt. Die Unterhose hat sie nicht mehr an.

Ich weiß nicht, wer Wasteis Mutter ist. Er ist einfach da. Er ist so alt wie ich, und sein kleines Bett steht im Zimmer der alten Bäuerin. Er zeigt mir, wie er auf die großen rotgeäderten Blätter neben dem Badehaus pinkelt. Er hat einen kleinen Schnabel wie eine Teekanne.

Mit seinem Strahl kann er die fetten Raupen von den Blättern schwemmen. Ich möchte das auch können. Ich versuche im Stehen zu pinkeln und mache meine Hose nass. Ich forme meinem Bären, Schmatzi, aus Plastilin so ein kleines Würstchen und mache ein Loch in seinen Bauch, um es dort festzustecken. Es fällt immer wieder ab und zerbröckelt schließlich. Meine Mutter stopft das Loch mit gelber Angorawolle.

Meine Schwester hat eine Babypuppe. Sie heißt Margarete und ist so groß wie ein wirkliches Baby. Sie hat einen weichen Körper, Arme und Beine hängen herunter, wenn man sie hochhebt. Sie sind schwer und aus Porzellan wie ihr Kopf. »Sehr zerbrechlich«, sagt meine Mutter, wenn meine Schwester mir kurz erlaubt, Margarete zu halten, und sie bleibt neben mir und hält die Hände bereit, um das Baby aufzufangen, wenn ich es fallen lasse. Ich darf nicht mit Margarete spielen.

An einem Morgen, als meine Schwester schon in die Schule gegangen ist, hebe ich Margarete aus ihrem Körbchen und lasse ihre Augen klappern. Sie hat echte Wimpern, und wenn man sie hinlegt, schließt sie die Augen und sagt »Mama«. Ihre Augen sind groß und braun, aus glänzendem Glas. Ich schaue ihr ganz tief in diese Augen, dann drücke ich sie ein. Sie verschwinden in ihrem Kopf, und als ich sie schüttele, höre ich sie dort drinnen klappern.

Meine Mutter macht Margarete Augen aus bemaltem Papier, aber sie kann sie nicht mehr schließen. »Mama« kann sie noch sagen.

Die Holunderbeeren liegen zum Trocknen auf einem Brett vor der Küche. Meine Mutter trägt das Brett dahin, wo die Sonne scheint. Die Beeren werden schwarz und hart. Sie sagt, wir bekommen nie Obst, und Kinder brauchen Obst. Sie mischt uns die Beeren in den Grießbrei. Uns beiden schmeckt der Brei nicht. Wir müssen ihn trotzdem essen. Wir kotzen die ganze Nacht.

Meine Schwester liegt lange im Bett, viele Wochen. Meine Mutter kann ihre Haare nicht mehr entwirren. Sie schneidet die Haare ab. Meine Schwester weint. Sie sitzt in der Sonne auf dem Hackblock, den Rücken zum Haus gekehrt und weint laut. Sie muss Lebertran nehmen. Sie will ihn nur schlucken, wenn ich ihn auch schlucke. Er ist dickflüssig und gelb. Er schmeckt fürchterlich.

Tante Maisin kommt zu Besuch und bringt eine Salami mit. Sie sagt, sie hat die Wurst eingetauscht gegen eine silberne Haarbürste. Nach jedem Löffel Lebertran kriegen wir eine dünne Scheibe Salami. Tante Maisin will meiner Schwester die Haare besser schneiden, aber meine Schwester will das nicht. Sie heult sofort los, wenn jemand ihren Kopf anfasst.

Die kleinen Leute, die im Wald wohnen, zeigen sich mir nie. Manchmal aber sehe ich sie vorbeihuschen aus dem Augenwinkel, das Zittergras bewegt sich und verrät ihre Flucht. Sie verstecken sich unter silbernen Kieseln im Bach. Ich kann ihre kleinen Füße sehen, ihre Zipfelmützen, sekundenlang in der Strömung. Ich wage nicht, sie zu stören. Ich baue ihnen Wohnungen zwischen den Baumwurzeln mit Moosbetten und Pilztischen. Ich gebe ihnen schön gefärbte Blätter als Schlafdecken und decke den Tisch mit wilden Erdbeeren und Gänseblümchen. Ich lege einen Weg aus Kieselsteinen, damit sie die Häuschen finden. Ich höre sie in der Ferne klopfen. Das ist kein Specht. Sie arbeiten am Bachufer. Sie suchen nach Gold. Sie haben zahme Libellen als Haustiere und Käfer, die ihre Botschafter sind. Die roten Ameisen sind ihre Freunde. Ich lege Zweige über die Steine, als Brücken, damit sie über den Bach kommen. Man darf ihnen kein Brot geben, aber sie essen den Samen aus den Tannenzapfen.

Wenn ich am nächsten Tag nachschaue, sind die Erdbeeren verschwunden, die Gänseblümchen angeknabbert! In dem Moosbett mit seinem eingerollten welken Blatt hat jemand geschlafen. Auf dem Pilztisch sitzt eine glasig blaue Schnecke. Ist das eine Botschaft für mich?

Unter dem Vogelbeerbusch, neben dem Heustadel am Hang, hocke ich mich hin und hebe ein paar von den Beeren auf. Ich darf sie nicht essen. Sie sind bitter.

Von hier aus sehe ich weit oben unser Haus. Es sieht aus, als wäre es aus der Wiese gewachsen, an die hohen Lärchen gelehnt, die sich über das Dach strecken und leuchten, eine gelbe Wolke, dahinter der schwarze Wald und darüber die blaue glitzernde Flanke des Gratelspitz, auf dem schon Schnee liegt. Unser Haus ist ganz aus Holz und dunkelbraun, wie versengt, es liegt quer zum Hang und schaut zu mir herunter mit seinen kleinen viereckigen Fensteraugen. Wäsche trocknet auf dem Balkon über der Holzbeige. Rauch steigt aus dem Kamin.

Meine Katze kommt mich abholen durchs blasse Gras,

und vor dem Haus sehe ich meine Mutter, die mit der Hand über den Augen zu mir herunterwinkt, damit ich mich beeile.

Erst hören wir nur ihre Glocken, von weither. Die Berchteln. Sie kommen näher. Meine Mutter hat die Tür verschlossen. Sie kommen näher. Sie sind da. Sie werfen sich krachend gegen die Tür. Wir halten den Atem an. Wir warten. Sie haben die Hintertür gefunden. Sie sind im Haus. Wir hören sie im Gang polternd gegen die Wände stoßen, knurren und brüllen. Die großen Kuhglocken dröhnen und scheppern. Wir sitzen beim Abendessen am Tisch. Meine Schwester und ich drängen uns zusammen in die Ecke unter dem Kruzifix. Die Stubentür hält sie nicht auf, klobige, haarige Tiere, die hereinspringen, über den Boden rollen, schnüffeln und schnauben, riesige Körper, ohne Gesicht, mit Fellköpfen, aus denen Hörner ragen. Sie werfen sich gegen den Tisch, springen auf die Bank, stoßen einander, bellen und heulen. Sie haben meine Mutter gepackt, zerren sie auf den Boden, rollen sie hin und her, schleppen sie zur Tür. Meine Mutter schreit nicht, aber sie lacht auch nicht. Sie schlägt nach ihnen, keucht, hält ihr Kleid fest, sie werden meine Mutter mitnehmen, sie hinausschleppen in den Schnee. Wir schreien. Und da steht der Bischof in der Tür, hebt seine Laterne, im rotgoldenen Gewand, mit hohem Hut, und neben ihm der Engel im weißen Kleid mit lockigen goldenen Haaren, fast bis zum Boden, und da ist der Krampus, ein roter Teufel mit hölzernem Gesicht und Hufen. Er droht mit der Rute. Der Bischof aber gibt den bösen Fellköpfen ein paar Schläge mit dem Bischofsstab, und sie lassen murrend von meiner Mutter ab. Der Engel lacht laut und nimmt aus seinem Korb zwei goldbraune Lebkuchen, auf denen rote Krampusse aus Papier kleben. Er hält sie uns hin. Ich will meinen nicht nehmen.

Meine Eltern glauben, die Gebirgsluft tue meiner Schwester gut. Mein Vater besucht uns selten. Die Reise nach Alpbach ist lang und anstrengend. Aus Brixlegg herauf kann man nur mit dem Pferdefuhrwerk der alten Liese kommen, die mit ihren Haflingern spricht wie mit Menschen, spuckt, flucht und wie ein Mann aussieht. Es gibt keine festen Zeiten für dieses Fuhrwerk.

Mein Vater steigt vom Dorf zu uns herauf, erschöpft und schwitzend, beladen mit einem riesigen Rucksack, Taschen und Bündeln. Wir erwarten ihn voller Sehnsucht.

In unserem Häuschen gibt es nur wenige Bücher, denn jedes Buch muss eine Stunde durch den steilen Bergwald heraufgetragen werden. Eigentlich gibt es nur die Bücher, die meine Mutter für sich mitgebracht hat, als ich noch ein Baby war und eine Kinderschwester hatte. Batta. Ich kenne sie nur von einem Foto, auf dem ich auf ihrem Schoß stehe und sehr dunkel aussehe neben ihrer Blondheit und ihrer weißen Schürze.

Meine Mutter liest Gedichte: Hofmannsthal, Rilke, Heine und Ricarda Huch, Else Lasker-Schüler, Verlaine, Rimbaud, Baudelaire, Dehmel, Ringelnatz und Morgenstern. Sie liest uns die Gedichte vor. Ich kann viele auswendig. Wir lesen den *Taugenichts* und den *Tartarin von Tarascon*. Für uns Kinder gibt es eigentlich nur die Märchen der Brüder Grimm, die von Andersen und Hauff und natürlich *Pu der Bär*, *Alice im Wunderland* und *Die*

Reise des kleinen Nils Holgersson mit den Wildgänsen, zu Weihnachten dann Geschichten von Stijn Streuvels und Felix Timmermanns *Das Jesuskind in Flandern*.

Meine Mutter liest uns die *Odyssee* vor, und wir zeichnen die Götter, Helden und Ungeheuer. Scylla ist mein Lieblingsmonster, und ich stelle es mir braun gefleckt vor, wie eine fette Kröte, obwohl meine Mutter es grün haben will, wie einen Drachen. Ich zeichne Scylla, wie sie sich über das Schiff des Odysseus beugt und zwei Matrosen vom Deck pflückt und zu sich heraufhebt, um sie zu fressen. Ich mag auch Polyphem, den einäugigen Zyklopen, und ich nehme es Odysseus übel, dass er ihn überlistet und blendet. Heimlich graut mir besonders vor dem Hades, der Totenwelt, in der Odysseus seine Mutter besucht und sie mit der Grube voll Blut anlockt, aus der er alle Toten trinken lässt. Auch seine Mutter trinkt das Blut. Ich zeichne das immer wieder. Die Sirenen, die so wunderbar singen und damit Seeleute an ihren Strand locken, um sie aufzufressen, zeichne ich als nackte behaarte Frauen, mit Messern und gezückten Gabeln. Um ihnen etwas von ihrer Macht zu nehmen, gebe ich ihnen lächerliche Namen: Furzi, Wurschti, Rülpsi, und Pipi.

Ich mache kleine Figuren aus Ästchen, Eicheln und Hagebutten und spiele die Geschichten der Odyssee nach. Ich denke mir kleine Theaterstücke aus und diktiere sie meiner Mutter. Die Tiere, die darin vorkommen, mache ich aus Blumen. Meine Bühne ist die erste Stufe der Treppe. Keiner darf zuschauen.

Meine Schwester geht zur Schule ins Tal. Ich verbringe viele Stunden allein im Lärchenwald, suche nach Zwergen und Kobolden und sammle Tannenzapfen für unseren

Küchenherd. Sie knallen, wenn sie brennen, und glühen wunderbar, ein kleines Inferno im Ofenloch. Ich habe Feuersbrünste gesehen im großen Breughelbuch. Ich schaue am liebsten die Bilder an, auf denen ganze Geschwader von Skeletten mit Waffen und riesigen Bränden die Erde verwüsten, wimmelnde Knochenmänner, mit Schwertern und Schilden bewaffnet, die sich in Scharen um die vor Angst schreienden Menschen klumpen und sie wegzerren. Jedes Mal aufs Neue genieße ich den Schauder, wenn ich die Seite mit den Gerippen aufschlage. Ich zeichne aber am liebsten die Kindergruppen aus den Kinderspielen ab und die seltsamen Szenen aus den Sprichwörtern. »Die beste Grietje, die man fand, war die, die den Teufel aufs Kissen band.« Ich zeichne die Engel aus dem Botticelli-Buch, den Verkündigungsengel im kirschroten Messgewand, die schön gelockten Sänger und Musikanten, die jungen Männer, die Lilien in den Händen halten und mit so ruhigen Augen auf das goldene Kind blicken. Bei Velasquez zeichne ich immer wieder die Zwerge mit ihren traurigen Gesichtern. Meine Schwester und ich schwärmen für die Infantinnen in ihren ausladenden Reifröcken und den starren gelockten Haarhelmen, in denen Schleifen und Perlen befestigt sind. Wir spielen, dass wir zwei Prinzessinnen sind, und laufen vorsichtig durch die Wiesen, um unsere großen Röcke nicht nass zu machen im Tau. Wir schreiben Gedichte für unsere Mutter, und sie macht kleine Hefte daraus, mit Zeichnungen versehen und mit Nadel und Faden am Rücken zusammengenäht. Meine Schwester dichtet viel besser als ich und ärgert sich, wenn ich sie nachmache. Sie ist in allem besser als ich, aber meine Katze ist viel schöner und größer als ihre, und das tröstet mich als Einziges.

Meine Mutter und ich besuchen die alte russische Professorin. Sie muss im Bett liegen und kann nicht aufstehen. Wir steigen die kleine Holztreppe außen am Haus zu ihr hinauf. Es riecht immer nach Brot bei ihr. Der Bäcker hat seine Backstube unter ihrem Zimmer.

Ich weiß nicht genau, wann sie mich anschaut, denn ihre Augen schauen in zwei verschiedene Richtungen. Sie hat einen Bauch wie ein Berg unter der gehäkelten braunen Decke. Auf dem Tisch neben dem Bett stehen viele Einmachgläser, in denen alle möglichen Früchte schwimmen. Sie langt in ein Glas und holt einen orangefarbenen Ball heraus, von dem träge Sirup tropft. Meine Mutter schiebt mich näher heran, und sie steckt mir den Ball in den Mund. Sie sagt einen Namen, den ich nicht kenne. Der Ball ist zäh und schmeckt süß und scharf. Auf dem Lampenschirm neben dem Bett kleben trockene Orangenschalen, zu Sternen geschnitten. Sie sagt, das dufte so schön. Ihr Mann ist auch Professor und ein Erfinder, er kommt aus der Schweiz. Er hat eine Maschine erfunden, die einem die Kleider anzieht, ohne dass man selber auch nur einen Finger rühren muss, aber wir können sie jetzt nicht ansehen. Er hat einen Ziegenbart und hellblaue fröhliche Augen. Er macht Tee für uns, in Gläsern, die in einem silbernen Körbchen stehen. Man muss ganz vorsichtig mit ihnen sein, sagt meine Mutter. Er holt die Füße seiner Frau unter der Decke hervor und kitzelt sie. »Sie hat so hübsche fette Füßchen«, sagt er.

Ich warte darauf, noch einen süßen Ball aus dem Glas zu bekommen. Aber sie unterhalten sich und lachen.

Meine Schwester wird Französischstunden bekommen bei der Professorin.

Wir besuchen den Maler. Er wohnt in Inneralpbach, und sein Haus liegt in einem wunderschönen Garten mit hohen Malven, mit Zinnien und Phlox. Dazwischen stehen auf Stäben große Weihnachtskugeln.

Ninni, seine Frau, hat diesen Garten angelegt. Sie ist klein und nach vorn gebeugt, als wolle sie an etwas riechen. Sie umarmt uns alle und sagt:

»Heute geht es uns nicht gut!« Sie spricht von Werner, ihrem Mann.

Sie führt uns trotzdem ins Haus. Der Maler hat noch eine zweite Frau, eine junge schweigsame, mit strengem Gesicht und großen Augen unter zusammengewachsenen Brauen. Sie ist die Frau seines toten Freundes. Er hat ihm versprochen, sich um diese Frau zu kümmern. Die beiden haben jetzt eine Tochter, Claudia.

Ninni führt Claudia herein und sagt: »Da ist unser Prachtstück!« Sie ist jünger als ich und hat Augen wie zwei schwarze Käfer. Meine Mutter hockt sich zu ihr auf den Boden und sagt, wie schön sie ist. Zu uns sagt sie das nie. Ich setze mich auf Mamas Schoß und schaue den Waldschrat an, der auf dem Fensterbrett steht. Er ist aus Holz und Tannenzapfen gemacht, hat Mooshaare und durchsichtige grüne Perlen als Augen. Ninni hat ihn gemacht. Ich darf ihn anfassen. »Wie deine grüngoldenen Augen leuchten, Wald, du moosiger Träumer«, sagt sie. Das merke ich mir.

Der Maler kommt und steht zwischen uns, als hätte er erwartet, in ein leeres Zimmer zu kommen. Er zeigt meiner Mutter ein Bild, das an der Wand lehnt. Es ist riesengroß und nur schwarz und weiß. Lauter Gesichter, die sich zusammendrängen und mit offenen Mündern schreien. Meine Mutter steht auf und schaut das Bild an, mal von ganz nah, mal von weit weg. Sie redet lange mit ihm darüber. Sie lässt mich danach nur ungern wieder auf ihren Schoß. Sie ist ganz heiß und rot im Gesicht von dem Gespräch. Sie sagt dem Maler, wir würden sehr gut zeichnen, meine Schwester und ich. Sie möchte, dass er uns mag. Er fragt und schaut dabei aus dem Fenster, ob wir zeichnen wollen mit Claudia. Wir wollen nicht. Meine Mutter will mich von ihrem Schoß schieben. Sie will, dass ich den Maler mag, aber ich mag ihn nicht. Er hat nur einen Arm, und meine Mutter hat gesagt, ich darf nicht hinschauen. Ich mag auch Claudia nicht, die auf den Schoß meiner Mutter will und mich wegschiebt. Ich mag auch die andere Frau nicht, die kein Wort sagt, aber den Maler anschaut, als warte sie auf einen Befehl von ihm. Ich mag Ninni, sie hat uns zu Weihnachten einen Adventskalender geschenkt, den sie selbst gemalt hat. Ein Engel schwebt über einer Stadt. Er hat goldene Flügel. Ich habe noch nie goldene Farbe gesehen. In unserem Wasserfarbenkasten gibt es die nicht.

Meine Mutter findet Bilderbücher überflüssig. Wir haben nur zwei, *Jäpkes Insel*, in dem ich am liebsten die schöne Königin Esmeralda mag, weil mir das Wort Esmeralda so gut gefällt, und *Seppel Schwartenmagen*, das meine Tante Mercedes geschrieben hat. »Wo die hohen Berge ragen, da wohnt Seppel Schwartenmagen.« Ich mag die Bilder von Kuchen und Torten, ich stelle mir vor, wie die schmecken. Ich frage meine Mutter, wie Orangen schmecken, sie sehen aus wie Bälle. Meine Mutter kann es mir nicht erklären. Sie sagt, es gibt ganz viel zu schmecken, und es wird dann eine Überraschung, wenn ich reinbeiße, in einen Pfirsich vielleicht, eine Banane, eine Aprikose. Sie zeichnet mir alles auf, und ich mache es aus Plastilin nach, auch einen Teller, auf dem alles liegt. Ich stelle es Schmatzi hin, meinem Bären. Er sagt, alle Früchte schmeckten gut.

Auch das große zerfledderte Buch von Walter Trier schaue ich immer wieder an. Es ist eigentlich kein Bilderbuch, sondern eine Sammlung von Szenen aus einer kleinen Stadt: Marktstände, Zauberer, Hexen, Skifahrer und Zootiere. In jeder dieser Szenen bin ich so zu Hause, als wäre ich mittendrin, als wäre ich es, die alles mit ansieht, riecht, hört. Ich kenne jeden Glaskolben im Zauberhaus und die grüngesichtigen Zauberer, die sich, unter dem ausgestopften Krokodil, über ihren blubbernden Kessel beugen. Ich kenne jedes zerlumpte Kind, das vor dem Laden mit alten Kleidern hockt und Murmeln spielt. Ich glaube alles. Alles ist wahr. Ich glaube, es gibt diese Welt, und ich kann dorthin, wenn ich das Buch aufschlage. Ich kann so lange bleiben, wie ich will.

Wir lesen auch De Koster, Kleist und Goethe. Mir gefällt der »Gesang der Engel« aus *Faust*. Ich kann ihn auswendig.

Einmal, in der Stadt, bei den befreundeten Pfarrersleuten, die immer Krippenspiele veranstalten und meine Eltern und uns dazu einladen, gelingt es mir, ein Engel zu sein. Nicht, dass ich mitspielen darf, obwohl ich mir das sehnlich wünsche. Ich darf das weiße Hemd eines Engels anprobieren, und Luise, die Frau Pfarrer, befestigt goldene Flügel an meinem Rücken und einen Stern auf meiner Stirn.

Meine Mutter, die beim Tee vor dem üppig geschmückten Weihnachtsbaum sitzt und ein böses Gesicht macht, weil sie mein Drängen als unverschämt empfindet, sagt: »Also jetzt weißt du's. Zieh es wieder aus!«, aber Luise, die Pfarrersfrau, sagt: »Jetzt sing ein Engelslied oder sag ein Gedichtchen auf, na, weißt du eins?« Ich bin schüchtern und muss mich überwinden, aber ich will meine Mutter dazu bringen, stolz auf mich zu sein.

»Die Sonne tönt nach alter Weise
In Brudersphären Wettgesang …«

Meine Mutter errötet und lächelt. Und man applaudiert mir und reicht mir einen großen sternförmigen Pappteller mit Plätzchen.

Die steile Holztreppe am Haus entlang, bis hinauf zum Laden, hat ein Blattgefieder, ist ganz bewachsen mit wildem Wein. Im Herbst werden die glänzenden Blätter rubinrot, aber die Beeren ziehen mir den Mund zusammen.

Ich mag den Margreiter nicht. Drinnen ist es dunkel und riecht. Ich hocke auf der Treppe und warte, bis meine Schwester mit den beiden Wurstscheiben herauskommt, die wir immer geschenkt bekommen. Ich mag auch die salzige Wurst nicht, aber ich esse davon, weil sie meiner Schwester so gut schmeckt. Sie kommt, hält mir meine Scheibe hin und wartet auf die Hälfte, die ich übrig lasse. Ich lege sie auf ein rotes Blatt und reiche sie ihr hinauf.

Ich sehe ihre nackten Füße neben mir auf den Holzstufen und stecke ihr ein zweites Blatt zwischen die Zehen.

Vor dem Bögler Hof auf der Pergola sitzen Soldaten. Ich warte auf meine Mutter und meine Schwester, die hineingegangen sind, um zu fragen, ob wir ins Schwimmbad dürfen. Es gibt hinterm Haus ein großes hölzernes Becken, in dem sich der Himmel und die Wolken spiegeln. Meine Schwester hat dort schwimmen gelernt. Meine Mutter steht neben ihr im Becken, mit Röcken, die sich im Wasser aufblähen. Sie zieht sich nicht aus, weil die Bauern es nicht mögen, wenn man sich auszieht, und »Sau« flüstern, wenn sie vorbeigehen.

Die Soldaten sitzen an den Tischen und haben viele Gläser und Flaschen vor sich. Einer kommt heraus und hebt mich hoch. Ich habe mir eine Krähenfeder ins Haar gesteckt, die ich auf dem Weg ins Tal gefunden habe. Er trägt mich lachend zu den anderen und setzt mich auf seinen Schoß. Ich mache mich ganz steif. Ich will das nicht. Sie zeigen auf meine Feder und versuchen, mir etwas zu sagen. Ich verstehe, dass sie die Feder schön finden. Ich halte ganz still, auch, als sie meine Wangen streicheln und an meinen Haaren zupfen. Ich schiebe die Hände, die mich halten, weg und rutsche von seinem Schoß.

Die Soldaten lachen. Sie haben Baskenmützen auf. Manche haben die Mütze eingerollt, unter eine Klappe auf der Schulter gesteckt. Sie wollen mir eine Mütze aufsetzen, aber ich mache mich los.

Ich möchte bei ihnen sitzen, aber ich schäme mich.

Bello will mich immer hochheben, aber ich verstecke mich hinter Mama. Er kommt oft abends, und wir alle wissen, dass er bei uns essen will. »Er hat immer Hunger«, sagt meine Mutter. Er sieht auch hungrig aus, aber er lacht immerzu und spricht dazwischen sehr laut. Er spricht, und wir sagen nichts.

Er sitzt mit uns am Tisch und isst Grießbrei. Er sagt, er liebt Grießbrei, aber er sagt über alles, was er gerade sieht, dass er es liebt. Die Gratlspitz, rosa in der Abendsonne, die beschneiten Tannen und Lärchen hinter dem Haus, die Lampenschirme, die meine Mutter mit Enzianen bemalt und aus Pergamentpapier gefaltet hat. Sie tauscht sie ein bei den Bauern. Er sagt, man müsste hier Ski fahren, er könne den Hang hinunterbrettern und mich dabei auf dem Arm tragen, er sei ein »Teufelsskifahrer«. Er sagt auch, er könne Orgel spielen, riesige Seifenblasen machen und kenne die spannendsten Geschichten. Er erzählt uns, dass es im Wald die »Ichipichis« gebe. Tiere, so groß wie Wildkatzen. Sehr scheu. Sie hätten ein Rad an einem Fuß, eine Flosse am anderen, eine Kralle am dritten und am vierten eine Pfote. Sie hießen Ichipichis, weil sie so rufen würden. Er macht es vor: »Ichipichichipichichipichi«. Meine Schwester und ich sehen uns an. Er sieht meine Mutter an. Meine Schwester hat Tiere erfunden, von denen wir oft sprechen, sie hat ein ganzes Heft vollgezeichnet und diese Wesen beschrieben. Sie sind grün und haben einen roten Bauch, Buschohren und gelbe Augen. Sie sehen sonst ein bisschen aus wie Teddybären. Sie werden aus Salatköpfen geboren. Man findet sie morgens im Gemüsebeet, mitten in einem weit geöffneten Salat, noch nass vom Tau. Im Winter wohnen sie unter dem Dach. Sie heißen »Käuse«. Es gibt diese Käuse, und wir sehen sie oft herumkullern, in der Wiese versteckt.

»Ein Kaus ist grün, mit rotem Bauch,
Und große Buschohren hat er auch,
Seine gelben Augen sind weit aufgetan.
Damit schaut er sich die Dinge an …«

Meine Tante Marta hat uns zwei Käuse genäht und geschickt. Sie haben Fell an den Ohren und gelbe Glasaugen. Wir nennen sie Havis und Kumi, das haben wir aus einem von Mamas Büchern. Wir spielen nie mit ihnen. Sie sehen gar nicht aus wie Käuse.

Über die Ichipichis brauchen wir nicht einmal zu sprechen.

Bello sagt, er ist Maler. Ninni lacht, als meine Mutter von ihm spricht.

»Der ist kein Maler«, sagt sie. Werner ist Maler, ihr Mann.

Wenn wir ins Bett gehen, schiebt meine Mutter die Luke über dem Kachelofen auf, damit warme Luft zu uns heraufsteigt. Wir hören meine Mutter und Bello unten sprechen. Ich mag das. Ich finde es schön, so einzuschlafen. Meine Schwester kauert vor der Luke, schaut hinunter und horcht, bis es ihr zu kalt wird. »Er will Mama küssen«, sagt sie zähneklappernd und kommt zu mir ins Bett.

Es gibt noch andere Männer, die uns besuchen und Mama küssen wollen, wie meine Schwester meint. Da ist Justin, der Sohn der russischen Professorin. Er studiert in der Schweiz. Er ist ein Genie, sagt seine Mutter, er ist bald auch Professor. Er erklärt uns die Sterne, eine Hand auf Mamas Schulter.

Da ist Dr. Brocksauf, der durch den tiefen Schnee den Hang heraufkriecht. Ich sehe ihn durchs Fenster langsam immer größer werden. Er muss kommen, weil meine Schwester so krank ist. Wenn er bei uns anlangt, hat er keine Kraft mehr und ist blass wie ein Stück Seife. Meine Mutter muss ihm aus den Stiefeln helfen und ihm Zuckerwasser machen. »Er hat ein schwaches Herz«, sagt sie. Ich habe einmal gehört, wie er zu meiner Mutter gesagt hat: »Sie haben Augen so blau wie Enziane.« Ich zeichne meine Mutter mit zwei Enzianaugen.

Bello kommt viel öfter als die anderen. Er will meiner Schwester und mir Zeichenunterricht geben, aber wir wollen nicht.

Einmal im Sommer, als er die Bauerntöchter auf der Wiese beim Mähen sieht und zu Lena sagt, er wolle sie malen, sie sei eine Göttin, hebt sie ihren Rock und zeigt ihm ihren nackten Hintern. »Des mogst maln«, sagt sie. Das alles erzählt er uns später in Unterhosen auf dem Balkon. Sein lederner Motorradanzug hängt über dem Geländer. Wir haben zugesehen, wie die Bauerntöchter Bello zu dritt zum Brunnen schleppen und ihn hineinsetzen. Meine Mutter lacht immer wieder darüber, wenn wir davon sprechen.

Manchmal kommt auch Thomas, der Knecht vom Hausberger Bauern, herüber. Er sitzt mit meiner Mutter in der Küche und ist traurig. Er will Agnes, die Älteste, heiraten, aber er hat keinen Hof. Agnes will ihn auch heiraten, aber er hat keinen Hof. Meine Mutter ist die Taufpatin von Meudel, der kleinen Tochter der beiden.

Agnes heiratet den Stanis von der Schattenseite. Er hat einen Hof, der noch größer ist als der Hausberger Hof. Stanis ist kurz, breit und schwarzhaarig, aber Agnes sagt, er sei ein guter Vater.

»So einen wie den Thomas gibt es nicht so oft«, sagt Agnes.

Thomas gefällt mir auch. Ich sitze gerne auf seinem Schoß. Er hat goldene Haare auf der Oberlippe und riecht nach Milch. Er schenkt mir Kaupech. Harz wird zu einem rosa Klumpen, wenn man es lange genug kaut. Er wickelt es in Sauerampferblätter und hält es mir hin. Alle Bauerntöchter behandeln Thomas anders als die übrigen Knechte. Wetti schlägt ihn sanft auf den Kopf, wenn sie an ihm vorbeigeht, Gerdel stopft seine Socken und lächelt dabei. Lisei will von seinem Krapfen beißen. Lena hat einen dicken Bauch. Da ist ein Baby drin, von ihm, sagt sie meiner Mutter.

Adolf, der andere Knecht des Bauern, hat einen breiten Kopf und Augen wie ein Gockel, sagt Lena. Er will immer raufen mit Thomas, aber die Mädchen trennen die beiden. Adolf drängt meine Schwester im Kuhstall an die Wand und packt sie an den Haaren. Er lässt sie los, weil sie laut heult. Wir hassen ihn.

Später kommt Sergej. Er ist Ukrainer und schnitzt aus Hobelspänen kleine Vögel mit weitgefächerten Flügeln und Schwanzfedern, die er bunt bemalt.

»Das ist der Heilige Geist«, sagt die Hausberger Mutter.

Alle Bauern wollen Sergejs Vögel haben. Er arbeitet als Knecht, aber er wird nicht bleiben können, das wissen alle. Er kann mit niemandem sprechen. Mit der Hausberger Mutter verständigt er sich durch Zeichen.

»Sie liebt ihn«, sagt meine Mutter und nickt, mit glücklichem Gesicht. Die beiden Söhne sind im Krieg gefallen, und die Mutter Hausberger gibt Sergej all ihre Kleider, Gürtel, Schuhe und die zwei Löffel, in die sie ihre Namen geritzt haben. Sie passt auf, dass er am Tisch, wenn alle aus einer Pfanne essen, genug bekommt.

Wir mögen Sergej. Im Wald treffen wir ihn manchmal. Er versteckt sich hinter einem Baum und streckt nur seine Hände heraus. Er formt mit seinen Fingern alle möglichen Figuren: Hasen, Ziegen, Adler, Fische. Wir erraten sofort, was es jeweils bedeutet.

Für meine Mutter spielt er auf der Mundharmonika. Er will nie ins Haus kommen, sondern lehnt an der Tür. Er ist lang und mager und seine Haare reichen bis auf seinen Hemdkragen. Wenn er lächelt, sieht man, dass ihm ein Zahn fehlt, aber sein ganzes Gesicht verändert sich und seine Augen verschwinden.

»So ein schöner Mensch«, sagt meine Mutter.

Ich frage sie, was so schön ist an ihm, und sie sagt: »Er ist so sanft.«

Ich bekomme ein neues Kleid. Ich stehe auf dem Ladentisch, beim Markreiter, und Frau Markreiter hebt den Rock und sagt, man kann da einen Saum reinnähen. Das Kleid ist weit und hat kurze Ärmel. Es ist dunkelblau mit kleinen weißen Blumen. Es ist steif und riecht wunderbar fremd. Ich glaube, Glücklichsein riecht so. Ich habe noch nie ein Kleid gehabt. Das neue Kleid meiner Schwester ist lange nicht so schön.

2

Meine Schwester schwitzt in dem Wolltuch, das um ihren Kopf und ihre Brust gewickelt ist und mit zwei Sicherheitsnadeln festgesteckt. Sie hustet. Wir sitzen im Führerhäuschen des Lastwagens. Für meine Mutter ist kein Platz mehr. Sie wird zwischen unseren Koffern und Kisten sitzen, hinten auf der Ladefläche, aber noch warten wir auf sie und den Fahrer. Es ist schon spät, und wir sind müde, aber wir wollen nicht einschlafen. Neben meinem Knie ist dieser schwarze Pilz auf einem dünnen metallenen Stängel. Er bebt die ganze Zeit bedrohlich, und der laufende Motor brüllt in unsere Ohren. Der Lastwagen zittert davon. Ich habe noch nie in einem Auto gesessen. Ich halte mich ganz still. Der Mann hat gesagt: »Ihr dürft nichts anfassen, das hier ist die Gangschaltung, nicht anfassen, sonst fährt der Laster los.«

Ich möchte aussteigen. Wir beide wollen aussteigen, aber wir können die Tür nicht aufmachen und schauen uns an. Ich will weinen, aber ich will nicht, dass meine Schwester sagt, ich sei eine »Heultunte«. Sie versucht wieder, die Tür aufzumachen. »Mama kommt gleich«, sagt sie und beobachtet mein Gesicht im Schein der kleinen Lampen, die vor uns alle möglichen Uhren beleuchten.

Wir haben in unserem Märchenbuch eine Geschichte von einem Zauberer und seinem gläsernen Berg auf

Plattdeutsch gelesen. Wir haben nicht alles verstanden, aber diese seltsame Sprache hat uns gefallen, und wir haben versucht, so zu sprechen. Jetzt sagt sie:

»Hir sta ik arme Rinkrank
up min söventein Benen lank
up min en vergüllen Vot
Fro Mansrot,
do mi d' Dör apen!«

Frau Mannsrot, mach mir die Tür auf. Die letzten beiden Zeilen sagen wir zusammen. Wir lachen.

Am Fenster erscheint das Gesicht meiner Mutter. Es ist ganz geschwollen vom Weinen. Wir weinen sofort mit. Wir haben eine lange Reise vor uns. Sie wird Tage dauern. Wir fahren zurück in die Stadt, in der wir von nun an wohnen sollen. Andere Leute werden in unserem Häuschen oben am Berg wohnen.

Der Fahrer steigt ein. »Also los, heute bis Kufstein«, sagt er. »Freut ihr euch?«

Tutti haben wir bei den Hausbergerbauern zurücklassen müssen. Sicher sucht sie jetzt nach mir. Ich glaube, sie findet mich in der Stadt. Eines Tages, wenn ich dort auf der Wiese liege, kommt sie und kuschelt sich an mich. Sie hat mich immer gefunden.

Meine Schwester hat hohes Fieber, und mein Vater sagt, es ist besser, wir lassen sie und meine Mutter in Kufstein zurück. Wir reisen weiter, mein Vater und ich. Um in die überfüllten Züge zu kommen, reicht er mich manchmal durchs Fenster hinein, und fremde Menschen nehmen mich in Empfang. Ich sitze auf einem fremden Schoß und habe Angst, dass mein Vater auf dem Bahnhof zurückbleibt. Er sagt, ich sei tapfer, und er steigt mit mir aus, irgendwo auf der Strecke, wo der Zug hält, niemand weiß warum und wie lange. Ich pinkle auf die Bahngleise. Mein Vater hat alle Knöpfe an meinen Hosenträgern abgerissen, weil wir schnell machen müssen. Ich habe viele Hosen an und viele Pullover übereinander.

Ich weiß nicht mehr, welche Tageszeit wir haben. Es gibt manchmal etwas zu essen aus unserem Rucksack, einen Schluck Tee aus einer fremden Thermoskanne. Manchmal schlafe ich, obwohl es hell ist, manchmal schaue ich lange aus dem Fenster in die Dunkelheit, sehe Lichter vorbeifliegen und aufgereihte schwarze Häuser, sehe viele Leute stehen und sich zusammendrängen auf Bahnhöfen, Gesichter, die zu uns hereinschauen. Der Zug macht ein Geräusch, als schreie er, als keuche er, als singe er. Ich weiß nicht, wie lange wir schon hier sind.

Meine Mutter macht den Tag. Ich komme die Treppe herunter, wenn ich das Feuer rieche, das sie im Küchenherd angezündet hat. Es ist noch kalt in der Küche, und sie stellt mich vor dem lodernden Ofenloch auf eine ihrer Wolljacken, aber ich spüre den eisigen Boden an meinen Füßen. Sie zieht mich an, schnell, Pullover und Unterhemd gleichzeitig, Unterhose, Hose übereinander, gleichzeitig, die Socken, die Schuhe. Sie setzt mich auf den Küchenstuhl und gibt mir einen Becher mit warmem Wasser, die Zahnbürste. Ich spucke in den Eimer, den sie mir hinhält. Sie fährt mir mit der Bürste durchs Haar. Sie küsst mein Gesicht. »Guten Morgen, du«, sagt sie und lacht über mein böses Gesicht. Ich mag nicht gekämmt werden. Ich trinke die heiße Milch, meine Mutter steckt mir kleine Brotbröckchen in den Mund. »Noch eins«, sagt sie. »Und das noch.«

Mittags streut sie Zucker auf meinen Brei und tropft ihm Augen auf und einen lachenden Mund, mit Marmelade. Sie macht den Mittag. Sie trägt mich die Treppe hinauf und legt mich ins Bett. »Stell dir die Wiese vor und wie der Wind die Halme streichelt. Das sind die grünen Haare der Erde. Siehst du es? Komm, mach die Augen zu, dann kannst du es sehen.«

Abends macht sie die Dunkelheit. Sie legt sich zu mir und erzählt mir von den Vögeln, und wie warm und weich sie es haben in ihrem Nest, und wie müde sie sind vom Tag, und was sie alles erlebt haben an diesem Tag, und dass die kleinen Vögel schon einschlafen. Äuglein zu.

Ich schlafe auf Papas Schulter. Nacht ist es und dunkel.

Ich werde geweckt, und wir sind da. Ich sitze auf dem Küchentisch, und Lisa gibt mir heiße Milch zu trinken. Sie legen mich ins Bett, mit einem warmen Bügeleisen in einem Kissenbezug.

Am Morgen liegt Schokolade auf meinem Kissen. Lisa sagt, die schmecke wunderbar, und Lisa hat recht.

Wir sind in einem Haus mit vielen Stockwerken, vielen Türen und einer steinernen Treppe, die aussieht wie aus grauer Knetmasse. Unter und über uns wohnen Leute, die wir nicht kennen. Wenn man auf die andere Straßenseite geht, kann man sehen, dass das Haus, in dem wir wohnen, hoch ist und sehr lang, gebogen wie eine fette Schlange, und dass es viele Türen gibt und Fenster, die wie glitzernde Bänder den ganzen Schlangenkörper entlanglaufen. Davor liegt ein grüner Streifen, wie ein schmaler Garten mit Gras und einer niedrigen Hecke, aber nur ein paar blasse gelbe Sternblumen wachsen an manchen Stellen. Unkraut, sagt Papa. Ich pflücke sie trotzdem. Ich warte auf Tutti. Es gibt nicht viele Katzen hier, aber ich schaue alle genau an, auch wenn sie gefleckt sind oder rot gestreift. Tutti ist schwarz, mit einem kleinen weißen Fleck unter dem Kinn.

Lisa wohnt mit uns, im früheren Wohnzimmer meiner Eltern. Sie hat dort ihr Atelier für Mode, wie sie es nennt, eingerichtet. Sie ist Schneiderin. Sie ist geheimnisvoll und aufregend. Ich beobachte sie bei allem, was sie tut. Morgens steht sie in der Küche am Herd und wartet, bis der Kaffee aufkocht. Man muss warten, bis sie ihn getrunken hat, wenn man mit ihr reden will. Immer hält sie eine Zigarette zwischen den Lippen, und der Rauch, der wie ein Schleier über ihr Gesicht weht, scheint sie nicht zu stören. Die Haare stehen ihr um den Kopf, ihr Gesicht ist blass, bis auf die verschmierten schwarz umrandeten Augen, ihre Wimpern sind verklebt. Am Morgen ist sie eine Frau, die ich nicht kenne, nur der rote glitschige Mantel mit den goldenen Drachen, der sich auf ihrem Rücken bei jeder Bewegung ringelt und streckt, verrät sie. Aber sie weiß das und zwinkert mir zu.

Später dann am Tag tritt sie aus ihrem Zimmer, strahlend schön, im schwarzen Kostüm mit rosigem Gesicht, wunderbar gelocktem Haar und schneeweißer Bluse. In ihrem Schlafzimmer liegt Donny noch im Bett, das weiß ich. Er ist ganz allein hier, seine Familie lebt in Argentinien, das hat er mir erzählt. Ich besuche ihn manchmal, dort in seinem Bett. Donny ist ein blonder Mann, groß und behaart wie ein Bär. Auch er raucht immerzu. Lisa bringt ihm alle möglichen leckeren Sachen auf einem Tablett. Er liegt den ganzen Tag im Bett, um dann abends mit Lisa, elegant von ihr ausstaffiert, auszugehen. Die beiden haben immer Schokolade und Kaugummi für mich, und ich darf sie besuchen, in ihren Sachen wühlen und ihre Platten anhören, wann immer ich will. Wenn sie sich streiten, und das tun sie sehr oft und sehr laut, ergreife ich immer Lisas Partei, beschimpfe Donny durch die verschlossene Tür hindurch und schlage mit den Fäusten dagegen.

»Er hat dort drüben eine Frau und Kinder«, höre ich meine Mutter einmal sagen, aber ich glaube ihr nicht.

Lisa bringt mich manchmal ins Bett und nennt mich »ihr Engelchen«. Ich frage sie nach Donny, aber sie beruhigt mich.

»Donny gehört mir«, sagt sie.

Ich frage sie auch, warum Donny immer im Bett liegt, warum sie sich die Beine eincremt, warum ich so ein schönes Gefühl im Mund habe, wenn ich an ihrem Arbeitstisch den Samtstoff zwischen den Fingern knülle. Sie antwortet mir immer ganz genau, als spräche sie mit einem Erwachsenen. Sie näht mir Kleider, und wenn sie ausgeht, kommt sie noch einmal in mein Zimmer, um mir ihre eigenen schönen Kleider zu zeigen. Sie tupft mir ihr Parfüm auf die Stirn.

»Dann träumst du was Schönes«, sagt sie.

Ich überrasche sie im Badezimmer. Meine Mutter, die jünger ist als Lisa, sitzt auf dem Rand der Wanne, hält

Lisa auf dem Schoß wie ein kleines Kind und wiegt sie. Lisa weint, und meine Mutter, das kann ich an ihrem Gesicht sehen, ist auch kurz davor zu weinen. Ich warte auf Lisa vor der Badezimmertür. Ich frage sie, was sie hat, aber sie will nicht mit mir reden. Meine Mutter sagt mir am Abend, dass Lisa Jüdin sei und dass man ihr Fürchterliches angetan habe. Was, das will sie mir nicht sagen.

»Sie hat viel ganz Schlimmes durchgemacht«, sagt meine Mutter. »Frag sie nicht.«

Natürlich frage ich sie doch, und sie küsst mich und lacht über meine Neugier. »Eines Tages erzähle ich dir alles«, sagt sie.

Donny ist eines Tages weg. Keiner redet mit mir darüber, auch Lisa nicht. Wir ziehen aus, in das Häuschen am Stadtrand, und Lisa kommt nur noch manchmal zu Besuch, ehe auch sie eines Tages wegzieht und verschwindet.

Es erschreckt mich, wie Leute von einem Tag auf den anderen aus unserem Leben verschwinden, ohne dass einer mit mir darüber spricht, ohne dass einer sich darüber wundert oder aufregt. Leute verschwinden, und die Oberfläche der Tage kräuselt sich kaum. Alle nehmen es hin.

Jeden Mittag, wenn ich nach Hause komme, fürchte ich, meine Mutter sei nicht mehr da, und beruhige mich erst, wenn ich sie in der Küche stehen sehe, am Herd, und wenn sie mit ganz normaler Stimme ruft, ich solle den Tisch decken.

Mein Vater stellt den Rucksack auf den Tisch. Er holt ein Stück Speck heraus und einen großen Klumpen Butter in einem Küchenhandtuch und einen Kohlkopf.

»Eingetauscht«, flüstert meine Schwester. Meine Mutter legt den Finger auf den Mund.

»Für was?«, frage ich, und meine Schwester sagt: »Löffel.«

»Keine Eier?«, fragt meine Mutter.

»Diesmal nicht«, sagt mein Vater. »Aber sie wollen das Schwein schlachten.«

»Wann?«, sagt meine Mutter.

»Bald«, sagt mein Vater. Er sieht müde aus und ungeduldig.

Es gibt keinen Baum und keine Kerzen, aber meine Schwester und ich bekommen ein Geschenk. Mein Vater hat zwei kleine Häuschen gebastelt, aus Karton. In ihnen wohnen die Lamas, die er aus Papier ausgeschnitten und bunt angemalt hat. Sie können stehen, auf einem kleinen Pappstreifen. Wir treiben sie auf die Teppichweide, wir lassen sie kleine Lasten tragen, keines gleicht dem anderen. Meine Mutter bekommt von Lisa eine große gelbe Kaffeetasse, mit braunen Blumen bemalt und ohne Untertasse. Das wird ihre Lieblingstasse, kein anderer darf aus ihr trinken.

Meine Mutter schreibt Gedichte, sie zeigt sie niemandem. Sie sagt, sie seien nicht gut genug. Sie sagt, wir hätten schon genügend Dilettanten in der Familie. Sie meint Tante Mercedes, die Geschichten aus Südamerika für den Rundfunk schreibt, Onkel Bobo, den Bigamisten, der Kochbücher schreibt, obwohl er nicht kochen kann, und sie mit witzigen Anekdoten ausschmückt. Und sie meint Tante Lilli, die auf der Kunstschule war und große, schön gebundene Mappen mit Holzschnitten gemacht hat.

Meine Mutter macht uns kleine Bilderbücher mit Zeichnungen, Sachen aus unserem Kinderalltag, zum Geburtstag. Aber die sind nur für uns.

Auf dem Küchentisch, in einem Nest aus blutigem Zeitungspapier, liegt ein großer Knochen. Rotes Fleisch ist noch an ihm und ein Stück schlaffes Fell, das auseinanderrutscht, als ich ihn hochhebe. Ich erkenne sofort, was das ist, es ist ein Stück vom Bein einer Kuh, unten ist ein Huf. Ich muss ihn meiner Schwester zeigen, ich finde ihn ekelhaft. Ich trage ihn zu ihr ins Zimmer, wo sie mit Fieber im Bett liegt und sich langweilt. Er ist schwer. Sie schläft, und ich stelle ihn vor ihrem Bett auf, damit sie ihn sieht, wenn sie aufwacht. Sicher wird er sie erschrecken. Ich bin gespannt, ob sie laut schreit. Ich schleiche mich aus dem Zimmer, noch auf dem Gang holt mich ihr Schrei ein. Es ist ein fürchterlicher Schrei, so habe ich sie noch nie schreien hören. Meine Mutter kann sie kaum beruhigen danach.

»Warum hast du das gemacht?«, fragt meine Mutter mich immer wieder, aber ich weiß es nicht.

Unter der Goggelesbrücke lerne ich schwimmen. Ich spüre seliges Staunen, als das Wasser mich trägt. Nach einem beherzten Stoß meiner Beine schwebe ich dahin, gleite durchs Wasser wie ein Frosch in seinem Element.

Es ist Nachmittag, und über der überdachten Holzbrücke mit dem Goggele – dem Wetterhahn – fliegen Schwalben. Der Stein vor mir, grau und porös, kommt auf mich zu, ich erreiche ihn, er ist warm, und ich stoße mich ab und schwimme, ja, ich schwimme, mit rudernden Armen und zappelnden Beinen, zurück zu meiner Mutter, die im seichten Wasser steht und mich triumphierend hochhebt, um mich zu küssen. »Jetzt kannst du es. Du kannst es!«, ruft sie, und ein Gefühl der Macht durchströmt mich so heiß wie Scham.

Als Belohnung soll ich Klavierstunden bekommen, bei einem Nachbarn, einem Konzertpianisten. Musiker gelten viel in den Augen meiner Mutter. Sie hätte selber gerne gut Klavier spielen gelernt. Sie spielt Chopin und Schubert, sie spielt die *Kinderszenen* von Schumann und fragt mich, ob mir das gefällt, das sei für Kinder geschrieben. Ich glaube nicht, dass diese Musik für Kinder ist, man kann nicht mitsingen. Ich mag die »Forelle«. Ich singe laut mit, obwohl mir das Ende missfällt. Ich dichte es um. Ich lasse den Angler ins Wasser fallen. Meine Mutter spielt jedes Stück immer wieder, bis sie damit zufrieden ist. Sie ist nie richtig mit sich zufrieden. Ich finde schön, wenn sie spielt. Sie sagt, das sei Gestümper. Ich soll kein Stümper werden. Ich habe schon geübt an einem Papierstreifen, auf den mein Vater liebevoll maßgetreue Tasten aus schwarzer Tusche gezeichnet hat. »Mach keine Wurstfinger«, sagt meine Mutter.

Ich habe nicht die geringste Lust auf Klavierstunden, aber meine Mutter lässt es bei jeder Gelegenheit so aussehen, als sehnte ich mich nach nichts mehr als nach Klavierstunden. Ich habe nicht den Mut, sie zu enttäuschen. Herr Peppke, ein zarter, dunkler Mann mit matten Augen in seinem traurigen Gesicht, sieht immer so aus, als hätte er etwas Bitteres im Mund. Er küsst meiner Mutter die

Hand, wenn wir uns auf der Straße begegnen. Puffi, seine Frau, eine Opernsängerin, ist größer als er, und ihre Brust wölbt sich wie die einer Taube. Sie ist immer in glänzende Seidentücher mit langen wehenden Fransen gewickelt und trägt winzige Spangenschuhe an ihren dünnen Beinen. Man kann sie bis zum kleinen Rondell unter den Bäumen singen hören, an den Sommernachmittagen, wenn ich mit meinem Puppenwagen dort im Kreis herumfahre. Auf den Bänken sitzen alte Frauen, die sich nach meinem »Kind« erkundigen, ob es brav sei, ob ich es gewindelt hätte. Sie sind etwas erstaunt, wenn sie sich über den Wagen beugen und »Schmatzi« darin liegen sehen, meinen abgegriffenen grauen Bären, dessen Glasaugen an langen Stielen aus dem Kopf ragen und in verschiedene Richtungen glotzen. Meine Mutter näht sie immer wieder an, ganz so, wie sie Knöpfe an dicke Wintermäntel näht. Sie hat mir gezeigt, wie es geht, der Stiel wird sorgsam umwickelt. Mich stört das nicht. Puffis Mutter kommt jeden Nachmittag ins Rondell. In ihrem schaukelnden Einkaufsnetz trägt sie ihren Hörapparat mit sich wie einen eben gefangenen Fisch, es ist ein kupfernes Rohr. Sie setzt es ans Ohr, wenn ihre Tochter zu singen anfängt, und lauscht mit geschlossenen Augen:

»Verlass mich nicht … verlass mich niiiiicht, verlass mich nicht, mein Gott, verlass mich nicht …«

Bei Peppkes zum Kaffee singt Puffi ans Klavier gelehnt eine Arie aus *Tosca*. Sie hat rote Haare, nachlässig auf dem Kopf aufgetürmt, und während sie singt und sich dabei wie in Schmerzen windet, klappern ab und zu Haarnadeln auf die Tasten. Herr Peppke kümmert sich nicht darum und spielt mit grämlichem Gesicht und halb geschlossenen Augen. »Er verliert sich in der Musik«, sagt meine Mutter.

Ich höre beim Kaffee, dass Peppke früher vor jedem Konzert ein gebratenes Herz bekommen hat, zur Stärkung, und dass er immer zwei frische Hemden dabeihat, um sich umzuziehen. »Er schwitzt ja so, diese fürchterliche Anstrengung«, sagt Puffi. Herr Peppke lächelt meiner Mutter traurig zu und nickt. »Ein großer Künstler«, sagt meine Mutter. »Die Musik ist sein Leben. Du hast Glück.«

Herr Peppke kann mir die Wurstfinger nicht abgewöhnen. Er schlägt mit einem kleinen Lineal erst an sein Hosenbein und dann auf meine Finger. Herr Peppke kann mir nicht beibringen, Noten zu lesen. Wenn ich einmal die Melodie kann, spiele ich auswendig. Es sind keine Lieder, die mir gefallen. Ich bringe Peppke zum Schwitzen. Er riecht wie eine faule Frucht. Ich bringe ihn zum Schreien. »Nein, nein, nein, nein!« Ich bringe ihn zum Weinen. »So kann ich nicht unterrichten. Das geht so nicht weiter. Ich gehe zugrunde dabei.« Puffi kommt herein und bleibt neben ihm stehen. Sie ringt die Hände. »Friedbert! Friedbert! Beruhige dich doch.« Auch meine Mutter weint am Abend, als sie meinem Vater davon erzählt, dass Peppke mich aufgegeben hat.

Meine Schwester, die mich beneidet, weil so viel über mein Klavierspiel gesprochen wird, lächelt schadenfroh und mein Vater macht ein Gesicht, als könne er die ganze Aufregung nicht verstehen, traut sich aber nicht, meiner Mutter das zu zeigen.

»Vielleicht Violine«, sagt er, und ich kann hören, dass

er das nicht ernst meint und gleich lachen wird. Aber er tut es nicht.

Das kleine dunkelhaarige Mädchen, das jünger ist als ich, läuft über das Seil, als liefe sie über eine Wiese. Sie lässt ihren roten Schirm kreiseln und trägt einen Badeanzug, der im hellen Licht der Zirkuskuppel in allen Farben glitzert und blitzt. Sie hat eine weiße Blume im Haar, auch die glitzert und fällt nicht ab, selbst als sie später auf dem Boden einen Salto macht. Auch die anderen größeren Leute, die bei ihr sind und alle möglichen Sprünge und Tanzschritte auf dem Seil vollführen, tragen diese blitzenden Anzüge, aber ich sehe nur das Mädchen. Am Ende laufen alle mit ausgebreiteten Armen an die Rampe und verbeugen sich. Sie ist ganz vorne, sie führt sie an, sie verbeugt sich, und zwei Männer heben sie hoch, werfen sie in die Luft, hoch hinauf, und fangen sie wieder auf, um sie behutsam abzustellen. Sie verbeugt sich wieder. Die Leute klatschen stürmisch. Dieser Tumult gilt ihr, ihr allein.

Es ist mein erster Besuch im Zirkus, und ich zeichne danach nichts anderes als die kleine Seiltänzerin. Ich beklebe ihr Kostüm mit Silberpapierfetzen und kleinen Perlen. Ich möchte sein wie sie.

Mein Schulranzen ist aus schwarzer Pappe, aber er sieht aus wie Leder. Rote, durchsichtige Spiralen halten ihn zusammen. Man darf ihn nicht in den Schnee legen.

Wir schreiben auf einer Schiefertafel, an der ein Schwamm hängt, der immer stinkt. Wir schreiben mit harten Griffeln, die am Ende mit buntem Silberpapier umwickelt sind. Die weichen Griffel, die aussehen wie Bleistifte, verschmieren, wenn man das Geschriebene mit Spucke wegwischen will.

Meine Lehrerin ist alt und grau und hat eine dicke Brille. Ihre Knöchel und Handgelenke sind fett wie bei einem Baby. Wenn sie sich über mich beugt und mir auf der Tafel die Buchstaben vorschreibt, sehe ich, dass ihre Armbänder und Ringe tief in die Haut einschneiden.

Sie mag mich, sie streichelt meinen Kopf. Sie nennt mich »mein Zigeunerle«. Sie schenkt mir Hauchbildchen, durchsichtig blau, mit goldenen Heiligen. Wenn man die auf der warmen Hand hält, rollen sie sich ein.

Ich sage ihr alles, wonach sie mich fragt:

»Wer hat geschwätzt?«

»Wer hat den Bleistift auf den Boden geworfen?«

»Wer hat im Hof gerauft?«

Jeden Morgen bringt jeder von uns ein Brikett mit, in Zeitungspapier gewickelt. Für unseren Ofen.

Schulspeisung gibt es auf dem Gang. Wir stellen uns in einer Reihe auf, mit unseren Töpfen, die sonst am Schulranzen hängen. Es gibt Nudeln mit Schinken, die zusammenkleben, süße, harte Rübchen, Haferbrei, der lange Fäden zieht. Manchmal gibt es Erbsensuppe mit Würstchen, das habe ich am liebsten.

Am Samstag gibt es einen Riegel körniger Schokolade. Meine Schwester holt mich von der Schule ab und bekommt die Hälfte.

Meine Mutter liest uns die Geschichte eines Mannes vor, der morgens plötzlich als großer Käfer aufwacht. Seine von ihm so geliebte Schwester verletzt ihn aus Angst mit einem Geschoss, einem roten Apfel. Später füttert sie ihn reumütig mit dem alten Käse, den er beim Abendessen angeekelt abgelehnt hat. Jetzt schmeckt er ihm.

Meine Schwester reicht meinem Vater beim Abendessen den zerflossenen Camembert und schaut mich an.

Meine Mutter liest uns eine Geschichte vor von einem jungen Mann, der sich in eine Seejungfrau verliebt und bei ihr im Meer wohnen will. Er geht zu einer Seehexe, um seine Seele loszuwerden. »Aber das hat seinen Preis, schöner Knabe, das hat seinen Preis«, sagt die Hexe. Dieser Satz wird von da an von uns benutzt.

»Lass mal beißen!«

»Aber das hat seinen Preis, schöner Knabe …«

Meine Mutter liest uns ein Gedicht vor von einem kleinen nackten indischen Jungen, der im Fluss steht und seinem Wasserbüffel am Ufer zuruft: »Komm, Liebling!« Auch dieser Satz wird von da an eingesetzt, manchmal verbunden mit einem ungeduldigen Puff, wenn der »Liebling« nicht kommt, etwa ins große Becken des Schwimmbads.

Meine Mutter liest uns eine Geschichte vor, in der die Tiere auf einem Bauernhof die Herrschaft übernehmen. Am Ende sind die Schweine die Herren des Hofes, und alles wird schlimmer als zuvor. Meine Schwester sagt, Schweine könnten nicht so böse sein, nur Menschen. Sie liebt Schweine. Den Schweinen vom Hausberger hat sie allen Namen gegeben.

Am Spielplatz finde ich einen Scheißhaufen. Jemand hat sich den Hintern mit Geldscheinen abgewischt. Sie liegen um den Haufen herum, zerknüllt und benutzt, einer, noch ganz sauber und glatt, steckt in der Mitte, wie eine Dekoration.

Das ist altes Geld. Ich weiß es, weil ich einen neuen Schein bekommen habe. Er ist bunt gesprenkelt und steif und steht neben meinem Bett an die Lampe gelehnt.

Die Straßenbahn ist immer voller Menschen. Ich, eingeklemmt zwischen Mantelrücken, kantigen Bündeln, gebauschten Röcken, Rucksäcken und Händen in Handschuhen, versuche nahe dem Gitter zu bleiben, das beim Ein- und Aussteigen geöffnet und geschlossen wird, dann klingelt die Schaffnerin. Es sind immer Schaffnerinnen, und ich kann das Lied singen, aus dem Radio in der Küche: »Liebe kleine Schaffnerin, bim, bim, bim! Wo fährt denn dein Wagen hin? Bim, bim, bim.«

Ich halte mich an den fremden Ärmeln und Hinterteilen fest, wenn es einen Ruck gibt. Alle diese Menschen haben einen eigenen Geruch, keiner riecht wie der andere. Nur die amerikanischen Soldaten riechen alle gleich. Sie riechen gut. Lisa sagt, ihre Uniformen würden in etwas gereinigt, das so riecht. Deshalb würden auch die Hunde sie anbellen. Diese Uniformen sind ganz sauber und gebügelt. Sie haben Falten vorne an den Hosenbeinen. Die Soldaten sind nett zu Kindern, streichen ihnen über den Kopf. Sie reden und lachen laut. Ich darf sie nicht um Schokolade bitten. Ich sehe, wie andere Kinder auf der Straße neben ihnen herlaufen und nach ihren Händen greifen. Wenn sie einen Zigarettenstummel wegwerfen, der noch glüht, kommt sofort jemand, der ihn aufhebt. Oft sind die Zigaretten nur halb geraucht.

Sie haben in unserer Wohnung gewohnt und alles Mögliche kaputt gemacht, sagt mein Vater, aber er sagt mir nicht, was. »Nicht so schlimm«, sagt meine Mutter.

Bei Tante Maisin, in dem Zimmer, in dem früher als Kind meine Mutter geschlafen hat, wohnt Anni. Auch sie riecht gut, aber ganz anders, nach Blumen. Ich rieche es, wenn sie mich auf den Schoß nimmt. Sie hat immer gute Sachen zum Essen und gibt mir davon, ohne dass ich sie darum bitte. Sie hat viele Dosen, die alle grünlich braun sind und ganz voll mit schwarzer Schrift. »Die eiserne Ration«, sagt sie.

Es gibt viereckige Würstchen und etwas, das rosa und gelb gesprenkelt ist und weich. »Ham and eggs«, sagt sie. Es gibt Schokoladensirup aus einer braunen Dose mit großen silbernen Buchstaben. Ich darf aus dem kleinen Loch einen tiefen Schluck nehmen.

Annis Freund Joe hat schokoladenbraune Haut. Ich sehe ihm zu, wie er sich die Füße wäscht im Bad, wie er sich rasiert, ein Handtuch um die Hüften gewickelt. Das Weiß in seinen Augen hat kleine rote Flecken. Seine Haare sind hart und dicht, ich darf sie anfassen. Er sitzt an Maisins Frühstückstisch mit Anni, und überall stehen Dosen mit hochstehenden gezackten scharfen Deckeln, als sperrten sie die Münder auf. Maisin sagt, Joe sei ein »süßer Mann«. Er zeigt mir Fotos von seiner Familie. Sie sitzen alle in einem großen gelben Auto, das kein Dach hat. Seine Uniform hängt in Annis Zimmer am Schrank, ordentlich auf einem Bügel. Er zieht sie sofort aus, wenn er kommt. Er friert nicht, so in Unterwäsche. Auch diese

Unterwäsche riecht gut. Meine Mutter sagt, ich soll nicht lästig sein. Ich soll nicht immer zu Anni ins Zimmer gehen. Sie möchte allein sein mit Joe. Das glaube ich ihr nicht.

Später treffe ich Anni wieder, vor dem großen »Amerika Club«-Haus am Königsplatz. Das war früher das beste Hotel der Stadt, sagt meine Freundin Biggi. Auf unserem Heimweg von der Schule steigen wir dort in die Straßenbahn. Das Hotel, aus dem durch die drei offenen Türen immer Musik kommt, ist nur für amerikanische Soldaten. Man darf dort hinein, wenn sie einen dazu einladen, sagt Biggi. Viele Soldaten stehen davor und rauchen und schubsen sich, singen und lachen. Es stehen auch Frauen davor und warten darauf, eingeladen zu werden. Anni hat einen roten Hut auf, und fast hätte ich sie nicht erkannt. Sie umarmt mich und riecht wie immer.

»Wo ist Joe?«, frage ich.

Sie lacht und flattert mit den Händen. »Weg«, sagt sie. »Weg!«

Bei Tante Maisin wohnt sie nicht mehr, das weiß ich.

»Das ist so eine«, sagt Biggi, als wir weitergehen. »Die geht mit denen.« Und als ich mich noch mal nach Anni umdrehe und ihr winke, gibt mir Biggi einen Stoß.

Mein Vater wird ein Haus für uns bauen. Ich habe das Grundstück immer aufs Neue erkundet. Es gibt keine Bäume, nur einen wilden Holunderbusch und die Beete mit Gemüse, die wir angepflanzt haben. Es ist schön, wenn meine Mutter sagt:

»Frisch vom Feld. Unser Salat!«, wenn sie die grünen Blätter herumwirbelt in der Schüssel, damit die sich mit Öl und Essig überziehen.

Am Wochenende fahren wir mit der Straßenbahn in unseren Garten, um zu gießen und zu jäten. Es gibt eine Regentonne, in der Mückenlarven wimmeln. Ich darf die Decke ausbreiten. Ich darf die Teller auspacken. Immer haben wir ein Picknick dabei.

»Das wird mal ein wunderschöner Garten«, sagt mein Vater und schwenkt die Arme. Wir stehen vor der großen Grube, die der Bagger ausgehoben hat. Das wird der Keller, mein Vater zeigt ihn mir auf dem blauen Plan. Er zeigt mir auch, wo meine Schwester und ich schlafen werden.

Ich krieche durch den hellgrünen Wald aus Maisrohren, die im Wind rascheln, und sehe meinen Vater mit den Männern sprechen, die unser Haus bauen werden. Sie machen alles genauso, wie er es ihnen sagt.

»Es wird ein schönes Haus«, sagt mein Vater und legt seine Hände auf meine Schultern.

»Warum dauert das so lange?«, frage ich.

»Es ist nicht leicht, alles zusammenzukriegen, was man für ein Haus braucht: Balken, Backstein, Mörtel, Zement, Fensterrahmen …«

»Und Bäume!«, rufe ich. »Und Blumen!«

Mein Vater lacht, er küsst mich auf den Kopf.

3

Das Haus mit rotem Giebeldach und Fenstern rechts und links neben der Tür, wie schmale Augen, schaut über die große Wiese, die bis zum Wald reicht. Es gibt einen Vorgarten, in dem noch nichts wächst, und den großen eingezäunten Garten hinter dem Haus, in dem noch immer Kartoffeln stehen, Mais, Mohn und Kopfsalat. Die Straße ist voller Pfützen, und Steine fliegen, wenn manchmal ein Auto vorbeifährt. Im Sommer staubt es. Nachts hört man die Züge vorbeifahren und die Glocke der Bahnschranke klingeln, aber das höre ich schon bald nicht mehr. Es gibt fünf andere Häuser an der Straße, aber keines ist so schön wie unseres, sagt meine Mutter. »Grässliche Kästen«, sagt mein Vater. Er ist Architekt und beurteilt jedes Haus, das er sieht. Auf Reisen fotografiert er immer alle Kirchen, Schlösser und Plätze.

»Mach jetzt mal ein Foto von uns«, sagt meine Mutter.

Er fotografiert unser neues Haus, so nackt und ohne Bäume und Sträucher, wie es jetzt noch ist. Er sagt, das wird uns später daran erinnern, wie alles angefangen hat. Die ersten Pflanzen und Stauden stehen schon an die Wand gelehnt im Garten, in ihren kleinen Rupfensäcken, in denen sie ihren Erdvorrat mitbringen.

»Ihr Dottersack«, sagt meine Schwester. Sie hat gerade

Amphibien und Reptilien in der Schule durchgenommen und hofft, dass Frösche in unseren Garten kommen und Schlangen. Eidechsen gibt es schon, am Straßenrand. Ich fange sie und lasse sie in unserem Garten wieder laufen, um anzugeben vor den anderen Kindern. Keiner traut sich, eine Eidechse anzufassen.

»Ach, es gibt schon Vögel bei uns«, sagt meine Mutter. »Ich höre sie morgens singen.«

Mein Vater kauft Gartenbücher und fängt an, den Garten zu planen. Die Blumenrabatten auf der Terrasse überlässt er fast ganz dem Gärtner, seine Leidenschaft gilt den Bäumen: den Obstbäumen. »Lechschotterebene«, sagt der Gärtner. Also kauft mein Vater »Buschbäume« mit Wurzeln, die nicht zu tief in den Boden reichen. Sie haben Namen, die auf kleinen ovalen Porzellanschildchen an jedem Stämmchen baumeln.

»Die Gräfin von Tust«, eine Birne, »Grafensteiner Opal«, ein Apfel. Ich sammle Schafsmist auf der Wiese neben unserem Haus. Daraus mischt mein Vater eine Brühe, die in die kleinen Gräben gegossen wird, ins Erdreich rund um die Stämme. Ich bilde mir ein, die Bäumchen schmatzen. Die Bäumchen bleiben aber trotz der nahrhaften Brühe mickrig, manche sterben ab. Es gibt hier Wühlmäuse, riesige struppige Tiere, die die Wurzeln abfressen.

Herr Semmlacher kommt mit einem kleinen Rucksack, aus dem lange Drähte mit Griffen ragen. Er schlendert im Garten herum, pflückt Kräuter, bohrt mit seinen Drähten ins Erdreich, nickt zufrieden und trinkt das Bier, das ich ihm bringe. Herr Semmlacher hat keine Zähne, und zuerst ist es schwer für mich, ihn zu verstehen. Dabei spricht er unablässig und lacht dazwischen so unbändig, dass er sich krümmt und husten muss. Wenn er spricht, gib es keine harten Konsonanten, alle Vokale gleiten weich ineinander. Bald verstehe ich alles, was er sagt. Er zeigt mir, wo sich die Pflanzen verändert haben oder verwelkt sind, weil unter ihnen ein Tunnel der Wühlmäuse verläuft. Er zeigt mir die gut getarnten Ausgänge unter Grasbüscheln. Er lässt mich zusehen, wie er die großen eisernen Fallen mit Karotten präpariert und wie er sie an der richtigen Stelle im Boden eingräbt. Jeden Morgen, wenn er kommt, krümmt sich in jeder Falle eine tote, taunasse Wühlmaus. Sie sind schwarz und dickpelzig, groß wie Meerschweinchen und zeigen im Tod ihre riesigen gelben Nagezähne. Semmlacher, der immer zerschlissene khakifarbene Anzüge trägt, die aussehen, als wären sie eine lose Haut, die er bald abstreifen wird, hat, so sagt er, viele Jahre in den Tropen gelebt. Er erzählt mir von Vögeln, die den Eingang zum Nest von wilden Bienen mit Holzklötzchen verschließen, um später, wenn alle tot sind, den Honig und die toten Bienen zu fressen. Er erzählt mir von Schlangen, die den Menschen in den Hintern kriechen und dort von ihnen leben. Er erzählt mir von Käfern, die so groß sind wie Brathähnchen und auch so schmecken. Ich glaube ihm nicht, aber ich mag seine Geschichten. Semmlachers linke Hand ist steif wie aus Holz und auch so gefärbt. Sie hält sich meistens an der bunt gemusterten Krawatte fest, die er beim Essen über die Schulter wirft, um sie nicht zu bekleckern. Immer wenn er kommt, bin ich zur Stelle, um ihm zu helfen. »Mei Asschischent« nennt er mich. Eigentlich braucht er mich nicht. Er kommt trotz der Holzhand gut ohne mich zurecht. Meine Mutter kocht für ihn Kartoffelbrei und Milchreis, Hackbraten und Zwiebackpudding. Er macht einen Kratzfuß und verbeugt sich. Er lobt alles wortreich nuschelnd. Er isst mit großem Appetit.

Einmal begegne ich ihm auf dem Heimweg von der Schule. Er sitzt sehr betrunken vor Frau Plöckels Kiosk in der Sonne und hat seine Schuhe ausgezogen. Er schaut mich an und hält die Hand hoch, als ich mit ihm sprechen will. »Geh einfach weiter. Ich bin nicht da. Du hast mich nicht gesehen«, sagt er undeutlich. »Geh einfach weiter.«

Einmal schenkt er mir ein kleines Buch, das er geschrieben hat. Ein Heftchen eigentlich nur. Es heißt »Die Wühlmaus, meine Lehrmeisterin«. Leider finde ich es nicht mehr, als ich es noch mal lesen will.

Wir wissen nicht, wo Semmlacher wohnt und wie er lebt. Wenn man ihn braucht, muss man den Gärtner fragen, und der gibt es an ihn weiter. Dann kommt er lächelnd und voller Begeisterung. »Die schönste Arbeit der Welt«, sagt er zu mir. »Wer könnte es besser haben als ich?«

Meine Mutter hat Fieber und schickt mich ins Krankenhaus, um Semmlacher zu besuchen. Er liegt in einem Saal mit vielen Betten. Er sieht so klein aus in seinem blauen Kittel. Die Schwester hat ihn nass gekämmt. Er gluckst vor Freude, als er mich sieht. Ich habe ihm Kuchen mitgebracht, und er isst ihn sofort.

»Ich hab's am Magen, und sie begreifen nicht, dass ich nur das essen kann, was der gerade will«, sagt er.

Er zeigt mir seinen eingefallenen Bauch und lacht. Ich kann sehen, dass es ihm nicht gut geht, aber ich will das nicht wissen. Ich fühle mich ganz schlecht in dem großen Saal mit den vielen Betten, in denen lauter Männer liegen, die mir uralt, ja halbtot vorkommen und die wimmern, husten, keuchen und mir mit den glasigen Augen toter Vögel durch den Raum folgen.

»Morgen bin ich wieder da«, sage ich und fasse nach Semmlachers Holzhand. Er nickt, und wir beide wissen, dass ich nicht wiederkommen werde.

»Kleine Bäume sind wie kleine Kinder«, sagt mein Vater. »Man muss sie schützen und aufpassen, dass sie gerade wachsen.« Er bindet die kleine Birke an einen Pfahl, den er in die Erde gehämmert hat. »Nicht zu stramm. Siehst du? Und mit der richtigen Schnur.«

»Sonst fällt sie um?«, frage ich.

»Nein, sonst kommt der Wind, und sie wird krumm.«

Die fette Schere macht ein sattes Geräusch, wenn sie die kleinen Äste abbeißt.

»Und das?«, frage ich empört.

»Man muss das Überflüssige abschneiden, sonst hat der Baum keine Kraft, eine schöne Krone zu bilden«, sagt mein Vater. »So, siehst du? Und gestern, bei dem Pflaumenbäumchen, haben wir kleine Holzstücke zwischen die Äste geklemmt, damit sie auseinanderstehen und der Baum buschig wird.«

»Tut dem Baum das weh?«, frage ich.

Mein Vater denkt nach.

»Glaub ich nicht«, sagt er. »Und wennschon. Es ist zu seinem Besten.«

»Wer sagt denn, wie der aussehen muss?«, frage ich.

»Ich sage das. Ich will das Beste aus ihm machen, damit wir uns freuen können an ihm.«

»Und füttern«, sage ich.

»Ja«, sagt mein Vater. »Mit Mist.«

Mein »Diddi« ist aus honiggelbem durchsichtigem Gummi, aber nur, wenn er neu ist, später wird er dann trübe, und unten franst er aus, denn ich muss ihn dort knuddeln, damit ich seinen Geruch einatmen kann.

Ich bin viel zu alt für einen »Diddi«. Ich weiß das, aber ich brauche ihn, um einzuschlafen, und auch am Tag, wenn ich mich trösten will. Er führt ein geheimes Leben in Verstecken. Meine Mutter darf ihn nicht finden, sonst verbrennt sie ihn. Er ist klebrig, und oft finde ich ihn abends nicht, weil er irgendwo klebt, etwa auf der Unterseite meines Kopfkissens. Meine Schwester hilft mir geduldig bei abendlichen verzweifelten Suchaktionen. Ein paarmal kauft sie mir einen neuen in der Apotheke, weil ich mich nicht traue.

Auf dem Kopfteil meines Bettes steht ein winziger blau bemalter Bauernschrank, den hat mir das Christkind gebracht. Ich habe die bunten Stoffröllchen herausgenommen und hebe dort meine Vorräte auf. Ein Bonbon, ein Stück Schokolade, ein Näpfchen mit Schlagsahne, eine Kirsche. Das ist mein Lager.

Nachts, wenn ich Hunger habe, hole ich etwas davon heraus und esse es. Manchmal wird etwas schlecht, und meine Mutter wäscht den Schrank aus.

Wenn ich krank bin und nichts essen darf, füllt sie

den Schrank mit schönen Süßigkeiten, damit ich mich auf etwas freuen kann, wenn ich wieder gesund bin.

Meine Schwester sagt, mein Schrank stinkt. Sie hat auch so einen Schrank und hebt darin ihre Perlen, Garne und Nadeln auf, aber manchmal fragt sie nachts: »Ist etwas in deinem Schrank?« Ich bin stolz, wenn ich ihr etwas geben kann, was ihr schmeckt.

Ich mag den Geruch neuer Bücher, den Geruch, der aus einer Schachtel neuer Bleistifte steigt, den Mandelgeruch des Papierleims, den verwirrend wunderbaren Geruch des durchsichtigen Allesklebers. Ich mag den sättigenden Geruch von heißem Teer, bei Straßenarbeiten, und den beißenden Knoblauchgeruch der Schweißgeräte. Ich mag den prickelnden Geruch der Schierlingssamen, wenn man sie zwischen den Fingern zerreibt, den seifigen Geruch von zerquetschten Blüten der Studentenliebe. Ich mag den wilden Dschungelgeruch, der vor dem Gewitter vom Tierpark in unseren Garten weht. Ich mag den warmen Heugeruch des kleinen Feldhasen, einem Findling, der nach zwei Tagen stirbt. Ich mag im Sommer den Geruch der ersten Tropfen, die auf den Gehsteig fallen. Ich mag den heißen Geruch des vorbeifahrenden Zuges, den Geruch nach Benzin und Gummi in einer leeren Garage. Ich mag den Geruch auf dem Klo, nachdem ich Spargel gegessen habe, den Gärgeruch überreifer Bananen. Ich mag den bitteren Honiggeruch meiner eigenen Knie, den Geruch meines Kissens, der mich abends empfängt. Ich mag den beruhigenden Geruch meiner Mutter nach Schweiß und Parfüm. Ich kann die Kleider meiner Schwester am Geruch von den meinen unterscheiden, auch nach der Wäsche. Ich mag den sauberen Lavendelgeruch meines Vaters, wenn er sich morgens verabschiedet, um ins Büro zu gehen, und den sauren Lichtpausgeruch seiner Kleider, wenn er abends zurückkommt. Meine Unterhosen, wenn ich sie abends ausziehe, riechen wie die schwarzen Johannisbeeren von unseren Büschen. Meine Schwester glaubt mir das nicht und will auch nicht riechen.

Die Pflanzen sind höher als ich und wunderschön, ein Zauberwald mit riesigen Blättern, die aussehen, als könnte man gut Schiffe aus ihnen machen, wenn man sie etwas rollt und mit Grashalmen zusammenheftet, damit sie schwimmen. Aber das geht nicht, das ist Papas Tabak.

Die Pflanze kommt aus Südamerika, und mein Vater zeigt mir im Maya-Buch diese seltsamen, wie aus Schneckenhäusern und Steinen zusammengesetzten Männchen mit den bösen Gesichtern, die auf Jaguarköpfen hocken, eine schön geringelte Rauchfahne vor dem Mund. »Der Tabakrauch war ihnen heilig«, sagt er.

Die Blätter trocknen auf der Wäscheleine und werden erst gelb und dann braun. Dann kann man sie klein schnippeln und wieder zum Trocknen ausbreiten. Man muss sie rasch ins Haus tragen, wenn Regen kommt.

Mein Vater hat eine kleine schwere Rolle aus Metall, in die ein graues Gummiblatt eingespannt ist. Man legt ein dünnes Papier hinein, häuft Tabak drauf, leckt am Papier, macht zu, und fertig ist die Zigarette. Mein Vater klopft damit ein paarmal senkrecht auf den Tisch, ehe er sie anzündet. Er macht ein Gesicht, als schmecke sie nicht gut, aber er sagt, sie schmecke ihm.

Mein Vater raucht nicht mehr, und das fällt ihm schwer, sagt meine Mutter. Er braucht viel Schokolade.

An seinem Geburtstag läutet es abends an der Tür. Draußen steht ein Mann im Trenchcoat, den Hut tief ins Gesicht gezogen. Er hat einen Bauchladen um und drängt sich an mir vorbei in den Flur. Meine Schwester kommt heraus, schaut ihm unter den Hut und lacht. Es ist meine Mutter. Sie hat über Wochen Schokoladentafeln gesammelt und bringt sie nun als Schokoladenhändler zu Papa.

»Sie haben Schokolade bestellt«, sagt sie forsch und schiebt ihm den Bauchladen hin.

Mein Vater freut sich nicht. Er mag es nicht, wenn man übertreibt. Er mag es nicht, wenn etwas zu viel ist. Er mag auch nicht, wenn sein Teller zu voll ist. Er mag es nicht, wenn meine Mutter zu überschwänglich ist.

»Unordnung macht ihn krank«, sagt Mama.

Sie ist nicht ordentlich. Ihr Schrank ist ein Durcheinander. Ihr Zimmer ist vollgestopft mit Büchern, Zeitungen, Heften, Stiften, getragenen Kleidern, Taschen und Tüten und kleinen Dingen, die sie auf der Straße gefunden hat und von denen sie glaubt, sie brächten ihr Glück. Hufnägel, Figürchen, Knöpfe und schöne Steine und Äste, trockene Blumen, Stoffreste und vergessene Spielsachen. Papa darf das nicht sehen. Da, wo Papa lebt, ist alles ordentlich, dafür kämpft meine Mutter jeden Abend, ehe er heimkommt.

Der Schrank meines Vaters ist wunderbar geordnet. Seine schön gebügelten Hemden gestapelt, seine Unterhosen wie weiße Blüten aneinandergereiht, seine Socken eingerollt wie Schneckenhäuser. Seine Anzüge werden ausgebürstet und zur Reinigung gebracht. Seine Schuhe, auf Spannern, stehen dicht zusammen wie schwarze Zähne. Ich putze sie jeden Morgen und finde eine Münze für mich in einem von ihnen. Seine Krawatten haben eine extra Schublade. Für seine Manschettenknöpfe gibt es eine silberne Schale.

Wenn meine Mutter gekocht hat, sieht die Küche aus wie nach einem Sturm. Wenn sie gebadet hat, steht das Bad unter Wasser und Handtücher krümmen sich unterm Waschbecken. Manchmal steht mein Vater kopfschüttelnd mitten in der Küche und verdreht die Augen. Aber er sagt kein Wort. Meine Mutter kocht herrliches Essen. Er hat sein eigenes Bad.

»Er hat keine Geduld«, sagt meine Mutter. »Schon als kleiner Junge nicht, das hat mir seine Mama damals erzählt.«

Papa kann nicht mit einkaufen gehen, denn im Laden muss man so lange warten. Er wird sehr schlechter Laune, wenn einer von uns zu spät zum Essen kommt. Leute, die ihn warten lassen, verachtet er. Er sagt, das sei ein Zeichen für schlechte Erziehung. Wenn er mittags und abends heimkommt, muss das Essen auf dem Tisch stehen. Er ist ungehalten, wenn die Suppe zu heiß ist und er warten und pusten muss, ehe er den Löffel in den Mund stecken kann. Wenn man krank ist, sitzt er ungeduldig am Bett, nur kurz, und sagt:

»Na, morgen bist du aber wieder gesund!«

Wenn man vor ihm langsam die Treppe hinaufsteigt, überholt er einen unsanft. Wenn meine Spielkameraden zu lange bleiben, setzt er sie eigenhändig vor die Tür.

Meine Großmutter hat Mama vor Jahren erzählt, dass er als kleines Kind so ungeduldig gegen die Tür getreten hat, hinter der das Christkind den Gabentisch aufbaute, dass er kein einziges Geschenk bekam.

»Aber es hat nichts genützt«, sagt meine Mutter.

Es ist Winter. Meine Mutter macht meiner Schwester und mir abends in der Waschküche heiße Bäder. Dr. Serkin, der viele Jahre in Indien studiert hat, zeigt sich besorgt über unser schnelles Wachstum und hält diese Bäder für eine gute Kur.

»Wir reifen zu schnell, wie Obst«, sagt meine Schwester.

»Fallobst«, sage ich.

»Fallobst reift nicht mehr«, sagt meine Schwester und taucht unter.

Wir liegen in zwei großen Zinkzubern, die sonst zum Wäscheeinweichen verwendet werden, nur unsere nassen Köpfe schauen heraus. Wir zeigen mit den Fingern aufeinander, um zu sehen, wer länger durchhalten kann, und verziehen unsere roten Gesichter zu Grimassen. Meine Mutter sitzt auf dem Holztisch und überwacht uns. Manchmal liest sie uns Gedichte vor, damit wir sie später auswendig aufsagen können. Wir fragen uns, ob Dr. Serkin sie ausgesucht hat. Aber wir wissen, unsere Mutter lässt sich bei Gedichten nicht dreinreden.

Das Wasser wird, wie an den Waschtagen, in dem massigen Kessel erhitzt. In der Waschküche riecht es nach Rauch, Waschlauge und nassem Holz, nach säuerlicher Wäsche und Schimmel. Wir müssen so lange im Wasser liegen, bis meine Mutter uns erlaubt, herauszusteigen. Durch das Fenster sehen wir ein schmales Stück Himmel und ein paar Büsche. Wenn es schneit draußen, ist es schön.

Die Waschküche liegt im Keller, und eine eigene enge Betontreppe führt nach oben in den kleinen Küchengarten mit seinem Kirschbaum.

Einmal in der Woche kommt Frau Ida Leis, und meine Mutter hilft ihr dort unten Wäsche zu kochen und mit einem langen Holzpaddel umzurühren. Auf einem Holztisch unterm Kellerfenster wird die Wäsche mit großen Wurzelbürsten geschrubbt. Wenn Ida Leis im Haus ist, steigt der Dampf in dichten Schwaden aus der Kellertür die Treppe hinauf. »Die Hölle, in der man die Sünder gar kocht«, sagt meine Schwester. Das ganze Haus riecht danach.

Frau Leis' Hände, groß, blass und schwammig vom heißen Wasser, gefallen mir besonders gut. Sie sehen aus wie zwei gekochte Tiere. Ich sehe genau zu, wie sie ihr beim Essen helfen. Wenn sie kommt, gibt es immer besonderes Essen. »Sie braucht Kraft«, sagt meine Mutter und fängt schon früh an zu kochen. Rindfleisch und Wirsingkohl, Kartoffelbrei, Krautwickerl oder Schweinskoteletts. Dazwischen Wurstbrote, nachmittags Kuchen, den meine Mutter am Tag davor gebacken hat. Ich drücke mich in der Küche herum und höre den Geschichten zu, die Ida Leis erzählt. Von anderen Herrschaften, bei denen sie wäscht, und was für Ferkel die sind, alles einflecken, nichts einweichen und ihr den ganzen Dreck überlassen. Sie erzählt von den grässlichen Krankheiten dieser Leute und davon, wie sie sich streiten und anbrüllen. Meine Lieblingsgeschichte ist die, wie Frau Leis, ganz jung noch, in Stellung bei einem reichen Kunsthändler war.

»Ich steige abends in mein Bett, und im Spiegel vom Kleiderschrank sehe ich einen Mann unter meinem Bett liegen.«

»Ich habe geseufzt und gemurmelt: ›Herrje, der Kakao für die Gnädige!‹« Sie lacht immer ganz lange an dieser Stelle. »Und bin aus dem Bett gesprungen und habe das ganze Haus aufgeweckt.«

Ich will die Geschichte immer wieder hören.

Am meisten aber spricht sie von Karl, ihrem einzigen Sohn, den sie so liebt, dass sie immer Tränen in den Augen hat, wenn sie von ihm spricht. »Mein Karl!« Nie scheint es ihm gut zu gehen. Immer ist er krank, verliert die Arbeit, wird betrogen und hintergangen. Die Welt ist grausam zu ihm, seit er aus der Gefangenschaft zurückgekommen ist. Ich bin gespannt auf den »armen Karl«. Einmal holt er sie ab, ein bleicher glatzköpfiger Mann mit großen Ohren, der verlegen seinen Hut vor die Brust hält. Ich habe ihn mir viel jünger vorgestellt.

Immer umarme ich Frau Leis, wenn sie am Tisch sitzt und von ihm erzählt. Meine Mutter muss mich wegscheuchen, damit Frau Leis in Ruhe essen kann. Ich mag ihren Geruch nach Kernseife und nasser Wolle. Ich halte ihre Hände, die sich anfühlen wie Gartenhandschuhe.

Einmal besuche ich sie ganz alleine, sie ist krank und kann nicht zum Waschtag kommen. Ich radele durch die halbe Stadt zu ihrer kleinen Wohnung. Ich hocke lange vor der bauchigen Glasvitrine neben ihrem Bett, in der sie die Geschenke ihrer Herrschaften aufgestellt hat. Sie gefallen mir besonders, weil ich weiß, dass sie meinen Eltern überhaupt nicht gefallen würden: Porzellandamen, die auf Porzellanstühlen an einem runden Porzellantischchen sitzen und winzige Kaffeetassen in der Hand halten. Hunde aus echtem Fell, die auf einem Brettchen stehen, neben einer Säule, in die eine winzige Glühbirne eingeschraubt ist, ein Stehaufmännchen aus Blech mit Clownsgesicht. Es klingelt leise, wenn es sich aufrichtet. Gläserne Teufelchen, die angeblich in Weinflaschen tanzen können, Postkarten, auf denen Edelweiß kleben. Frau Leis erlaubt mir, alles anzufassen. Sie will mir ein Lämmchen aus Hobelspänen schenken, aber ich kann es nicht annehmen. Meine Mutter weiß nichts von dem Besuch.

Karl, ihr Sohn, kommt nach Hause, als ich schon gehen will. Sie besteht darauf, uns beide zum Eisessen zu schicken. Karl soll mich einladen. Ich habe keine Lust dazu. Ich schiebe mein Fahrrad, und neben mir läuft der schweigende Karl. Wir setzen uns an einen Tisch vor dem Café auf dem Gehsteig. Er drängt mich zu einem Bananensplit und bestellt sich selber einen, und während ich meine Banane zerdrücke und mit Sahne vermische, erzählt er mir, ganz so, als hätten wir schon oft darüber gesprochen, von einem Soldaten, der mit seinem Freund einen felsigen Hügel hinaufklettert, geduckt, zwischen Steinbrocken und Büschen, und oben angekommen, trifft den Freund eine Kugel, und er fällt zu Boden und rollt den Hang wieder hinunter.

Mir fällt das Lied ein von der Hinrichtung eines Soldaten, eines Deserteurs. Meine Mutter hat es uns vorgesungen und uns gesagt, dass sie als Kind nur an dieses Lied zu denken brauchte, um loszuheulen.

»Es geht bei gedämpftem Trommelklang, so müde die Füße, der Weg so lang …«

Ich weiß nicht, ob ich Karl von diesem Lied erzählen soll, und komme davon ab. Er erwartet auch keine Antwort, sondern schaut den Leuten nach, die an uns vorbeigehen, und trommelt mit dem Löffel an sein Glas.

»Und weißt du, wer dieser Soldat war?«, fragt er schließlich. »Das war ich.« Und dann lächelt er.

Später, als ich schon im Internat bin und nur noch selten nach Hause komme, treffe ich Frau Leis einmal am Bahnhof. Sie trägt einen großen Hefekranz auf einem Backblech und will zu ihrer Schwester nach Dinkelscherben.

»Du hast mich einmal besucht, erinnerst du dich?«, sagt sie. »Wann kommst du wieder? Karl würde sich so freuen.« Zum Abschied streichelt sie meine Wange mit einem freien Finger, ohne das Blech dabei loszulassen.

4

Das Foto kommt in einem Brief, schwarz-weiß und groß wie eine halbe Postkarte: Auf einer Wiese mit verstreutem Laub sitzt eine winzige alte Frau auf einem Stuhl, überragt von einer anderen Frau mit runder Brille, die lächelnd hinter ihr steht, einen Arm um ihre Schultern gelegt. Die alte Frau lächelt auch ein bisschen, mit schief gelegtem Kopf. Sie hat ein schwarzes Hütchen auf, und ihre artig gekreuzten Beine stecken in großen Schnürschuhen.

Wir sitzen am Abendbrottisch und hören zu, wie meine Mutter den Brief vorliest. Ich verstehe kein Wort, so aufgeregt bin ich. Niemand hat mir von dieser alten Frau erzählt. Mein Vater zeigt uns das Foto über den Tisch hinweg, ohne es loszulassen. »Das ist eure Großmutter Rosa«, sagt er, »Rosa Auristella.« Seine Stimme klingt seltsam, und als ich ihn ansehe, hat er gerötete Augen. Meine Schwester macht das verlegen, und sie fragt hastig: »Und wer ist die andere?« »Das ist«, sagt meine Mutter und wendet den Brief hin und her, »das ist Schwester Gertrud, vom Roten Kreuz. Sie hat sich um Großmutter gekümmert.«

Rosa Auristella zieht bei uns ein. Meine Eltern haben sie lange für tot gehalten, aber das haben sie uns nie gesagt.

Dresden, die Stadt, in der meine Großmutter gelebt hat, ist untergegangen. Sie wohnt jetzt in dem grünen Zimmer über der Küche. Sie ist bald nicht mehr so klein und zart, sie nimmt zu und bekommt einen runden Rücken und eine hoch gewölbte Brust, die in ein Korsett gesperrt ist. Wenn ich sie umarme, fühlt es sich hart an, wie ein Panzer. Sie bewegt sich langsam. Wenn man ihr im Haus begegnet, kann man in den Gängen und auf der Treppe nur schwer an ihr vorbeikommen. Sie mag es nicht, wenn man sie zur Eile antreibt. Sie lässt sich auch nicht zur Seite schieben. Sie bewegt sich mit würdevoller Gelassenheit. Ich will sie schubsen und schieben, will mit ihr herumtanzen, will, dass sie schnell aufsteht und mitkommt, wenn ich ihr etwas zeigen muss, will, dass sie Bälle fängt und sich zum Verstecken hinter das Sofa kauert. Sie wehrt mich immer geduldig und lächelnd ab. Ich werfe sie vom Küchenhocker mit meiner Begrüßungsumarmung. Sie liegt hilflos auf dem Rücken, wie ein großer schwarzer Käfer mit zappelnden Beinen, dabei lacht sie so heftig, dass sie sich in die Hosen macht. Aber das erzählt sie mir erst Tage später.

Nachts, wenn sie den Panzer ablegt, ist sie weich wie aus Pudding. Ich schaue ihr zu, durchs Schlüsselloch. Auch in der Badewanne bespitzle ich sie. Ich sehe zu, wie dieser volle gelbhäutige Körper behutsam ins milchige Wasser taucht, glitzernde Knie und Brüste aufsteigen, die sorgsam mit einem weißen Läppchen geseift und mit Händen voll Wasser bespült werden. Nachts, wenn das malvenfarbene Korsett mit seinen Schnürbändern und Haken an der Tür hängt, wenn sie den Haarknoten auflöst und einen Zopf flicht, krieche ich zu ihr ins Bett. Sie riecht nach Trockenobst. Sie liegt unter einer blauseidenen Steppdecke. Niemand darf wissen, dass sie mir immer wieder von der einen Nacht erzählt. Immer wieder sind wir in diesem Keller. Da ist immer wieder die Frau mit den zwei toten Kindern im Koffer, das Mädchen, das sich losreißt und hinaus auf die Straße rennen will, der Mann, der schreit und um sich schlägt. Ich warte darauf, dass es vorbei ist, alles aufhört, dass sie wieder rauskommt aus diesem schrecklichen Keller und sich auf die Parkbank setzt. Ich warte auf den Affen. »Weltuntergang« sagt sie jedes Mal, und sie weiß nicht, ob sie noch lebt, sagt sie.

Da ist eine Parkbank, und da setzt sie sich hin und weint. Und da ist plötzlich dieser Affe, wer weiß, woher der kommt, sie hat ihn nicht kommen sehen. Er springt sie an, klammert sich an sie, zittert, wimmert. Ein großer Affe, sein Fell ist versengt, er schreit, sein Gesicht dicht vor ihrem Gesicht. Er umklammert sie. Gleich wird er sie beißen. Sie hält ganz still. »Ein wild gewordener Affe und eine alte Frau«, sagt sie. »Zwei Überlebende.«

Sie kann mir nicht sagen, wie lange sie da sitzt. Sie kann mir auch in meinem Naturkundebuch nicht zeigen, was für ein Affe das war. Sie weiß auch nicht, was aus ihm geworden ist. Sie hat kein Mitleid, erst auf mein Drängen sagt sie: »Armes Tier.«

»War das nicht ein Trost für dich?«, dränge ich weiter.

»Ach, Kind«, sagt sie.

Am Ende sagt sie dann jedes Mal: »Keiner hier im Haus hat sich gefreut, als ich wieder da war.«

Und ich sage dann: »Ich, ich habe mich gefreut.« Und

ich küsse sie und klammere mich an sie. »Wie der Affe«, sage ich, und sie gibt mir einen Klaps.

Meine Großmutter hat nichts für Tiere übrig. Sie erlaubt unserem Hund, einem Cairn-Terrier, nie, auf ihren Schoß zu springen. Wenn sie ihn überhaupt anfasst, macht sie die Hand flach, ohne die Finger mit ihm in Berührung zu bringen. Sie klopft ihm zwei-, dreimal auf den Kopf und sagt: »Povre animal.« Sie hasst die Wespen, die sich auf ihren Erdbeerkuchen setzen, und die Mäuse, die manchmal im Herbst über die Terrasse rennen. Auch unsere Hühner will sie nicht zu nahe haben, und sie sagt mir, ich solle mich waschen, ich röche nach diesen Tieren.

Mein Großvater hatte in La Paz einen Laden, »El Gajo« – Der Hahn –, in dem es alles gab, »vom Pferd bis zum Hut«, sagt meine Großmutter.

»Nachts haben sie die Lamas, ganze Herden, die immer Waren für den Laden brachten, im Hof zusammengetrieben. Die ganze Nacht habe ich gehört, wie sie herumtrappelten und riefen. Ich habe es gehasst, nachts über den Hof zu gehen, das Klo lag ja gegenüber von unserem Salon auf der anderen Seite. Dein Vater machte lieber ins Bett, als über den Hof zu gehen. Ich musste ihn mit Gewalt an der Hand durch diese wimmelnden felligen Körper zerren. Dein Großvater liebte Tiere. Er hatte Nana, eine riesige schwarz gefleckte Dogge, die hat er mit in die Ehe gebracht. Ich war eifersüchtig auf dieses Vieh. Er hat den Hund immer viel zärtlicher begrüßt als mich, seine junge Frau. Er hat dieses Vieh schamlos verwöhnt. Sie hat immer aufs Sofa gedurft.« Meine Großmutter betrachtet mich im Licht der Nachttischlampe mit bösen Augen, als hätte ich das mitzuverantworten. »Selbst wenn sie die Polster blutig gemacht hat.« Sie beißt sich auf die Lippe. Sie will mir nicht erklären, wieso Nana geblutet hat. »Abscheulich«, sagt sie. »Ein Tier ist ein Tier.«

Meine Großmutter, ein schönes junges Mädchen, heiratet meinen viel älteren Großvater. Sie zeigt ihn mir auf einem Foto. Er hat einen lockigen Bart und einen breiten Bauch und sitzt vor einem Tisch mit vielen Papieren, in seinem Kontor.

Auf dem Foto, das sie mir von sich zeigt, trägt sie ein Ballkleid mit einem weiten Dekolleté, umrahmt von Rüschen und Bändern. Ihr schwarzes Haar ist hochgesteckt zu einer mächtigen Haube. Kleine weiße Blumen stecken darin. »Oh, ich hatte so viele Haare, und sie waren störrisch, so eine Arbeit jeden Morgen«, sagt sie. Auf dem Foto hat sie den Kopf zur Seite gedreht, ihr Mund lächelt irgendwohin. Ihre Augen – Indioaugen, sagt mein Vater – sind traurig und fremd in diesem weiß gepuderten Damengesicht.

»Er wollte nicht, dass ich mich pudere, aber kaum war er aus dem Haus, hab ich mich vor den Spiegel gesetzt und mir das Gesicht schneeweiß gepudert, wie ein Clown.«

Rosa Auristellas Vater, Maximo, kann ihre indianische Mutter Eduviches, meine Urgroßmutter, nicht heiraten, und es gibt kein Foto von ihr. Meine Großmutter will nie über sie sprechen. Von Tante Lilli aber weiß ich, dass mein Urgroßvater Maximo in La Paz schon eine andere Familie hatte und ein großes Haus, in dem er lebte.

»Und daneben hatte er eben noch einen anderen Haushalt, mit der Ketschuafrau Eduviches und den zwei kleinen Töchtern, Rosa und Mathilda« sagt Tante Lilli. »Man nannte das eine Casa Chica«, sagt Tante Lilli und verzieht den Mund, als habe sie etwas Bitteres auf der Zunge, »und so nennt man so was heute noch.« Tante Lilli ist die Tochter von Mathilda, Rosas kleiner Schwester.

»Also, dieser Maximo war ja kein schlechter Vater«, sagt Tante Lilli. »Seine beiden Töchter hat er immerhin doch auf eine deutsche Missionsschule geschickt.«

Meine Großmutter will, nachdem mein Großvater gestorben ist, eine Weile nach Dresden, zu einer alten Freundin aus Schultagen, damit sie ihrem Sohn, meinem Vater, näher sein kann.

In der Missionsschule wird sie von Nonnen unterrichtet. In ihrem Zimmer, auf der kleinen Barockkommode, gibt es einen Altar und verschiedene Heiligenfiguren. Ihr Liebling ist der heilige Antonius, den sie auf den Kopf stellt, wenn jemand im Haus etwas verloren hat und er es wieder herbeischaffen soll. Wenn ich aus der Schule komme, laufe ich hinauf in ihr Zimmer. Dort sitzt sie an einem kleinen quadratischen Tisch mit blauen Delfter Kacheln, in ihrem dunkelgrünen Ohrensessel, liest oder legt Patiencen. Ich setze mich auf ihren Schoß, auf dem nicht viel Platz ist, ich aber zwinge mich ihr auf und singe mit ihr alle Kirchenlieder, die ich gerade gelernt habe.

Meine Großmutter liebt meine Schwester, die sie schon als Baby gekannt hat. Sie kam für ein paar Monate aus

Bolivien, um ihr erstes Enkelkind in Europa zu besuchen. Auf einem Foto hebt sie meine nackte Schwester wie ein Preisferkel lachend in die Höhe. Meine Schwester will nicht mitmachen bei diesen Erinnerungen. »Ich weiß das nicht mehr«, sagt sie. Die zärtlichen Blicke und Kosenamen sind ihr peinlich. Meine Großmutter will immer über die schönen Tage am Meer sprechen und will meine Schwester daran erinnern, wie glücklich diese Tage waren. Meiner Schwester ist das lästig.

»Du hattest zwei Matrosenpüppchen, die nanntest du Bircher und Benner. Weißt du noch? Einen roten Badeanzug hattest du, passend zum roten Ball. Weißt du noch?«

Meine Schwester reicht mir die Großmutter weiter wie eines der Kleidungsstücke, die von ihr auf mich gekommen sind. Sie hat manchmal Wutanfälle und kann lange und sehr laut vor sich hin heulen, wenn sie sich mit meiner Mutter gestritten hat. Meine Großmutter ist dann immer auf ihrer Seite. Sie findet, dass meine Schwester schlecht behandelt wird. Sie versucht sie zu trösten, meine Schwester hasst das. Sie will nicht, dass meine Großmutter sich einmischt. Einmal spuckt sie sogar nach ihr, als meine Großmutter immer wieder versucht, ihr den Kopf zu streicheln. Ich weiß längst, dass ich mich nicht einmischen darf, und mache meiner Großmutter Zeichen, aber sie kümmert sich nicht darum. Ich bin der Nutznießer dieser unerwiderten Großmutterliebe. Ich weiß das, und es stört mich nicht.

Meine Großmutter liebt gutes Essen und isst mit Appetit. Wir beide haben dieselben Vorlieben. Wir mögen Herz und Magen vom Hühnchen. Am erbittertsten ist unser heimlicher Kampf um den Bürzel der Gans und um ihren Hals, zum Abnagen. Meine Großmutter nagt mit vor Hingabe geschlossenen Augen, geschützt von einer riesigen weißen, um den Hals gebundenen Serviette. Sie nagt ebenso schnell und geschickt wie ich. Dabei hat sie falsche Zähne, das weiß ich, denn ich habe sie in einem Glas neben dem Bett stehen sehen. Nie erwische ich sie ohne diese Zähne. Sie ist eitel und erlaubt niemandem, sie so zu sehen.

In der Küche bin ich ihr Helfer. Wir machen »Empanádas«, gebackene Teigtaschen mit scharfer Fleischfüllung, an denen ich mir aus Gier regelmäßig den Mund verbrenne. Wir machen »Picante de Gallina«, Huhn in sehr scharfer Tomatensauce, die gesprenkelt ist von grünen Erbsen und winzigen rosa Kalbfleischknödelchen. Dazu gibt es Salzkartoffeln.

»Eigentlich müssen das die gefrorenen Kartoffeln sein, Cuñios«, sagt meine Großmutter. »Die haben diesen süßlichen Geschmack, der dazu passt.«

Ich zeichne eine Speisekarte, um sie auf den Tisch zu legen. Ich zeichne Erbsenschoten mit Gesichtern, lachende Tomaten, grimmige Chilis, Hühner und einen Kalbskopf. Die gefrorenen Kartoffeln mache ich blau vor Kälte.

Ihre Hände, braun gefleckt, mit schön manikürten Fingernägeln, nehmen den Fisch behutsam aus, reiben den Meerrettich, schneiden den Chili, kratzen die Vanilleschote aus.

»Hast du Großvater gleich geliebt, als du ihn gesehen hast?«, frage ich sie. Ich bin neugierig auf Liebesgeschichten und versuche, in meinem Tagebuch sich küssende Paare zu zeichnen. Ich zeige sie ihr, und sie lächelt. »Eskimos, die Nasen reiben«, sagt sie.

»Ich habe einen anderen Mann geliebt«, sagt sie. »Er hieß Ramón und war der Bruder meiner Freundin. Er hatte in Uniform so eine wunderbare Haltung, und diese herrliche Stimme. Manchmal, bei Soireen, hat er gesungen.«

»Was?«

»Ach, alles Mögliche, Volkslieder, und ich glaube, sogar Opernarien. Ich, ich habe immer nur darauf gewartet, dass er seine Augen schließt, so langsam, nur so halb, er hat gefühlt, was er da sang, es war immer etwas Trauriges.«

»Wie, halb schließt? Wie sah das aus?«

»Na so!« Sie dreht ihr Gesicht zu mir, unter den gesenkten Lidern ist das halbe Weiß ihrer Augen zu sehen. Es sieht fürchterlich aus, als wäre sie tot.

»Und das hat dir gefallen?«

»Ja! Ich war ja ganz krank vor Sehnsucht.«

»Sehnsucht?«

»Ja, Sehnsucht. Ich wollte, dass er für mich so die Augen schließt. Aus Liebe.«

Aber dann heiratet sie Guillermo.

»Dein Großvater war ein wunderschöner, imposanter Mann, Bart, blitzblanke Augen. Der hat das Leben geliebt. Jagdpartien hat der organisiert, und er war ganz verrückt nach der italienischen Oper, und natürlich Wagner. Ich hatte einen kleinen Vetter, der immer auf mich aufpasste und der uns immer störte. Er war erst fünfzehn und schrecklich verliebt in mich, spielte sich als Beschützer auf. Den musste Don Guillermo erst loswerden.«

Sie will mir nicht sagen, wie er das gemacht hat. Ich warte.

»Bestochen hat er ihn«, sagt sie mit einem kleinen Lachen. »Was für ein gewitzter Kerl! Das war in einem Hotel, in Valparaiso, im Palmengarten, nach einem Abendessen. Er hat sich mir gegenüber hingesetzt und gesagt …« Sie denkt nach. »Er hat gesagt, ›Senorita Rosa, ich bin mir nicht gewiss, ob ich Ihre Liebe habe‹.« Sie lächelt und dreht an ihren Perlenohrringen.

»War er schön?«

»Er sah aus wie Lohengrin.«

Ich zeichne ihn. Er sitzt in einem Schwan, der aussieht wie die Schwäne auf dem Karussell.

Das Auto sieht aus wie ein senfbrauner Käfer, und so heißt es auch. Innen riecht es wunderbar. Es gehört nicht nur uns, sondern auch dem Mann, mit dem mein Vater zusammen im Büro arbeitet.

Als wir es zum ersten Mal stehen sehen, auf der Straße vor unserer Haustür, sagt der kleine Sohn des Mitbesitzers, der neben mir herumhüpft vor Freude, »unser Wägele«, und ich gebe ihm eine Ohrfeige.

Ich bin ein lebendes Radio. Ich sitze im Auto hinten neben meiner Mutter, da meine Schwester immer vorne sitzen muss, weil ihr sonst schlecht wird. Ab und zu sage ich, dass man jetzt das Radio einschalten soll. Ich habe mehrere Programme.

Wenn man mich am Bauch krabbelt, singe ich das

Lied von der kleinen Schaffnerin. Rechts, an den Rippen, kommt eine Fußballreportage: »… und jetzt Bruno am Ball … und er schießt … ja … ja … das Leder zappelt in den Maschen …«

Wenn man mich am Rücken krabbelt, singe ich: »Innsbruck, ich muss dich lassen. Ich fahr dahin mein Straßen …«

Links dann, an den Rippen: »I hob rode Haar, feierrode Haar sogar, und drum kommt zu mir ka Bua …«

Manchmal, auf besonderen Wunsch, kann man auch auf eine Tiersendung schalten. Ich liebe den Mann, der diese Sendung im Radio macht und der breites Schwäbisch spricht: »Frau Köberle, bringen's mir mal meine Büble rein …« Dann das Kreischen von Schimpansen. Am Ende der Sendung sage ich wie er: »Guts Nächtle!«

Ich möchte viel öfter eingeschaltet werden und werde ungeduldig. Manchmal hört sich meine Mutter das ganze Programm an, leise auf dem Rücksitz.

Meine Mutter kocht am liebsten für die Familie. Gäste, die nicht zur Familie gehören, machen sie nervös und kosten sie schon Tage vorher viel von ihrer Gelassenheit und Fröhlichkeit. Mein Vater wünscht sich ein »gastliches Haus«, wie er es nennt, und so kommen jede Woche Gäste. Meine Mutter macht Listen und berät sich mit meiner Großmutter, bügelt Leinentischdecken und Servietten und putzt das Silber. Der große runde Esszimmertisch wird ausgeklappt, und mein Vater, der nichts von Wein versteht, aber immerzu Wein bestellt und probiert, verkündet seine Wahl und erntet wie immer Zustimmung von uns allen.

Die Gans, die Königin auf dem Speisezettel meiner Mutter, gibt es nur zu Weihnachten. Sie wird bei Frau Harsch auf dem Markt bestellt. Frau Harsch, eine kleine Frau mit roter Nase, die immer in viele Kleider gewickelt ist, weiß, dass nur weibliche Gänse in Betracht kommen. Sie versäumt nie, wenn sie die Gans, stolz, als wäre es ein Neugeborenes, hoch über den Tisch hebt, den Bürzel zusammenzudrücken, damit meine Mutter das leise Knacken hören kann, das erkennen lässt, wie frisch der Vogel ist. Ich warte jedes Mal auf dieses Ritual.

»Wie Marzipan«, sagt meine Mutter dann immer, und später auf dem Heimweg zu mir, die schwere Gans in der Tasche: »Auf Frau Harsch ist doch Verlass!«

Am Abend vorher gibt es Gänseklein mit Reis, und ich bekomme das winzige Hirn aus dem gekochten Gänsekopf. Die blassen Augen in dem gespaltenen Kopf, an dem noch der gelbe Schnabel sitzt, beobachten mich beim Essen. Ich versuche, mich nicht darum zu kümmern.

Am nächsten Morgen, schon früh, zieht der wohlbekannte Geruch durchs Haus. Der Geruch verbrannter Federkiele, die meine Großmutter über der Gasflamme absengt. Ich liege noch im Bett. Ich weiß, bald wird ein anderer Duft aus unserer Küche kommen und das ganze Haus füllen.

Mein Vater tranchiert die Gans, ein weißes Küchentuch umgebunden. Er ist stolz auf seine Geschicklichkeit und wetzt vorher lange das große Messer mit dem Hirschhorngriff. Ich sehe ihm bewundernd zu. Er schnippt mir mit dem Messer ein paar knusprige Hautstückchen zu und zwinkert dabei. Das ist eigentlich nicht erlaubt. Die

Gans, gefüllt mit Äpfeln und Leberchen, nun goldbraun gefleckt, wird verteilt. Immer bin ich in Sorge darum, ob ich genug bekommen werde. Meine Mutter bekommt von meinem Vater die besten Stücke auf den Teller gelegt, und jedes Mal sagt sie, sie habe schon so viele Gänse gegessen in ihrem Leben, sie brauche nicht das Beste. Aber mein Vater lässt sich nicht beirren. Dazu gibt es Selleriesalat, Endiviensalat, Knödel, Blaukraut, Apfelkompott und Sauce in dem runden bolivianischen Silbertöpfchen meiner Großmutter, das meine Mutter »Julia« nennt und besonders liebt. Tante Maisin und Onkel Kurti brauchen danach einen Kamillentee, und meine Großmutter muss sich hinlegen, so erschöpft ist sie. Meine Schwester und ich tunken in der Küche mit Brotbrocken in der Bratreine herum. Gänsefett! Mein Vater macht uns bei Tisch vor, wie eine Gans sich putzt, und reibt seine fettigen Hände unter die Achseln und in die Haare. Sonst ist er nicht für solche »Ferkeleien«, wie meine Großmutter das nennt. Gewöhnlich überwacht er unsere Tischmanieren wie ein Adler und sticht uns mit der Gabel in die abgespreizten Ellenbogen oder schlägt uns auf die Finger.

Am Weihnachtsabend wird immer geweint. Meine Mutter, die vorher das ganze Haus geputzt hat und der die Sorge zusetzt, ob genug Essen für die Feiertage vorhanden ist, ob der Baum die richtige Größe hat, ob die Geschenke gut gewählt sind und ob der Herd dieses Mal wirklich funktioniert, weint vor Erschöpfung, aber auch vor Erleichterung. Manchmal auch darüber, dass ein Geschenk ihr nicht gefällt: die Perlenkette etwa von meinem Vater. Perlen bedeuten Tränen! Wir wissen, dass es nicht um die Perlen geht, tun aber erstaunt.

Meine Schwester und ich nehmen all das gelassen hin und warten auf die Tränen meiner Großmutter, die verlässlich beim Singen des ersten Liedes fließen: »Vom Himmel hoch, da komm ich her …«

»Das ist mein letztes Weihnachten«, sagt sie dann und wird hastig getröstet.

Mein Vater zündet den Kamin an und legt sich davor auf den Boden, wir, meine Schwester und ich, vergleichen unsere Geschenke, stopfen uns mit Plätzchen voll und streiten, wer das nächste Holzscheit auflegen darf. Später gehen wir zur Christmette, den neuen Schal umgebunden, das neue Kleid unter dem Mantel, das Lieblingsspielzeug in der Tasche. Meine Mutter und meine Großmutter, erleichtert von den festlichen Tränen, leben auf und laufen Arm in Arm hinaus in den Schnee wie zwei kleine Mädchen. »So ein schönes Fest! Was für eine schöne Nacht!« Am Weihnachtsabend liegt immer Schnee und knarzt unter meinen neuen Schuhen.

Ein paar Wochen vor Weihnachten verschwinden unsere beiden Bären. Meiner, Schmatzi, hatte die Größe eines Säuglings und ist ein Kriegskind, das seinen gesamten Pelz eingebüßt hat, auch seine Drehgelenke. Keines seiner Glieder lässt sich mehr bewegen, sie baumeln an ihm, weil meine Mutter sie nach und nach alle hat festnähen müssen. Sie hat ihn auch an verschiedenen Stellen gestopft und dort, wo die Nase sitzt, mit glänzendem Garn eine kleine Beule aufgestickt, die ihm, gepaart mit seinen vorstehenden Augen auf Stielen aus schwarzem Zwirn, ein schwermütiges Aussehen geben. Vom vielen Füttern ist seine Schnauze fettig und dunkel. Er hat einen beruhigenden, bittersüßen Geruch und schläft jede Nacht in meinem Bett. Sein knochenloser Körper erlaubt mir, mich auf ihn zu wälzen, so dass ich morgens nie genau weiß, wo er ist.

Der Bär meiner Schwester hat noch sein blondes Fell. Er ist kleiner, handlicher und noch ganz beweglich. Er knurrt, wenn man ihn drückt. Er heißt Nick und sitzt nachts meistens neben ihrem Kissen, von wo aus er Schmatzi abends manchmal mit ein paar Worten bedenkt, wobei er die Pfoten bewegt und den Kopf hin und her dreht, alles Sachen, die Schmatzi verwehrt sind. Nick brummt: »Morgen gibt's Zeugnisse« oder »Ich habe heute keine Lust, Zähne zu putzen«. Schmatzi brummt eine Antwort. Er stimmt immer allem zu, was sein Vetter sagt, entzückt, dass jemand das Wort an ihn richtet.

Schmatzi und Nick sitzen an Heiligabend verlässlich unter dem brennenden Baum, wie neue Geschenke. Sie sehen auch aus wie neu, gewaschen, gestopft und neu eingekleidet; Tante Marta hat ihnen weiße Pumphöschen genäht, mit einem herzförmigen Latz, der mit rotem Kreuzstich verziert ist.

Tante Marta ist die Halbschwester meiner Mutter, jünger als sie und kleiner, aber ebenso blond und blauäugig. Sie haben dieselbe Mutter, aber verschiedene Väter. Sie sind nicht zusammen aufgewachsen. Ich mag Tante Marta sehr. Sie erzählt oft von ihrem Mann, der gefallen ist, und von ihrer schönen Zeit in Pressburg, von Theater und Teekränzchen und von der eleganten Einrichtung ihres großen Hauses. Jetzt wohnt sie in zwei Zimmern, und wir sitzen auf dem winzigen Sofa zwischen den bestickten Kissen und dürfen mit dem großen Holzsoldaten auf dem Teetisch Nüsse knacken und die Schalen überall herumspringen lassen, ohne dass wir ermahnt werden.

Tante Marta ist immer auf der Suche nach einem Mann. Meine Mutter findet das peinlich, aber Tante Marta kümmert sich nicht darum. Sie trifft Männer in der Sauna, im Wartezimmer des Arztes, im Bus, und sie erzählt uns davon und lacht über sich und ihre Schwärmereien.

»So ein ganz Stiller sitzt mir gegenüber, trinkt seinen Wein, ganz bedächtig, nickt mir zu, ganz zufrieden, sagt kein Wort. Ich erzähle ihm von der Kur, von dem Konzert im Kurpark, von der großen Auswahl beim Abendessen. Ich weiß gar nicht, warum ich nicht aufhören kann zu reden. Ich hör mich plappern und denke, du verdirbst wieder alles, und dann macht er den Mund auf und sagt: ›Ich muss heute bald ins Bett.‹ Hat sich natürlich nicht mehr gemeldet.«

»Wieso bist du überhaupt mit diesem Bürokraten …« Meine Mutter hat diese strenge Falte zwischen den Brauen, aber Tante Marta lässt sie nicht ausreden.

»So schöne Augen«, sagt sie. »Augen wie Valentino, und dieses Fluidium.«

»Fluidum!«, sagt meine Mutter. »Welches Fluidum?«

»Vollmond«, sagt Tante Marta. »Sommernacht, Terrasse, überall Pärchen …«

Wir mögen ihre Geschichten schon deshalb, weil meine Mutter jedes Mal versucht, sie vom Erzählen abzuhalten. Tante Marta hat die gemeinsame Mutter, Großmutter

Margarete, im Altersheim besucht und sich um sie gekümmert. Sie will von ihr erzählen, aber meine Mutter wird schlechter Laune, wenn sie davon anfängt.

Sie versucht sich das nicht anmerken zu lassen, aber wir wissen, dass wir nun bald nach Hause gehen werden.

Großmutter Margarete arbeitet als Gouvernante. Sie bekommt, noch sehr jung, ein uneheliches Kind und gibt es ins Heim. Ihre Familie ist empört über den Fehltritt, aber Margaretes Schwestern Leonie und Maisin haben Mitleid mit dem Kind. Meine Mutter erzählt uns, dass ihre beiden Tanten und ihre eigene Großmutter sie immer wieder aus dem Heim holen. Sie wird in der Familie hin und her gereicht. Als meine Urgroßmutter, die geliebte Oma meiner Mutter, stirbt, kommt meine Mutter für einige Zeit in ein Waisenhaus. Richtig zu Hause ist sie bis dahin bei keiner der jungen Tanten. Erst als Tante Maisin heiratet und ihr Mann Lulu, der Archäologe, beschließt, meine Mutter aufzunehmen, lebt meine Mutter in einer wirklichen Familie. »Schade um ein so schönes kluges Kind«, soll Lulu gesagt haben. Da ist meine Mutter neun Jahre alt, genau in dem Alter, in dem mein Vater aus Bolivien zur Schule nach Deutschland geschickt wird, um dort bei seinem Onkel Eduard, Rollstuhl-Ede, zu wohnen, der ihn demütigt und schlägt, bis Tante Mathilda, die Schwester meiner Großmutter Rosa, ihn in ihre Familie aufnimmt. Ihr Mann ist chilenischer Konsul in Hamburg, und sie hat drei Kinder: Tante Lilli, Tante Mercedes und Onkel Alex.

»Als ich dort ankomme mit meinem kleinen Koffer«,

sagt mein Vater, »da kommt Lilli die breite Treppe herunter. Sie ist so dürr und sieht mit ihren kurz geschnittenen Haaren aus wie ein kleiner Affe, und sie breitet ihre dünnen Arme aus und umarmt mich und sagt ›Primito!‹, willkommen bei uns.«

Tante Lilli kennen wir. Sie kommt ohne Vorwarnung zu Besuch, »schneit herein!«, sagt mein Vater. Immer kommt sie gerade aus irgendeinem fremden Land, aus irgendeiner großen Stadt. Immer hat sie fremdartige farbenfrohe Kleider von dort mitgebracht und lustige Geschichten. Es ist schön, wenn sie kommt.

»Diese ganze Familie reist unentwegt in der Weltgeschichte herum«, sagt mein Vater. Man merkt, dass er das nicht richtig findet. Aber das sagt er nicht. Lilli ist seine Lieblingsverwandte. Sie nennt ihn »Pöks«, er nennt sie »Gordita«. Sie kann nachmachen, wie Donald Duck spricht, und sie spielt uns, wenn wir lange genug betteln, die »Irre von Chaio« vor. Sie lacht schrill und verdreht die Augen, schlägt mit den Armen und rennt hin und her wie ein Huhn. Das ist wunderbar, weil es mir Angst macht. Ich denke jedes Mal, sie schafft es diesmal nicht, sich wieder zurückzuverwandeln.

Mein Vater erzählt von seiner Kindheit:

»Ich reite auf meinem Schaukelpferd hinter dem Haus. Ich reite wild schreiend und Säbel schwingend auf den Feind zu. Es sind viele Feinde, alle bewaffnet und sehr gefährlich. Ich greife sie an und mache sie nieder mit meinem neuen Säbel, dass es nur so spritzt. Ich besiege die Feinde. Sie liegen blutend am Boden. Es sind Kakteen.« Er lacht, schwingt einen unsichtbaren Säbel. »Als

Junge habe ich gedacht, in dem Weihnachtslied heißt es ›… kehrt mit seinem Säbel ein in jedes Haus …‹.«

»Und ich habe einen neuen Anzug bekommen. Aus rotem Samt. Und Pancho, unser indianischer Diener, malt auch meinen Reifen und auch das Stöckchen zum Antreiben feuerrot an und lacht und nennt mich »El diablo«. Das ärgert mich. Ich sage Pancho, er soll seine klappernden Holzsandalen ausziehen, wenn er morgens an meinem Zimmer vorbeiläuft. Mein Vater hat das gehört und ruft aus seinem Kontor: »Solange du Pancho nicht bezahlen kannst, hast du ihm gar nichts zu befehlen.«

»Papa kommt abends heim und zeigt mir eine Dose Leberwurst, die hat ihm ein Freund aus Europa mitgebracht. Er geht damit in die Küche, und ich sehe zu, wie er eigenhändig Zwiebeln schneidet und die Leberwurst damit vermischt. Es kommt auch Öl und Essig dazu. Dann essen wir. Ich muss mich die ganze Nacht übergeben. Mama ist böse auf Papa. »Immer lässt er die Kleinen solche Sachen essen!«, sagt sie zur Köchin.

Mein Vater macht uns vor, wie sein Vater eine Scheibe Schinken mit Messer und Gabel in winzige Würfel schneidet, ehe er ihn aufs Brot packt. Mein Vater schneidet beim Frühstück seinen Schinken noch immer genauso. Wir versuchen, es nachzumachen.

Papa hat einen zahmen Affen. Er schminkt sich mit Mamas teuren Schminksachen aus Europa. Ganz bunt. Er sieht aus wie ein böser Geist. Er tobt durchs Haus, von Mama lässt er sich gar nichts sagen. Unsere Köchin schreit laut vor Angst, wenn sie ihn kommen sieht, er fegt durch die Küche, springt die Köchin an, und dann hängt er sich an ihre Zöpfe. »Pio« heißt er, und er stinkt. Mama hasst ihn. Er macht seine Pfoten immer an der frischen Wäsche sauber. Er liebt nichts mehr als Schokolade. Wenn wir Schokolade brauchen, für die Küche, kommt ein Indio, hockt sich auf die Straße vor die Tür und zermahlt dort die trockenen Kakaobohnen und knetet sie mit Zucker zu einer Paste, formt daraus kleine Fladen und trocknet sie in der Sonne. Da macht Mama dann morgens meinen Kakao draus, in heißer Milch. Ich schaue dem Mann gerne zu, wie er das macht mit den Bohnen und dem Zucker. Ich kriege immer einen kleinen Extrafladen. Mit dem locke ich dann Pio in mein Zimmer und ziehe ihm meine Kleider an. Das darf ich nicht. Er macht in meine Hosen. Er verschluckt Knöpfe. Er trägt einen Schuh fort, hinauf auf den Baum, und Pancho muss später hinaufklettern und ihn holen.

»Ich habe eine indianische Amme, sie heißt Dolores und trägt immer den schwarzen Hut der Cholas tief in die Stirn gezogen, das hat mir meine Mutter später erzählt. Sie liebt mich und trägt mich den ganzen Tag herum, auf ihren Rücken gebunden, wie das die Cholas machen mit Babys. Sie geht mit mir auf den Markt und in die Kirche. Sie geht auch mit mir zu ihren Freundinnen, dann trinkt sie Chicha, das ist ein Schnaps aus gekauten Maiskörnern, die man in einen Krug spuckt und dort gären lässt. Mein Vater entlässt sie, weil sie öfter torkelnd mit mir nach Hause kommt.« Mein Vater lacht und fährt sich durchs Haar. Er hat dickes, lockiges Haar, das er nachts mit einer Frisierhaube bändigt. »Später haben die anderen Mädchen meiner Mutter erzählt, Dolores habe mir die Haare mit Pipi gewaschen. Das schäumt wie Seife, wenn man es lange stehen lässt, und soll den Haaren guttun. Wie ihr seht, hatte meine gute Dolores recht damit.«

Immer erzählt er uns Geschichten aus Bolivien, immer sind die Geschichten lustig. Er erzählt uns nie von der Zeit danach. Höchstens ein bisschen von der langen Reise allein auf dem großen Dampfer. Er ist neun Jahre alt.

»So ein Schiff hatte lebende Tiere an Bord, als Proviant«, sagt er. »Kühe, Ziegen, Schafe, Schweine. Jeden Tag gehe ich zu den Ställen und schaue ihnen zu. Ich klettere in die Ställe. Ich verstecke mich im Heu. Sie wollen mich dort nicht haben, wollen mich wegscheuchen, aber ich komme immer wieder. Ich habe solche Tiere noch nie von so nahem gesehen. Es ist wie im Zoo. Schon zum Frühstück bestelle ich mir ein ›Bifsteca al caballo‹, ein ›Beefsteak zu Pferde‹, ein Riesenstück Fleisch mit einem Spiegelei obendrauf.«

Er erzählt uns nichts von dem, was danach passiert ist.

»Sie haben ihn schlecht behandelt, dort bei seinem Onkel im Rollstuhl«, sagt meine Mutter. »So ein böser, verbitterter Mann.«

Mehr sagt sie nicht.

Meine Mutter erzählt von ihrer Kindheit:

»Meine Freundin Marie bekommt eine Puppe. Eine Puppe, die so wunderschön ist, eine Dame in einem Ballkleid. Sie ist in einem Karton, an Händen und Füßen festgebunden. Sie steht immer neben Maries Bett, und abends sagt sie ihr gute Nacht, das erzählt sie mir. Die Puppe heißt Victoria, man kann nicht mit ihr spielen. Eines Tages nehme ich eine Schere und schneide sie los, ich nehme sie heraus, bewege ihre Arme und Beine, hebe die langen Haare hoch, schaue ihr unter den Rock. Sie hat weiße Unterhosen an. Meine kleine Freundin Maria weint.«

»Im Laden, an Ostern, beiße ich allen Schokoladenosterhasen, die ich erreichen kann, die Ohren ab. Meine Großmutter muss alle kaufen. Ich bekomme keinen einzigen davon.«

»In den Ferien schicken sie mich zu einer Frau, die ich noch nie gesehen habe. Sie sagen, es ist meine Tante, die Schwester meines Vaters, den ich nicht kenne. Er will mich nicht sehen, aber seine Schwester hat Mitleid mit mir. Ich mag sie nicht. Sie ist schweigsam und streng und kauft mir Kleider, die mir nicht gefallen. Es gibt einen festen Tagesablauf, an den ich mich halten muss. Frühstück, Klavierstunde, Spaziergang, Mittagessen, Mittagsruhe und so weiter. Beim Essen darf nicht gesprochen werden. Es gibt Kutteln. Ich kann keine Kutteln essen. Ich stopfe sie nach und nach in meine Schürzentaschen. Keiner bemerkt etwas. Erst als mich das Dienstmädchen ins Bett bringt, findet sie die Kutteln. Sie ruft das ganze Haus zusammen.

Noch heute sehe ich das Gesicht dieser strengen Frau vor mir, dicht vor meinem Gesicht, ihre aufgerissenen Augen hinter der Brille und wie sie die Zähne zeigt vor

Ekel. Sie schreit und ich stehe vor ihr im Nachthemd und höre kein Wort von dem, was sie da schreit. Ich denke nur, gleich ist es vorbei.

Sie lädt mich nie mehr zu sich ein.«

»Im Heim stehle ich ein Geldstück. Ich nehme es vom Tisch, wo viele liegen. Ich stecke es in meine Schürzentasche. Frau Busch fragt uns alle, ob wir das Geldstück genommen haben. Ich sage nichts. ›Da machen wir kurzen Prozess‹, sagt Frau Busch. Alle Kinder stehen im Kreis und müssen sich nackt ausziehen. Sie findet das Geldstück bei mir.«

»Bei Tante Leoni im Hutladen arbeiten junge Frauen an einem langen Tisch und machen Hüte. Überall liegen Schleifen, Seidenblumen, Schleier, Glassteine auf Nadeln, ausgestopfte kleine Vögel und schöne Stoffe in ganzen Ballen. Die Hüte stehen wie Pilze herum. Im Schaufenster steht immer nur einer, der schönste, vielleicht ein riesiger schwarzer Strohhut mit weißen Rosen oder ein Hut aus cremefarbener Spitze mit himmelblauen Bändern. Ich darf Hüte für Puppen machen. Die werden sogar verkauft. Ich darf auf Tante Leonies Schoß sitzen oder auf irgendeinem anderen Schoß. Alle Mädchen wollen, dass ich bei ihnen sitze. Alle küssen mich und lassen mich von ihrer Limo trinken.«

»Meine Großmutter hat mir, wenn ich zu ihr kam, immer sofort zwei Spiegeleier gebraten, in einer kleinen hohen Pfanne, die hat sie nur für mich gekauft. Sie schiebt sie in die Glut im Ofenloch.

›Oxereigle!‹, sagt sie. Sie kämmt mir die Haare zu hübschen Frisuren, und dann zieht sie sich selbst schön an, setzt ihr Hütchen auf, das mit dem Elsternflügel, schlüpft in ihre Handschuhe, und wir gehen ins ›Café Ceiler‹, wo es die Mohrenköpfe und Schlotfeger gibt, die ich so gerne esse. Sie nimmt ein Gläschen Portwein, rot wie Rubin. Und da sitzt sie und sieht mir beim Essen zu. Nachts schlafe ich bei ihr im Bett.«

Nach ihrer Blinddarmoperation schleicht sich meine Mutter aus dem Krankenzimmer im Heim und klettert auf einen Baum. Sie blutet, aber sie kommt erst am Abend wieder herunter, weil sie Hunger hat. Wir kennen die große hässliche Narbe auf ihrem Bauch. Sie lacht darüber und sagt, es habe für sie als Kind keinen Baum gegeben, auf den sie nicht hätte klettern können.

Auf dem Foto sieht sie trotzig aus und mager. Sie hat zwei Schnecken aus Haar über den Ohren. Sie steht zwischen lauter ernsten, schwarz angezogenen Erwachsenen und hält einen kleinen Kranz. Es tut mir weh, dieses kleine Mädchen anzuschauen, und das macht mich wütend.

Wir besuchen meine Großmutter Margarete, die Mutter meiner Mutter, im Altersheim. Meine Mutter ist anders als sonst. Sie tut, als wäre sie fröhlich. Wir merken das. Sie ist schüchtern und versucht, das nicht zu zeigen. Wir kennen das, meine Schwester und ich, von uns selbst. Sie will, dass ihre Mutter sie mag. Sie will, dass wir diese Großmutter mögen, die wir noch nie gesehen haben. Ich kann es nicht. Sie hat meine Mutter nicht bei sich haben wollen. Ich nehme ihr das übel. Meine Mutter sagt, sie habe nicht anders gekonnt. Sie habe es schwer gehabt. Sie könne nichts dafür. Ich kann sie trotzdem nicht leiden. Ich sage es nicht. Tante Marta beobachtet alles und versteht alles, das sehe ich an ihrem Gesicht. Auch sie will, dass jetzt alle sich mögen. Wir besuchen Großmutter Margarete nicht mehr.

Mein Vater trägt auf meinem Lieblingsfoto ein weißes Kleidchen mit Spitzen am Rock. Ich liebe diesen kleinen Jungen. Er sieht aus wie ich.

Wir wollen keine schlimmen Geschichten von meiner Mutter hören. Auch von meinem Vater nicht. Wir wollen, dass beide glückliche Kinder waren.

Meine Mutter ist Katholikin, aber sie geht nie in ihre Kirche. Sie geht mit uns in die protestantische Kirche. Mein Vater liebt, was dort gesungen wird. Wir gehen nur zu besonderen Anlässen dorthin.

In der Matthäuspassion wird meiner Mutter schlecht. Es wird ihr eigentlich immer schlecht in der Kirche. Sie sagt, die Leute neben ihr röchen nach Knoblauch, nach Mottenpulver, nach ungewaschenen Handtüchern.

Sie erzählt uns, sie habe als Kind inbrünstig geglaubt. Sie habe die geschundenen Heiligen geliebt, ihre Reliquienschreine geküsst, ihre Schmerzen am eigenen Körper gefühlt und nachts stundenlang heimlich gebetet, im Nachthemd, bei offenem Fenster und auf dem harten Boden kniend. Wir können uns das gar nicht vorstellen. Sie sagt, das alles sei lange her, und lacht darüber.

»Wann hat das aufgehört?«, frage ich.

»Vielleicht, als meine Großmutter gestorben ist«, sagt

sie und lacht, aber ich sehe, dass sie traurig ist. Sie schaut hinaus in den Garten. Schnee liegt auf den Büschen.

»Ich bin vom Rodeln heimgekommen, und sie war fort«, sagt meine Mutter. Dann will sie nicht mehr darüber sprechen.

Meine Mutter hat als Kind in der Sommerfrische mit Tante Maisin zwei junge Füchse mit der Flasche aufgezogen, von denen sie uns oft erzählt. Sie findet, dass Füchse ganz besondere Tiere sind. Wir lesen *Reineke Fuchs*. Und lachen über seine Untaten. Wir lesen das Buch nie zu Ende, denn wir wissen, dass es schlecht für Reineke ausgehen wird. Das wollen wir nicht wissen.

In Alpbach nennen die Mädchen vom Nachbarbauern meine Mutter einen »schlauen Fuchs«. Sie kommen mit ihren Liebesgeschichten zu ihr und lassen sich gerne von ihr beraten. Die rötlich blonden Haare ihrer Tante Maisin hat meine Mutter nicht geerbt, ihre Haare sind hellblond, doch sie behauptet, sie würden im richtigen Licht rötlich schimmern wie ein Fuchspelz. Sie wird gerne »der Fuchs« genannt.

Im Herbst holt »der Fuchs« eine Gans für uns, er stiehlt sie natürlich und erzählt uns Kindern, wie klug und verschlagen er dabei vorgegangen ist und wie die Sache ums Haar schiefgegangen wäre.

»Ein Fuchs liebt ja Gänsebraten über alles«, sagt meine Mutter.

»Gut, dass wir einen solchen Jäger in der Familie haben«, sagt meine Großmutter.

Vom Markt bringt meine Mutter ein Gänseküken mit, an ihrer Brust, in der Kostümjacke versteckt, um es warm zu halten. Grüner Gänsedreck klebt an ihrer Seidenbluse. Die kleine Gans, Uschi, lebt von da an in der Küche und im Garten. Sie hat einen riesigen Appetit. Wenn sie sich laut quakend auf das Essen stürzt, rutscht sie auf den blanken Solnhofener Platten des Küchenbodens aus. Sie fällt hin und rutscht am Napf vorbei. Wir dürfen sie nicht auslachen. Meine Mutter hebt sie auf und küsst sie. Es ist Sommer, und Uschi weidet auf der Wiese, aber nur, wenn meine Mutter bei ihr sitzt, sonst folgt sie ihr durch das ganze Haus und steht klagend am Fuß der Treppe, wenn meine Mutter im oberen Stock zu tun hat. Wir sind ein bisschen eifersüchtig, weil Uschi so viel Zärtlichkeit bekommt. Auch, dass sie nur meine Mutter liebt, ärgert uns. Sie will sich von uns weder fangen noch liebkosen lassen. Mein Vater aber hasst Uschi, denn sie hinterlässt überall grüne flüssige Pfützen und knabbert an den Blumen auf der Terrasse.

Ich sorge für unsere Hühner, das ist meine Aufgabe. Es sind weiße Leghornhennen, und ich bin stolz auf sie. Der Stall ist im Schuppen, von dort aus können sie über eine kleine Leiter hinaus in ihr Gehege am Gartenzaun. Morgens, ehe ich zur Schule gehe, öffnete ich das Fenster zum Stall und die Klappe zum Treppchen. Die Hühner sitzen dann noch verschlafen auf den Stangen und begrüßen mich mit kleinen freundlichen Lauten, ehe sie herunterfliegen, um zu frühstücken. Sie bekommen Körner und ein mehliges Pulver, das mit kleinen roten Krabben durchsetzt ist. Im Stall ist ein scharfer Geruch, der sich mischt mit dem fischigen Geruch des Futters, das ich mit den Händen vermenge. Ich mag diesen Geruch gerne, ich liebe die Hühner, fange sie ein, liebkose die widerstrebenden, die empört gackern. Ich stecke meine Nase tief in ihre Federn und atme den heißen, heimeligen Duft ein. Wenn ich mich zu ihnen hocke und mich ganz still halte, vergessen sie mich und setzen die warmen Sterne ihrer Füße auf meine nackten Füße, während sie sich um einen Platz im Fressnapf raufen. Abends suche ich nach Eiern. Sie legen sie nicht immer in die Nester, sondern verstecken sie manchmal am Gartenzaun in den Brennnesseln oder in den Sandkuhlen, in denen sie sich plustern, schütteln und genüsslich spreizen, ein Bein weit gestreckt unter dem ausgebreiteten Flügel, wie Ballerinas. Ich führe eine Liste der gelegten Eier. Es ist schön, irgendwo ein versprengtes Ei zu finden.

Die Hühner fliegen über den Zaun auf die riesige Nachbarwiese und verlaufen sich, manchmal bis zum Wald. Ich muss sie suchen und zurücktreiben, das ist nicht leicht, denn sie finden es schön, so frei herumzuvagabundieren. Ich kann sie gut verstehen.

»Hühner sind dumm«, sagt mein Vater. Wir beide stutzen ihnen die Flügel, aber es nützt nichts. Ich fange sie nacheinander ein und flüstere ihnen Liebkosungen zu. Ich glaube, mein Vater mag einfach keine Hühner. Manchmal baden wir ihre Beine in warmem Seifenwasser, weil sie Milben haben. Sie tun mir leid, aber er sagt, das müsse sein. Er mag keine Sentimentalitäten, sagt er. Der Geruch ihrer nassen Federn, ihre Schreie und wie sie den Kopf einziehen und weit den Schnabel öffnen, ich leide mit, und doch liebe ich diese Samstagnachmittage zusammen mit meinem Vater und den Hühnern. Ich bin sein Assistent, er braucht mich. Später gehen wir dann ins Café und es gibt Torte.

Uschi wächst zu einer schweren, prächtigen Gans heran.

»Das wäre ein Braten«, sagt meine Großmutter, wenn wir zwei alleine die Gans beobachten, und wir lachen. Bald ist Uschi die Herrin des Gartens. Unserem Hund Macy, einem Highland-Terrier, zupft sie all seine wirbeligen Stirnhaare aus. Er kläfft hysterisch, fürchtet sich aber vor ihrem Schnabel, und rennt weg, wenn er sie kommen sieht. Meine Mutter legt sich, wenn sie Zeit hat, zu Uschi ins Gras, und die schmiegt sich an sie und pickt mit zärtlichem Gurren in ihren Haaren herum, ohne auch nur eines auszureißen. Wenn wir Kinder uns nähern, fährt sie wütend auf, streckt den Hals mit ausgebreiteten Flügeln und faucht drohend. Ein hässliches Geräusch, da sind wir uns einig.

An den Beerensträuchern treffen wir zusammen. Es ist ein gewittriger Nachmittag, ich habe den Mund voller Himbeeren, und ich bin erstaunt, Uschi allein und so tief im Garten zu begegnen. Sie geht sofort auf mich los. Ich bekomme ihren Hals zu fassen, packe ihn, ein eigenartiges Gefühl, unter den weichen Federn die gespannten Muskeln zu spüren, die von ihrem Geschrei beben. Für einen Augenblick erkenne ich erschreckt, dass ich Lust habe, ihr den Hals zuzudrücken. Es kommt über mich, ganz heiß und süß, und dauert nur Sekunden.

Meine Schwester sagt später, so würden sich Mörder fühlen, wenn sie ihre Hände um den Hals einer Frau legten. Natürlich schäme ich mich sofort für diesen Augenblick der Schwäche und lasse die wild flatternde Uschi los. Sie rennt davon und sieht sich dann nach mir um, als hätte sie alles durchschaut.

Mein Vater hasst Uschi mittlerweile ganz offen und tritt nach ihr, wenn sie ihm in die Quere kommt. Die grünen Pfützen, die sie überall hinterlässt, werden immer größer. Sie weckt uns alle vor Tau und Tag mit lautem Gesang. Meine Mutter lacht darüber. Sie stellt einen umständlich mit vielen Gießkannen gefüllten Wasserzuber in den Garten, in dem Uschi planscht.

Eines Tages verschwindet Uschi über Nacht und taucht nie mehr auf. Wir alle haben unseren Vater in Verdacht, aber der bestreitet energisch jede Schuld. So entsteht die Legende, dass Uschi zum Wald gelaufen und danach glücklich im Tierpark gelandet ist – endlich bei Artgenossen, denn im Zoo gibt es alle möglichen Wasservögel. Noch lange rufen wir scheinheilig nach ihr, wenn wir am See mit den Enten, Blesshühnern und Haubentauchern vorbeikommen. Meine Mutter redet noch eine Weile traurig von Uschi, vor allem an den Nachmittagen, wenn sie beide ihre Siesta unter den Birnbäumen gehalten haben. Zu Weihnachten gibt es wie jedes Jahr eine gebratene Gans. Keiner von uns wagt, einen Scherz darüber zu machen.

Um meinen Hahn Hector entwickelt sich keine Legende. Ich habe *Dr. Doolittle* gelesen und will so etwas sein wie der »Katzenfuttermann« aus der Geschichte, in der die Robbe Sophie aus dem Zoo gerettet wird. Als »Hühnerfuttermann« fahre ich mit meinem Vater zu einer Hühnerfarm, um noch mehr weiße Leghornhennen einzukaufen. Ich bekomme ein Küken geschenkt. Kein Huhn, sondern einen der überzähligen kleinen Hähne. Er hat schon einen winzigen korallenroten Kamm. Ich nenne ihn Hector, nach meinem Lieblingshelden aus der Ilias, den »edlen Achill« habe ich nie leiden können. Ich hätschele den kleinen Hector, ziehe ihn allen übrigen neuen Hühnern vor und füttere ihn mit extrafeinen Sachen wie gehacktem Ei, Brennnesselspinat und Würmern, die ich für ihn zerkleinere. Er wächst schnell und wird ein riesiger schneeweißer Kerl mit leuchtend rotem Kamm, strotzendem Kinnlappen und durchdringenden gelben Augen. Anders als Uschi lässt er sich bald von niemandem mehr liebkosen, kräht herrisch und ist grob zu den Hühnern. Er springt auf sie und drückt sie zu Boden, verteilt beim Füttern Schnabelhiebe, rempelt und jagt sie. Ich bin stolz auf ihn, wenn er hoch aufgerichtet zwischen den Hühnern herumstolziert, majestätisch scharrt, den gelben Blick immer aufmerksam auf seinen Harem gerichtet, wenn er ein Bad nimmt in einer Wolke von trockenem Erdreich, wenn er angriffslustig losrennt, weil ein fremder Hund sich in der Ferne blicken lässt.

Er macht die Hühner krank. Sie haben Wunden von seinen Klauen. Sie legen keine Eier mehr.

Mein Vater, mit dem ich an einem Nachmittag die blutigen Stellen mit Balsam einreibe, schüttelt den Kopf.

»Er muss weg«, sagt er, und ich sage: »Wir geben ihn zurück«, und mein Vater sagt: »Ja, das ist eine gute Idee.«

Am Sonntag gibt es Hühnerfrikassee. Erst am nächsten Tag sagt man mir, das sei Hector gewesen. Er hat allen sehr geschmeckt.

»Allerdings ein bisschen zäh«, sagt meine Großmutter und streichelt mir den Kopf.

Meine Schwester sagt später: »Sie tun immer, was sie wollen, wir sind ihnen völlig gleichgültig!«

Mein Vater steht unten im Garten im Schnee, schon ganz früh am Morgen. Er trägt nur einen schwarzen Hut und Stiefel, sonst nichts. Er hat den Hackblock, auf dem er sonst Holz für den Kamin spaltet, auf die Terrasse gerollt. Er hat die Axt in der Hand, in der anderen flattert ein Huhn. Ich höre nichts, es schneit in dicken Flocken. Das Fenster ist geschlossen. Ich sehe ihn dort unten stehen, das Huhn flattert wild. Meine Mutter zieht mich vom Fenster weg. »Schau nicht hin«, sagt sie. »Guck weg!«

»Er friert doch«, sage ich.

Meine Mutter hält mich fest. »Er will seine Kleider nicht rot verspritzen«, sagt sie. »Er ist gleich fertig.«

5

In der Roten-Tor-Schule unterrichtet uns Lehrer Strobel. Er ist alt, röchelt beim Atmen und hat einen dicken Kopf, der sich blau färbt, wenn er wütend wird. Unsere Klasse schafft es, ihn jeden Tag so weit zu bringen. Dann werfen wir uns heimliche Blicke zu, meine Nachbarin Gertrud und ich. Wir lehnen uns zurück, um es zu genießen. Das ist leicht für uns, denn seine Wut trifft fast immer andere Kinder. Wir sind artig und fügsam, machen im Unterricht mit und sollen später auf die Oberschule gehen. Die Mädchen, die gute Noten haben wie wir, nennt Lehrer Strobel »seine Freundinnen«. Die Buben sind nicht seine Freunde. Mit ihnen ist er streng, einige sind wie ein rotes Tuch für ihn. Vor allem einer, ein sanfter blasser Junge, dessen staksige Arme und Beine immer aus zu kurzen Ärmeln und Hosenbeinen ragen, und der beim Rechnen an der Tafel versagt, weil Lehrer Strobel mit geballten Fäusten dicht hinter ihm steht, in seinen Nacken atmet und ungeduldig auf einen Fehler wartet.

Er heißt Läufer. Er weint, wenn er sich über den Querbalken unserer Tafel legen muss, und der Lehrer ihn verprügelt. Lehrer Strobel regt sich auf und wird blau, wenn er einen Schüler verprügelt. Er zittert und keucht und seine Augen quellen noch mehr vor als sonst. Ich, in der Bank neben Gertrud, der Tochter des Stadtpfarrers, fasse nach ihrer Hand, wenn Lehrer Strobel anfängt heftig zu atmen und mit erstickter Stimme nach dem Stock verlangt. Es gefällt uns nicht, wenn er prügelt. Der Stock ist im Schrank, und der Schüler, der bestraft werden soll, muss ihn dort holen. Mädchen bekommen Tatzen, Schläge auf die geöffnete Hand. Ich bekomme nie eine Tatze, auch Gertrud nicht, wir sind schon so etwas wie höhere Töchter, und die bekommen keine Tatzen. Nur einmal bekomme ich eine Ohrfeige. Gertrud und ich haben voneinander abgeschrieben und dabei falsch gerechnet – beide. Lehrer Strobel geht die Bankreihen entlang, schaut in die Hefte, und wer falsch gerechnet hat, bekommt eine Ohrfeige mit dem Handrücken der Hand, an der der schwere Siegelring steckt. Zuerst ist Gertrud an der Reihe, sie gibt erst mal keinen Laut von sich, aber ich sehe, wie sie den Kopf einzieht und wie sich eine große Speichelblase vor ihrem Mund formt, ehe sie losheult. Ich weiß, was jetzt kommt. Er geht um die Bankreihe herum, und dann steht er neben mir. Ich weine nicht. So eine Tatze muss sehr wehtun.

Einmal kommt Pias Mutter in den Unterricht und beschwert sich. Auch sie zittert dabei, und ihre Stimme ist unsicher. Sie ist eine magere, verhuschte Frau, und wir können alle sehen, dass sie auf Lehrer Strobel keinen Eindruck macht. Im Gegenteil. Er kann sich nur mit Mühe beherrschen, nicht loszuschreien.

»Gleich kriegt sie auch Tatzen«, flüstert Gertrud, aber ich kann nicht lachen. Ich glaube, dass Lehrer Strobel sich besonders bei armen Kindern austobt. Pia bekommt oft Tatzen. Sie sieht krank aus und grau und unordentlich, und irgendwie kommt sie Gertrud und mir vor wie aus einer anderen Welt. Gertrud und ich wissen genau, was arme Leute sind.

Gertrud wohnt im Pfarramt, einem Barockhaus mit hohen Stuckdecken und einem Klo aus geblümtem Porzellan. Ich esse bei ihr zu Mittag. Ihre Mutter hat uns Spargelsalat aufgehoben. »Für die kleinen Leckermäuler!«, sagt sie. Meine Mutter hat mir immer wieder erklärt, was für ein glückliches Leben ich führe und wie dankbar ich meinem Vater dafür sein muss.

Ich hasse Strobel. Er ist ein Choleriker, das hat er selbst gesagt und sehr gelacht dabei. Er schlägt gerne. Er fordert von uns, ihn aufzuhalten, wenn er den Völkel schlagen will, das darf er nicht. Völkel hat rote Haare, Sommersprossen und einen riesigen Kopf. Man hat ihn als Baby am Gehirn operiert. Wenn er auf Völkel zustürzt, schreien wir im Chor: »Herr Lehrer, nicht den Völkel!« Das gefällt uns gut, und Lehrer Strobel kommt sofort zu sich und droht Völkel nur mit der Hand. »Saubub, elendiger!« Völkel lächelt.

Wenn Lehrer Strobel die Buben verprügelt, lassen die sich nichts anmerken. Manche wenden der Klasse danach ihr rotes Gesicht zu und grinsen. Läufi aber weint. Er weint schon, wenn er den Stock aus dem Schrank holen muss, nicht laut, aber mit verzogenem Mund und glitzernden Augen. Wenn er zurück auf seinen Platz geht, kann man Tränenspuren sehen. Alle Buben lachen über ihn. Wir Mädchen nicht.

Läufi hat denselben Heimweg wie ich. Er wohnt jenseits der Bahngleise in einem der Reihenhäuser, aber wir gehen nie zusammen. Läufi versucht am Anfang, neben mir herzulaufen, aber ich tue so, als sei er nicht da. Auf keinen Fall will ich von den anderen mit ihm zusammen gesehen werden. Er ist der, den die anderen Buben herumschubsen. Sie verstecken seinen Schulranzen und ziehen ihn damit auf, dass er heult.

Ich kann sehen, dass Läufi schön ist, und schäme mich dafür. Ein Wimpel schwarzer glatter Haare hängt ihm in die Stirn, seine Augen, dicht bewimpert wie die meiner chinesischen Puppe, sind tiefblau. Wenn er rennt, sieht es aus, als wiege sein Körper nichts, als könne er weite Sprünge machen, ohne sich anzustrengen. Ich weiß auch, dass ich ihm gefalle. Ich merke es daran, wie er mich manchmal anschaut. Er schaut mich an, als hätten wir ein Geheimnis und als wisse er, dass ich nicht den Mut habe, das zuzugeben, nicht vor den anderen und schon gar nicht vor mir selbst.

Alle fangen an, mich mit ihm zu necken, mich zu fragen, ob ich nicht neben Läufi sitzen oder neben ihm Völkerball spielen wolle, mich zu fragen, ob Läufi mich nach der Schule immer nach Hause bringe und ob ich verliebt sei in ihn.

Manni, Sohn des Stadtgärtners, der auch denselben Heimweg hat und der mich manchmal nach der Schule auf seiner Fahrradstange sitzen lässt, sagt mir, dass Läufi den anderen Buben erzählt habe, er gehe mit mir. Ich bin empört, aber ich zeige es nicht. Ich lache laut.

»Mit dem da?«, frage ich Manni. »Ich? Mit dem da?«

Ich fühle mich vor der ganzen Klasse beleidigt.

Manni stellt Läufi zur Rede und verprügelt ihn nach der Schule. Ich bin nicht dabei, aber Gertrud erzählt mir, dass Läufi aus der Nase geblutet hat und dass Dreck in den Haaren geklebt hat, als er weggerannt ist. Ich stelle ihn mir vor. Ich sehe ihn so deutlich vor mir, dass ich fast glaube, ich hätte sein blutiges Gesicht mit eigenen Augen gesehen. Was ich dabei fühle, verwirrt mich. Es ist kein Mitleid. Auch keine Genugtuung, auch keine Schadenfreude, aber es ist erregend und kribbelt im Bauch. Ich kann sein blutiges Gesicht lange nicht vergessen.

Mit Manni gehe ich nach der Schule durch den Park am Spielplatz vorbei und durch den kleinen Eisentunnel unter den Gleisen, wo ich an einem Sommermorgen einen grün glänzenden Mann mit riesigen Glasaugen und Bademütze im Gusseisengestänge herumklettern sehe wie ein außerirdisches Insekt. Er sprüht grüne Farbe aus einer Düse, die mit Schläuchen aus einer wild ratternden Maschine auf dem Gehsteig kommt. Immer wenn ich den Tunnel von weitem sehe, wünsche ich mir, diesem grünen Monster noch einmal zu begegnen.

Wenn ein Zug über die Brücke fährt, bleiben Manni und ich stehen und brüllen alle möglichen schweinischen Worte in das Getöse. Manni packt mich und versucht mein Ohr mit seinem Mund zu erreichen, damit ich alles genau hören kann, was er schreit. Er riecht wie ein kleiner Ziegenbock, und ich gebe ihm eine Ohrfeige. Er schlägt nie zurück.

Weiter führt unser Heimweg über die Brücke des Stadtbachs, vorbei an der Kammgarnfabrik. Dort trennen sich unsere Wege. Manni geht weiter durch den Park zur Stadtgärtnerei neben dem Zoo. Ich biege in unsere Straße ein, an der kleine Villen in schönen Vorgärten stehen. Manni begleitet mich nur, wenn seine beiden Freunde nicht bei ihm sind, sonst halten die drei Abstand von mir, laufen aber dicht hinter mir her, als wären sie meine Bewacher. Manni tut dann so, als wäre ich Luft. Wenn wir zu zweit gehen, gibt mir Manni, an der Brücke, zum Abschied meistens einen freundlichen Stoß, reißt mir vielleicht die Mütze vom Kopf oder versucht mir ein Bein zu stellen. Ich finde das ganz normal, und wenn ich es früh genug kommen sehe, renne ich davon und strecke ihm die Zunge heraus. Einmal zwingt er mich neben dem Weg in die Knie. Der Matsch dringt durch meine grauen gestrickten Strümpfe, und ich spucke nach ihm. Ich ahne, dass er versucht, mir zu zeigen, dass er stärker ist als ich. Ich finde das komisch. Einmal, als die drei Freunde auf dem Heimweg wieder hinter mir herlaufen, kichern, flüstern und mir die üblichen Sachen zurufen wie »Entengang« oder »Willst du uns pinkeln sehen?«, wird es plötzlich still, und ich höre jemanden hinter mir näher kommen und leise atmen. Ich tue so, als merkte ich nichts und laufe weiter. Meine Zöpfe sind zu einer Gretelfrisur hochgesteckt und mein Nacken ist frei. Es ist Manni, ich habe ihn sofort an seinem Lachen erkannt. Er hält mir ein noch heißes Streichholz an den Nacken. Ich tue so, als hätte ich nichts gespürt, und laufe weiter, ohne mich umzusehen.

Unsere Freundschaft ist zu Ende, als ich zur Stadtgärtnerei radele, um ihn zu besuchen. Er ist schon oft bei uns gewesen, hat meiner Mutter Topfpflanzen gebracht und bei uns Tee getrunken. Meine Mutter mag ihn nicht, weil er mit einer Schere den Renaissancetisch zerkratzt hat, und er nicht begreifen kann, warum sie sich so aufregt. Nun bin ich neugierig, wie es in der Wohnung seiner

Eltern aussieht. Mannis Großmutter öffnet die Tür, als ich bei ihnen läute. Ich sage, ich wolle meinen *Robinson Crusoe* zurück, den ich ihm geliehen habe.

»Manni ist nicht da«, sagt seine Großmutter, ich aber sehe an ihr vorbei in die Wohnung, und ich sehe Manni, der sich hinter einem Schrank versteckt. Das kränkt mich. Ich radele nach Hause und lasse *Robinson Crusoe* zurück. Wir laufen nie mehr zusammen nach Hause.

Wir spielen »Goldene Brücke«.

Auf der großen Wiese neben unserem Garten steht das Gras hoch. Sie reicht weit, bis hinüber zu der Ahornallee, die in den Sieben-Tisch-Wald mündet. Die Kinder aus der Nachbarschaft kommen hier zusammen, um zu toben und zu spielen. Außer uns gibt es auf dieser Wiese nur unsere Hühner, die herumscharren, und natürlich die Maulwurfshügel.

Für die »Goldene Brücke« stellt man sich in zwei Reihen einander gegenüber auf, fasst sich an den erhobenen Händen und bildet so eine Art Laubengang, durch den immer die letzten Kinder der Reihe kriechen, um sich dann am anderen Ende wieder aufzustellen, dabei singen wir: »Ziehet durch, ziehet durch, ziehet durch die goldene Brücke, der Erste kommt, der Zweite kommt, der Dritte muss gefangen sein.« Wer am Ende gefangen wird, den halten die beiden Letzten der Brücke fest und beschließen flüsternd, was sie ihn fragen wollen. »Apfel oder Birne?« – »Hund oder Katze?« Wenn er das Richtige wählt, wird der Gefangene befreit, gefeiert und herumgetragen, dabei singen wir: »Die Engele werden g'wogen!«, liegt er falsch, wird er grob hin und her geschubst. »Die Teufel werden g'schoben!« Allerdings ist das Spiel nur schön, wenn viele Kinder mitspielen.

Wir spielen »Schwarze Köchin«. Dazu sitzen wir im Kreis, und einer läuft außen um den Kreis herum. Wir singen: »Ist die schwarze Köchin da? Nein, nein, nein. Dreimal musst du rummarschieren, 's vierte Mal den Kopf verlieren, 's fünfte Mal komm mit.« Der Fänger, der außen um den Kreis läuft, schlägt beim fünften Mal demjenigen auf den Kopf, an dem er gerade vorbeikommt, und der ist frei. Wer am Ende übrig bleibt, muss sich in die Mitte setzen, und wir bilden erneut einen Kreis um ihn und singen: »Ist die schwarze Köchin da? JA! JA! JA! Da ist sie ja, da ist sie ja, die Köchin aus Amerika. Pfui! Pfui! Pfui!«

Wir finden nichts Seltsames an diesem Spiel, obwohl wir schwarze Besatzungskinder kennen und unsere Eltern uns verboten haben, sie anzustarren oder zu hänseln. Ich finde die kraushaarige Anna süß. Sie ist viel schöner als die braune Puppe, die ich mir gewünscht, aber nicht bekommen habe. Anna wohnt mit ihrer Mutter und anderen Leuten in den Baracken auf meinem Schulweg, an denen das Schild »Off limits« hängt. Ich habe dort für die Caritas gesammelt und auch Geld bekommen. Annas Mutter hat keine Schneidezähne, aber das stört mich nicht. Ich habe schon viele Leute mit fehlenden Zähnen gesehen. Sie schenkt mir einen Kaugummi, und ich darf Annas Haar anfassen, das aussieht wie rostiger Draht, aber ganz weich ist. Ich weiß, dass Anna die Tochter eines amerikanischen Soldaten ist. Mein Vater hat es mir erklärt. »Off limits« heißt, dass kein Soldat, auch Annas Papa nicht, diese Baracke betreten darf. Das verstehe ich nicht.

»Die Amerikaner wollten nicht, dass die Soldaten hier Kinder haben, denn irgendwann müssen sie zurück nach Hause, und dann können sie sich nicht mehr um sie kümmern«, sagt meine Mutter.

»Warum nimmt er Anna nicht mit?«, frage ich. Gleich wird sie sagen: »Das verstehst du noch nicht«, aber sie macht nur eine Handbewegung, und die verstehe ich.

Marlene, meine Freundin, wohnt in unserer Straße, zwei Häuser weiter. Wir spielen immer in unserem Garten. Wir spielen »Überschwemmung«: Man muss um sein Leben schwimmen, und nur auf den Platten im Blumenbeet gibt es festes Land. Oder wir spielen »Mörder«. Wir trennen uns mit einem Stöckchen, brüllend und zappelnd, gegenseitig Beine, Arme, Ohren und Nase ab. Oder wir spielen »Himmel und Hölle« draußen auf der Straße, sie ist nicht geteert. Wir kratzen die Kästchen in den Staub und hüpfen auf einem Bein hin und her. Selten kommt ein Auto vorbei.

Wir drehen uns Zigaretten aus getrocknetem Kamillenkraut und schmieren uns schwarzen Johannisbeersaft ins Gesicht, um gefährlich auszusehen. Marlene hat von ihrer großen Schwester ein paar Tanzschritte gelernt, und wir tanzen mit Krepppapierröckchen auf der Terrasse. Danach machen wir »Reiberdatschi« – Kartoffelpuffer – und legen eine Decke in den Garten, um zu picknicken.

Manchmal bin ich Marlenes Verlobter und stecke ihr Blumen ins Haar, küsse ihre Hand und versuche, unter ihren Rock zu sehen. Sie nennt mich »mein lieber Herr« und erlaubt mir, ihren Reiberdatschi mit Kapuzinerkresse zu verzieren. Dann heiraten wir. Marlene möchte gerne bald heiraten, sagt sie. Ich finde heiraten blöde.

Meine Puppen aus der Puppenstube haben unter ihren Kleidern Drähte, die mit Klopapier umwickelt sind. Es gibt Mama, Papa, die beide keine weiteren Namen haben, und Lollo und Bollo, ihre Kinder. Ich nähe den Eltern eine Haut aus meiner rosa Unterhose. Jetzt haben sie einen richtigen Körper. Ich mache Mama Brüste und klebe ein Felldreieck zwischen ihre Beine. Auch Papa bekommt dort ein Fell und ein kleines rosa Röllchen. Marlene und ich setzen die Kinder zum Spielen in den Hof des Puppenhauses. Wir legen Papa und Mama ins Bett, um ein neues Kind zu machen. Wie, das wissen wir nicht so genau, aber sicher wissen wir, dass sie dabei im Bett liegen und sich küssen. Das Baby haben wir schon aus Wachs geknetet. Es wartet darauf, geboren zu werden. Es soll eine Hausgeburt sein.

Meine Großmutter überrascht uns dabei. Mama und Papa umklammern sich gerade mit ihren Drahtarmen und -beinen im Bett. Sie sagen sich Liebesworte. Meine Großmutter lacht. Sie hebt die Püppchen auf, betrachtet sie genau und lacht noch mehr. Sie streichelt unsere Köpfe, sie erzählt niemandem davon. Meine Mutter erwischt uns am nächsten Tag. Sie nimmt uns die Püppchen weg und scheucht uns in den Garten hinaus. Ich kann die beiden nirgends mehr finden.

Später, als mein Busen zu meinem Entsetzen zu wachsen anfängt und ich ihn unter weiten T-Shirts verstecke, ist es meine Großmutter, die mich festhält, als ich mich an ihr vorbeidränge. Sie legt ihre Hand auf meine Brust und schaut mir in die Augen. »Mujercita«, sagt sie, »Weibchen.«

Marlene sagt mir, sie wisse jetzt, was Männer mit Frauen machen, außer sich zu küssen, denn das haben wir schon oft gesehen, und wir finden es eigentlich ganz nett. Nun hat Marlene ein Paar im Wald beobachtet und zugesehen, was die machen.

»Der Mann«, flüstert sie, »holt sein Ding aus der Hose, und dann pinkelt er die Frau an.«

Ich kann das nicht glauben, aber wir versuchen es nachzuspielen.

Marlene wohnt in einem winzigen Häuschen, das in Familie Wurmers Garten steht und in dem die Wurmers früher wohnten, ehe sie die Villa auf demselben Grundstück gebaut haben, die mit den Glasbausteinen als Front und dem klobigen Walmdach. »Ein überaus hässliches Haus«, sagt mein Vater. »Ein neureicher Kasten.«

Marlenes Mutter arbeitet in der Fabrik und ernährt die Familie. Ihr Vater, ein dunkler, hundeäugiger Mann mit einer schönen, gebogenen Nase, sieht immer aus, als wäre er nicht ganz wach. Ich begegne ihm zufällig am Straßenrand oder in der Ahornallee, wo er verträumt und leise vor sich hin summend dahinschlendert und die Hand zum Gruß hebt, wie ein matter König, der seinem Volk zuwinkt. Er arbeitet nicht. Warum, das kann ich nicht herausfinden. Ihre Mutter, mager und rothaarig wie Marlene, ist immer bunt geschminkt und immer, wenn sie mir begegnet, in Eile oder erschöpft. An den Wochenenden liegt sie ungeschminkt auf dem Sofa, raucht und liest in den Illustrierten vom »Lesezirkel«, die sie abonniert hat und die ich sonst nur aus dem Wartezimmer des Hausarztes kenne.

Marlene hat die Nase ihres Vaters und die dunklen schrägen Augen ihrer Mutter. Man könne sehen, dass sie einmal eine »schöne, exotische Erscheinung« werde, sagt mein Vater zu meinem Erstaunen. Er schaut meine Freundinnen sonst nie genau an. Ich kann das nicht sehen an ihr, aber ich sehe, dass sie auffällt und dass sie darunter leidet. Irgendwie, und das bemerke auch ich, klebt der Makel dieses Hexenhauses an ihr, die Schande des arbeitslosen Vaters, der in der Fabrik arbeitenden Mutter. Ihre Familie kann nicht mithalten mit den Nachbarn, und Wurmers wollen, dass sie ausziehen, aber Wurmers verlieren den Prozess. Marlene wird im Schulhof von den großen Buben verprügelt, ohne dass wir wissen, warum, und ohne, dass ich wage, ihr zu helfen. Der dicke Stadtgärtner, der uns beim Erdbeerenklauen erwischt, schlägt nach ihr und nicht nach mir. Die Mädchen aus meiner Straße meiden sie. Sie meiden auch mich, weil ich mit ihr zusammen spiele, aber mich stört das nicht, ich finde die Mädchen allesamt blöde, und Marlene und ich lachen über sie.

Marlene hat eine große Schwester, die in einer Parfümerie in der Stadt arbeitet. Sie ist eine Königin, schwarzhaarig, mandeläugig und immer »nach dem letzten Schrei angezogen«, sagt Marlene. Ich sehe ihre Füße in hochhackigen schneeweißen Sandalen. Aus dem kleinen Ausschnitt ragen ihre großen Zehen mit überlangen, spitz zugefeilten, silbern gelackten Nägeln wie Drachenkrallen. Ich sehe den Blick, den sie uns über die Schulter zuwirft, wenn wir beide hinter ihr herlaufen und nachmachen, wie sie stöckelt in ihren hohen Schuhen.

Einmal kippt sie den Inhalt der Handtasche, die Marlene sich ohne zu fragen ausgeliehen hat, vor unseren Augen auf die Straße, ehe sie Marlene eine Ohrfeige gibt.

Marlene fängt früh an, sich mit Buben »abzugeben« – so nennen wir das. Ich sehe sie abends versteckt in den Büschen vor ihrem Häuschen mit jungen Männern stehen, flüstern und kichern. Ich verachte sie dafür. Ich bin überflüssig.

In den Ferien gehen Marlene und ich jeden Morgen ins Schwimmbad. Wir lesen in den mitgebrachten Illustrierten und essen die Brote, die meine Mutter uns gemacht hat. Wir betrachten die Männer und finden sie grässlich, wir betrachten die Buben und finden sie dumm, wir beobachten die anderen Mädchen und finden uns schöner als sie, wir lesen uns aus den Zeitschriften vor und lachen über die Welt der Erwachsenen. Wir bleiben so lange im Wasser, bis unsere Zähne klappern, und schauen durch Löcher in der Umkleidekabine zu, wie fette alte Frauen sich aus- und anziehen. Auf dem Heimweg sind wir müde, und dann streiten wir uns oft, kneifen uns, schubsen uns, geben einander fürchterliche Schimpfnamen und wollen nichts mehr miteinander zu tun haben. Am nächsten Morgen klingelt Marlene schon früh, und wir ziehen wieder los.

»Der Morgen, das ist meine Freude«, sagt meine Mutter, das hat sie aus einem Eichendorff-Gedicht. Sie steht früher auf als wir alle und macht sich eine große Tasse Kaffee mit viel Milch und Zucker. Es muss immer genügend Milch im Eisschrank sein, sie kontrolliert das schon am Nachmittag. Sie holt die Zeitung herein, setzt sich ans Fenster in den großen, mit Ranken und Tieren bedruckten Sessel und legt ihre Beine auf den Schemel, der dazugehört. Mein Vater hat diesen Sessel entworfen, im Frieden, für ihre erste gemeinsame Wohnung. Es gibt Fotos dieser Wohnung, und das junge Paar steht Arm in Arm vor einer Glastür mit einem kunstvoll geschmiedeten Gitter. Draußen sieht man verschwommen, wie im Dunst, die Bäume und die Häuser von gegenüber.

»Es sieht aus, als wären wir in Paris«, sagt meine Mutter.

Meine Mutter liest die Zeitung mit der Brille, die immer irgendwo mit Leukoplast geklebt ist, weil sie sich manchmal auf sie setzt oder sie nachts nicht abnimmt, ehe sie einschläft.

Sie sagt, diese Stunde im stillen Haus sei für sie die schönste des ganzen Tages.

Dann, wenn mein Vater aufsteht, um seine Yogaübungen zu machen, weckt sie uns. Sie steht im Küchenhof neben dem blühenden Kirschbaum und ruft meinen Namen.

»Hör mal, die Amsel!«

Beim Canastaspielen »bescheißt« meine Mutter, wie wir Kinder das nennen. Sie nennt es mogeln. Sie sagt, ohne mogeln mache ihr das Spiel keinen Spaß. Meine Großmutter will nicht mehr mitspielen, wenn gemogelt wird, und meine Mutter verspricht, es zu lassen, bis zum nächsten Mal. Mein Vater spielt nur manchmal mit und verliert nicht gerne. Wenn man sein Partner ist und keine guten Karten hat, gibt er einem die Schuld. Meine Mutter gewinnt oft. Dann legt sie ihre Karten auf dem Tisch aus, schön geordnet, und singt: »Gewonnen, gewonnen!«

Ich mag sie, weil sie sich so freut über ihren Sieg. Wenn mein Vater nicht da ist, spielen wir bis spät in die Nacht.

Meine Mutter singt auch beim Beerenpflücken im Garten und, wenn man nicht auf sie aufpasst, sogar in der Stadt beim Einkaufen.

Wenn sie Musik hören will, die *Winterreise* oder den *Troubadour* oder *Die Zauberflöte*, geht sie in das Zimmer meines Vaters und legt die Platten auf den grauweißen großen Plattenspieler, der dort steht, und den wir nicht anfassen dürfen. Sie macht die Glastür zum Wohnzimmer auf und rollt sich in ihrem Lehnstuhl zusammen. Sie macht die Musik sehr laut, man hört sie donnern bis in den Garten. »Sonst braucht man gar nicht erst Musik zu hören«, sagt sie. Mein Vater mag es nicht so laut. Sie liegt in ihrem Sessel und lächelt mit geschlossenen Augen. Manchmal singt sie mit. Sie sagt, die Musik sei ihr Paradies.

Wir dürfen nicht in dem »Dschungelstuhl« sitzen, weil wir ihn »eindrecken«, sagt mein Vater. Das ist Mamas Stuhl. Meine Großmutter will gar nicht in ihm sitzen, denn dann kann sie nicht mehr aufstehen. Wenn keiner da ist, setze ich mich hinein und schließe die Augen. Ich glaube, die bunten Vögel, auf denen ich sitze, reden mit mir und sagen, ich soll stillhalten, sonst flögen sie davon.

Die Freunde meines Vaters kommen gerne zu uns. Sie mögen meine Mutter. Sie kommen am liebsten zu uns zum Essen. Das sagen sie ganz offen.

»Das ist ein Kompliment«, sagt meine Mutter.

»Es ist nicht nur wegen deines guten Essens«, sagt

mein Vater, und zu meiner Schwester und mir gewandt: »Guido hat gesagt, eure Mutter sei ein Sonnenschein.« Guido ist ein alter Freund meines Vaters.

Wir sitzen im Garten. Es ist Sommer, und über dem großen Blumenbeet auf der Terrasse summen die Bienen.

Guido erzählt von seiner Spanienreise und sagt, am schönsten seien die Farben dieses Landes, die Erde, so wie die nackten braunen Knie meines Vaters. Die Olivenbäume so sattgrün wie Mamas Bluse und der Himmel … Er sucht nach einem Vergleich, schaut sich um und sagt: »So, genau so!« Er zeigt auf den Rittersporn, der neben den weißen Dahlien im Wind zittert.

Guido ist auch Architekt und baut Kirchen. Er zeigt uns seine Pläne. Wir können nicht glauben, dass man so etwas bauen kann.

»Tun sie ja dann auch nicht«, sagt mein Vater später, als der Besuch gegangen ist. Über den offenen Glockenturm seines Kirchenentwurfs hat ein Beamter mit grünem Kugelschreiber ein Dach gezeichnet.

Guido ist dürr und sommersprossig wie seine Frau Helene. Sie will sich mit meiner Mutter verabreden, aber meine Mutter sagt, sie habe mit den Kindern genug zu tun. Sie lässt uns nicht gerne abends allein bei meiner Großmutter zurück. Mein Vater drängt sie, aber sie findet Ausreden. Helene ruft nicht mehr an.

»Du bist immer so überschwänglich nett zu den Menschen, die glauben natürlich, du magst sie, und dann enttäuschst du sie«, sagt mein Vater.

»Ich mag die Menschen ja auch, wenn sie da sind«, sagt meine Mutter. »Aber am liebsten bin ich eben zu Hause.«

Für Guido und Helene kocht sie beim nächsten Mal spanische Gerichte, und mein Vater hört zufrieden zu, wie man seine Frau dafür lobt.

Auch wir, meine Schwester und ich, müssen abends zu Hause sein.

»Wie auf einem Schiff. Alle Mann an Deck!«, sagt meine Schwester. Sie liest gerade *Moby Dick*. »Sonst macht Käpt'n Ahab alle Luken dicht und man ersäuft jämmerlich.«

Nie dürfen wir bei unseren Freundinnen übernachten oder uns abends mit ihnen treffen. Auch die Wutanfälle meiner Schwester ändern daran nichts.

»Es ist ein Armutszeugnis, wenn ein Mensch sich immer nur mit anderen zusammen vergnügen kann«, sagt meine Mutter. »Immer was erleben wollen! Immer dabei sein! Ich verstehe euch nicht.«

Wenn Besuch kommt, müssen wir dabei sein und bleiben, auch wenn es spät wird. Nicht nur, um zu helfen, sondern um zum Gelingen des Abends beizutragen.

»Es wird doch wohl erlaubt sein, sich an seinen Kindern, solange man kann, zu erfreuen«, sagt mein Vater.

»Im Grunde sind unsere zwei doch immer gerne bei uns dabei«, sagt meine Mutter.

Wenn Lasse kommt, ist meine Mutter am fröhlichsten.

Lasse, der schwedische Freund meines Vaters, und seine Frau Meika besuchen uns im Sommer oft. »Lasse und Meika strengen mich überhaupt nicht an. Es ist gar nicht, als ob Besuch da wäre«, sagt meine Mutter. Lasse geht gleich in die Küche und hilft ihr beim Kochen. Meika spielt mit uns Federball. Mein Vater sprüht uns nass mit dem Gartenschlauch. Er steht zwischen den Margeriten auf der Terrasse und gibt Anweisungen, wie wir spielen sollen.

»Lasse hat mich geliebt«, sagt meine Mutter beim Geschirrspülen. »Vor Meika natürlich. Aber ich hatte ja schon Papa.«

»Wollte er dich von Papa wegholen?«, fragt meine Schwester. Meine Mutter schaut aus dem Fenster, der Kirschbaum trägt seine ersten Kirschen. Sie lächelt. »Ich glaube schon«, sagt sie, »und es gab noch andere.« Wen, das erzählt sie uns nicht.

Bis ich ihn enttäusche und in die Pubertät komme, bin ich Papas Sohn. Meine Haare werden kurz geschnitten, Hosen und sogar Badehosen sind selbstverständlich, bis ich zu seinem Unwillen, mit Hilfe meiner Mutter, den rühreifarbenen gerüschten Badeanzug durchsetze.

Auf den Campingplätzen in Italien und Frankreich nennen sie mich »Le petit Monsieur« oder »Ragazzo« und halbwüchsige junge Männer boxen mich spielerisch in die Brust und werfen mich lachend ins Wasser. Das gefällt mir gar nicht. Andererseits hat mein Leben als Sohn Vorteile. Ich helfe meinem Vater, den Rasenmäher zu reparieren, und beim Camping habe ich alle möglichen wichtigen Aufgaben.

»Uns macht der Regen nichts«, sagt mein Vater.

Ich bin schon auf den Dachträger des Autos geklettert und löse die Riemen der Plane. Mein Vater hat sie nach seinen Entwürfen nähen lassen. Die Zelte sind zwei harte graue Rouladen aus Stoff, gefüllt mit Gestänge und dem Säckchen für die Heringe. Wir breiten sie aus, die schwarze Gummiseite nach unten, damit kein Wasser ins Zelt sickert. Sie haben einen muffigen Geruch. Dann, nachdem ich das Gestänge für den hinteren Mast zusammengesteckt habe, krieche ich hinein und stelle ihn auf. Es gibt eine Öse in der Decke und eine am Boden. Mein Vater reicht mir die restlichen Stangen hinein.

»Dieser Zelthund wird immer besser«, sagt er.

Wir spannen die Leinen gleichzeitig an beiden Seiten. Schlagen die Heringe ein, rollen die Plane aus, die den Eingang überspannt.

»Du kannst schon loslegen«, sagt mein Vater.

Ich bin nicht nur der »Zelthund«, sondern auch der »Feuersalamander«. Der Bezinkocher, ein blankes kupferfarbenes Gerät, bewohnt die alte Aktentasche meines Vaters. Ich pumpe fünfmal und zünde ihn an: eine blaue Flamme wie ein vierblättriges Kleeblatt.

»Es kann gekocht werden«, ruft mein Vater in den Regen hinaus. Ich habe schon die drei ineinandergesteckten Alutöpfe vom Dach geholt.

Meine Mutter sitzt im Auto und will nicht aussteigen. Meine Schwester sucht nach dem Schirm. Ich bin schon mit dem Wasserbehälter, der aussieht wie eine übergroße Wärmflasche, zum Brunnen unterwegs.

Am Pont du Gard lasse ich den Kocher liegen. Ich habe ihn an eins der Räder gelehnt, aber nicht aufgeladen. Wir müssen drei Stunden zurückfahren, um ihn zu holen.

Mein Vater spricht von sich und mir als »wir« und setzt uns damit von den Frauen, meiner Mutter und meiner

Schwester, ab. Ich fasse Regenwürmer an, Schnecken und tote Wühlmäuse, ich prügele mich mit den Buben aus unserer Straße, und eine Zeitlang bin ich ebenso stark wie die, kann schneller laufen und besser auf Bäume klettern und über Zäune springen. Ich sonne mich im Wissen, dass mein Vater stolz auf mich ist.

Am Abend vor dem sechsten Dezember verkleide ich mich als Nikolaus und läute bei den Nachbarhäusern, wo die Eltern meiner Freunde diesen Zwergnikolaus schmunzelnd hereinlassen. Ich trete an die Betten der unsicheren und überrumpelten Buben und gebe ihnen Schläge mit dem mitgebrachten Holzscheit. Ich sage kein Wort dabei, drücke ihnen aber danach Kekse aus meinem eigenen Nikolausvorrat in die Hand.

Als die Nachbarsbuben nach Weihnachten im Garten neben dem unseren mit ihren neuen Luftgewehren auf Vögel schießen, hole ich einen Eimer und eine Schaufel und verscheuche mit meinem lauten Geklapper die Vögel, die arglos auf den Baumästen sitzen. Die Jäger geraten in Wut und schießen auf mich. Beim Abendessen zeige ich die beiden blauen Flecken auf meiner Brust. Meine Mutter ist empört.

»Das hätte ins Auge gehen können!« Meine Mutter sorgt sich immer um unsere Augen, auch wenn man mit einem Messer hantiert und mit den dornigen Zweigen zum Barbaratag. »Pass auf deine Augen auf!«, ruft sie dann. Meine Schwester und ich kennen diesen Schrei und flüstern die Worte, schon ehe sie es tut.

Auch mein Vater ist empört und spricht mit den Nachbarsvätern. Alle Luftgewehre werden eingesammelt. Ich habe danach viel zu tun, um bei Raufereien die Oberhand zu behalten oder, wenn es mehrere Angreifer gibt, davonzurennen.

An einem Sommernachmittag in der Garage zwingt mich Bubi Wurmer beim Raufen auf den Boden. Er kniet sich auf meine Brust, sein Gesicht dicht vor mir, und ich muss die Spuckfolter über mich ergehen lassen. Ein dicker Spuckefaden wird langsam herabgelassen und wieder eingezogen, bis er schließlich niederfällt und auf mein Gesicht klatscht. Es ist meine erste Niederlage, und ich ahne, dass ein Abschnitt meines Lebens zu Ende geht.

Zur selben Zeit hat Medi Wurmer ihren ersten Freund. Ich mag Medi nicht, denn sie kann an den Ringen in ihrem Garten alle möglichen Figuren turnen, die mir nicht gelingen, außerdem ist sie blond und hat immer geblümte Kleidchen mit weiten Röcken an, weiße Socken und weiße Schuhe, die, wie sie mir zeigt, jeden Tag mit einer weißen Paste zum Strahlen gebracht werden. Ihr neuer Freund ist ein fremder Junge, der nicht aus unserer Nachbarschaft kommt. Er ist braunhäutig und hat schwarze Locken und ein Muttermal auf der Stirn, das wie ein Halbmond aussieht. Er gefällt mir, und ich beobachte eifersüchtig durch den Zaun, wie er Medi beim Turnen hochhebt, damit sie die Ringe erreichen kann, und wie er den Arm um sie legt und den Kopf an ihren Kopf drückt, um mit ihr zu flüstern. Der Junge heißt Harry, und wenn ich ihm auf der Straße begegne, werde ich verlegen: ein neues, unbekanntes und unangenehmes Gefühl. Harry ist zu groß, um ihn schlagen zu können oder seiner beim Raufen Herr zu werden, das kann ich sehen, obwohl ich Lust dazu hätte.

»Ich finde diesen Harry doof«, sage ich zu Marlene.

Sie bringt den Lippenstift ihrer Schwester mit. Wir malen uns nicht nur rote Münder, sondern auch einen roten Streifen über die Augen und verstecken uns in den Stachelbeerbüschen, wie Indianer, die den Feind ausspähen. Unsere Feinde sind Medi und Harry.

»Ich hab gesehen, wie der Pipi macht«, sagt Marlene. »Der hat gar keinen Hosenstall, der pinkelt aus dem Hosenbein.« Ich beneide sie darum.

Roberto, mein chilenischer Cousin, der Sohn von Tante Lilli, kommt uns in den Ferien besuchen. Er bleibt den ganzen Sommer bei uns. In der Familie sagt man, wir sähen uns ähnlich, er ist so alt wie ich und trägt den Spitznamen »el gitarón«, weil er einen so langen Hals hat. Darin unterscheiden wir uns. Roberto isst doppelt so viel wie ich und kann mit Orangen jonglieren. Wir radeln in der ganzen Stadt herum und gehen jeden Tag in den Zoo. Roberto ärgert die Tiere. Er setzt sich dazu eine Federkrone vom Fasching auf. Die Löwen und Tiger springen brüllend gegen die Gitterstäbe. Ich fange heimlich Meerschweinchen und stecke sie ihm unter sein T-Shirt. Meine Mutter nennt uns die »Katzenjammer Kids«, nach einem Comicbuch, das Roberto mitgebracht hat. Meine Freundinnen wollen mich immerzu besuchen, um mit Roberto zu spielen, aber ich will ihn ganz für mich.

An seinem ersten Tag bei uns rufe ich ihn hinauf in das Schlafzimmer, das ich mit meiner Schwester teile. Er kommt aus dem Garten herauf. Ich habe mich nackt ausgezogen und stehe so vor dem Spiegel. Er will sofort die

Tür wieder schließen, aber ich rufe ihn zurück. Er steht da und schaut mich an. Ich nehme meine Sachen vom Bett, schlüpfe in meine kurzen Hosen und mein T-Shirt, ein geringeltes T-Shirt, weiß-rot, Roberto hat dasselbe an, weiß-blau, und auch dieselben khakifarbenen Shorts. Ich bin wieder angezogen.

»Warum hast du das gemacht?«, fragt er mich. Ich habe keine Antwort. Ich weiß es einfach nicht.

Frau Plöckl steckt fest in ihrem Häuschen, einem Holzwürfel mit Pyramidendach, dem Plöckl-Kiosk. Auf der Vorderseite kann sie durchs Fenster den Tisch erreichen, auf dem ihre Waren ausgebreitet liegen. Auf der Rückseite, zum Wertachkanal, gibt es ein Türchen, das mit einem schweren Vorhängeschloss zugesperrt ist.

Auf dem Ladentisch unter der Markise reihen sich dicht gedrängt Kistchen, Gläser und Dosen mit allen möglichen Süßigkeiten. Da gibt es weiß-rosa gestreifte Kokoswürfel, lange Waffeln mit Cremefüllung, zusammengeklumpte Formationen von Bonbons, alle in Form von perfekten Himbeeren, seidige Kissen mit schrillen Streifen, in denen eine Pfefferminzschokoladenfüllung darauf wartet, im Mund nach langem »Schlutzen« durch die dünn gewordene Zuckerschicht zu quillen. Es gibt Tütchen mit Brausepulver, das auf der Zunge kribbelt und sie danach für Stunden in der jeweiligen Geschmacksrichtung einfärbt: giftgrün bei Waldmeister, knallrot bei Erdbeere. Es gibt knisternde Dreieckstütchen mit unsortiertem Waffelbruch, in denen man manchmal eine intakte Zitronenwaffel findet, und es gibt Nappos, in Silberpapier gepackte Rauten, die unter ihrer welligen

Schokoladenhaut eine weiße, zähe Zuckermasse verbergen, an der man lange zu kauen hat. Es gibt die wie Kronenkorken geformten Eistörtchen, die kühl im Mund zergehen, Lakritzrollen, Muscheln, aus denen man bernsteinfarbenes Karamell lecken kann, bullige, beißfeste Schokokaramellen in farbigen Wachspapierchen und die zarten, blassen Fruchtkaramellen, die nie lange halten, man muss mehrere davon in den Mund stecken, damit man etwas davon hat. Es gibt glasige, mit Puderzucker bestäubte Fruchtgeleewürfel und dünne Schokoladentäfelchen, in Papier gewickelt, auf denen eine dicke Kuh im grünen Gras steht, es gibt Schokoladenzigaretten und deutsche Kaugummis, die schwach nach Kräutertee schmecken und bald zerbröckeln, und natürlich gibt es »Steckerleis« in alle möglichen Geschmacksrichtungen. Mein Liebling ist die Banane, sie sieht aus wie echt.

Frau Plöckl verkauft auch heiße Wiener mit Senf, Wurstsemmeln mit »Bläsle« und sauren Gurken, und am Samstag selbst gemachte Kuchen, die sie allen anpreist und die, unter einer Fliegengitterhaube versteckt, Schwärme von Insekten anziehen.

Alles, was es bei ihr zu kaufen gibt, kann Frau Plöckl von dort erreichen, wo sie sitzt, im »Auge des Orkans«, sagt meine Schwester. Frau Plöckl ist ungeheuer dick, trägt immer bonbonfarbene Angorapullover mit tiefem Ausschnitt und einen silbernen Anhänger mit den Symbolen von »Glaube, Liebe, Hoffnung« um den Hals. Ihre sommersprossigen Arme und Händchen sind immerzu, wie Fühler, zwischen den Süßigkeiten unterwegs, und manchmal kleben Bonbons wie exotischer Schmuck an ihren Fingern und Armen. Den unteren Teil ihres Körpers haben wir nie gesehen. Sie füllt den hölzernen Würfel mit seinen Wänden aus Regalen und Kartons vollständig aus, so dass ich glaube, sie hat dieses Gehäuse Schicht um Schicht um sich wachsen lassen, wie eine Meeresschnecke ihr Haus. Wir haben das in Biologie gezeichnet. Ich glaube auch, dass sie abends aufsteht, die Theke einzieht wie eine große Zunge, nachdem sie die Markise und alle Süßigkeiten eingesaugt hat, um dann den ganzen Kiosk mit sich nach Hause zu tragen. Nachts ist der Platz neben der kleinen Brücke über dem Kanal sicher leer. Ich schaffe es nie, spät oder früh genug zur Stelle zu sein, um diesen Moment mitzuerleben.

Frau Plöckl mag Kinder nicht. Sie behält uns scharf im Blick, während wir überlegen, was wir dieses Mal nehmen wollen. Sie macht schmale Augen, tupft sich den Mund und steckt rasch die kleinen Kämme in ihrer Hochsteckfrisur noch einmal fest. Ich brauche viel Zeit, um meine Wahl zu treffen. Frau Plöckl sagt mit ihrer hohen Stimme:

»Na, was soll's sein?«

»Sag, was willst du?«

»Wie viele sollen's sein?«

»Na, wird's heute noch?«

»Nun mach schon!«

»Geh mal zur Seite!«

»Nicht anfassen!«

»Hände weg!«

»Vorsicht!«

»Halt!«

»Hab keine!«

»Das reicht nicht! Zwei fünfzig hab ich gesagt.«

»Schneller, Herrgott. Schläfst du?«

Wir, meine Schwester und ich, geben trotzdem unser halbes Taschengeld bei ihr aus. Männer, die Würstchen kaufen, werden zuallererst und natürlich vor uns bedient, sie werden nie zur Eile angetrieben. Mit Frauen tauscht Frau Plöckl ein paar nette Sätze aus:

»Wieder heiß heute« oder »Streuselkuchen, ganz frisch heute« oder »Neues Kleid? Sehr hübsch«.

Uns Kinder erträgt sie nur, und wir ertragen sie. Ich sehe schweigend zu, wie jemand neben mir Schokozigaretten klaut, während ich meinen Waffelbruch bezahle.

Bei Frau Plöckl kann man nicht anschreiben lassen, das kann man in allen anderen Läden auf unserem Heimweg. Meine Schwester und ich kaufen uns 50 Gramm Leberkäse beim Metzger, einen Amerikaner beim Bäcker, ein paar Datteln beim Kolonialwarenladen, eine Ecke Schmelzkäse im Milchladen. Wir kaufen und lassen anschreiben, je nachdem, an welchem Laden wir gerade vorbeikommen. Meine Mutter wundert sich, wenn wir mittags nichts mehr essen können.

Als ich im Internat bin und nur noch selten nach Hause komme, bemerke ich lange nicht, dass Frau Plöckls Kiosk nicht mehr an seinem Platz am Wertachkanal steht.

»Sie hat geheiratet«, sagt meine Mutter. »Den Mann von über der Straße, den Hausmeister vom Straßenbahndepot, der stand doch immer da herum mit Würstchen und Bier und so. So ein Kleiner mit Mütze, immer mit Mütze. Erinnerst du dich nicht?«

Ich glaube ihr nicht. Ich glaube, Frau Plöckl ist gestorben. Meine Mutter erfindet oft ein glückliches Ende für irgendwelche Leben, die ihrer Meinung nach zu früh geendet haben. Es gefällt ihr auch gar nicht, wie sich die Stadt verändert und dass dort, wo Frau Plöckls Kiosk gewesen ist, jetzt das Plastikhäuschen der Bushaltestelle steht. Ich weiß nur: Frau Plöckl hat ihren Kiosk mitgenommen, wohin auch immer.

Es gibt nur diesen einen Delikatessenladen in unserer Stadt, ein märchenhafter Ort, an dem man Fleischsalate und Krabbenmayonnaise kaufen kann, Lachs, Aal und Leberpastete. Ein Tempel der großen Wurst- und Schinkenauswahl, in dem die damenhafte Frau Bertele selbst bedient und ihren Kunden hausgemachte Leckereien anbietet, wie eine Gastgeberin am reich bestückten Buffet. Mit Strenge herrscht sie über die Verkäuferinnen in weißen Schürzchen und Häubchen. Sie selbst, in schneeweißer Bluse mit Perlenkette und sorgsam aufgestecktem Haar, schüttelt den Stammkunden die Hand über die verglasten Vitrinen hinweg. Kinder werden bewundert. Sie reicht ihnen winzige Schokoladentafeln.

Bei Bertele wird nur samstags und zu Feiertagen eingekauft. Manchmal schicken Holzlieferanten, Baufirmen und Badezimmerausstatter meinem Vater zu Weihnachten einen Präsentkorb von Bertele. Ein vergoldeter Korb mit hochgewölbtem Henkel, in dem sich unter Zellophanpapier geräucherte Gänsebrüste, Sardinendosen und Ananas drängen. »Fresskörbe« nennt sie meine Mutter.

Hinter dem Laden liegt Berteles kleines, aber erlesenes Restaurant. Man muss lange vorher einen Tisch bestellen. Alles, was von Bertele kommt, schmeckt besser als das aus den anderen Läden, etwa dem Kolonialwarenladen von Herrn Momm. Der trägt einen immer fleckigen Kittel und hat eine breite Nase wie ein Koalabär. Diese Nase, die offenbar immer verstopft ist, gibt seiner Stimme einen hohen, näselnden Klang, als habe er gerade geweint. Seine behaarten Hände bewegen sich sehr elegant. Beim Wurstabwiegen spreizt er den kleinen Finger ab. Er hebt die Scheiben der Cervelatwurst mit zwei Fingern in die Höhe, um zu ergründen, ob eben diese Scheibe noch fehlt zu den hundert Gramm auf der Waage. Er verharrt mit der Scheibe in der Luft und wartet auf den Satz, der ihm gestattet, auch sie noch auf den kleinen Wursturm zu legen. Meine Mutter sagt dann, »noch dazu!«, und er wirft sie mit einem kleinen Seufzen auf das schon abgewogene Türmchen. Ich sehe diese Hände Gurken aus einem Eimer fischen, Bratheringe zum Abtropfen schütteln und Butter auf Butterbrotpapier spachteln. Ich sehe sie auch sekundenlang auf dem breiten Hintern von Fräulein Lore liegen, die ihm hinter der Ladentheke zur Hand geht. Ihre grünen Augen in einem Kranz aus dicken, schwarz getuschten Wimpern leuchten dann auf. Sie hat ein glucksendes Lachen. Wir nennen sie die Seejungfrau, dieser grünen Augen wegen. Herr Momm jedoch zählt zu den Landbewohnern. Er hat einen festen Tritt, und wenn er die Leiter hinaufsteigt, um das Honigglas aus dem Regal zu heben und es dann, in beiden Händen, meiner Mutter darzubieten wie ein kostbares Fabergé-Ei, zittert und knarzt die Leiter beängstigend.

Fräulein Lore frage ich einmal, warum Camelia allen Frauen Sicherheit und Selbstvertrauen gibt, ich habe in einer Zeitungsreklame gelesen, dass das Ritterfräulein – sie saß hoch zu Pferde und hielt einen Falken auf der

Hand – an manchen Tagen nicht mitkann zur Falkenjagd. Ich bringe Fräulein Lore dazu, puterrot zu werden. Sie sieht sich nach Herrn Momm um und flüstert: »Das ist nur Watte.«

Meiner Großmutter kann man Momms Schinken schmackhaft machen, indem man auf ihre Frage »Bertele?« mit einem beruhigenden »Bertele!« antwortet.

Wir sitzen bei Bertele. Ich in meinem grau karierten Wollkleid mit weißem Kragen und Manschetten und meine Mutter in ihrem Hahnentrittkostüm, meine Großmutter mit Brosche und meine Schwester in der weißen Hemdbluse mit dem lässig hochgestellten Kragen. Mein Vater sieht aus wie immer, in seinem Anzug mit Krawatte. Er lässt einen blitzenden Blick über den Tisch gehen. Er verlangt gutes Benehmen, gute Tischmanieren. Er möchte, dass wir ihn genießen, diesen festlichen Augenblick in einem guten Restaurant. Es ist der Geburtstag meiner Mutter.

Ich bestelle gebackenes Hirn, es kommt in zwei knusprigen goldenen Knollen, daneben ein Zitronenschnitz in einer winzigen Zitronenpresse, ein aus Pommes frites geflochtenes Körbchen mit kirschgroßen Kartoffeln. Man muss die in das Näpfchen mit grün gesprenkelter Mayonnaise tauchen, flüstert meine Großmutter. Ich möchte das nicht essen. Es ist zu schön. »Nicht spielen mit dem Essen«, sagt mein Vater. Alle schauen mich an. Alle warten darauf, dass ich das nicht essen kann. Ausgerechnet Hirn.

»Das hat sie von mir geerbt«, sagt meine Großmutter zärtlich. Wir streiten uns auch immer um den Bürzel der

Gans. Alle wundern sich trotzdem über mich. Meine Wahl ist überaus kühn, aber ich habe nicht vor, mich zu blamieren. Das Hirn schmeckt wie nichts, das ich schon mal gegessen habe: außen mürbe und trocken, innen weich und cremig. Es wird eine Liebe fürs Leben, das weiß ich sofort.

Das Körbchen aus frittierten Kartoffeln darf ich nicht essen. Es sei Dekoration, sagt man mir, und es wird mit der Zitronenpresse abserviert.

Meine Mutter und ich gehen zu Dr. Heisig. Er schaut in meinen Mund, ich stelle mich tot, aber es nützt mir nichts. »Weit auf! Was ist denn?« Meine Mutter hält meine Hand. »Mach deinen Mund auf, komm!«, drängt sie. Dr. Heisig ist ein mächtiger borstiger Umriss, im weißen Kittel gegen das helle Fenster, aus dem man, wenn man im Stuhl sitzt, draußen Kastanienzweige sehen kann, die sich im Wind bewegten, und dazwischen, manchmal, etwas Himmel. Ich versuche, Wolken zu sehen. Er hat eine heisere Stimme. Er brüllt Befehle: »Spülen! Spülen! Los!« oder »Auf, noch weiter auf, sage ich«. Da gibt es kurzatmige Jammerschreie: »So geht das nicht. Auf, weit auf! Ich komm nicht hin. Herrgott noch mal. Ich komm nicht hin!« Er übertönt ohne Mühe die Stimme meiner Mutter, die hinter ihm steht und mir in flehentlichem Ton zuredet zu tun, was er mir sagt. Er beugt sich tief über mich, und ich sehe von ganz nah seine schwärzlichen Zähne und seine runzlige Oberlippe. Sein Kinn sieht aus wie mit Salz bestreut. Seine babyrosa Zunge ekelt mich. Es gibt Atempausen, die ich herbeisehne, wenn er aufhört zu stochern und zu bohren, um das Amalgam in einem kleinen surrenden Apparat zu mischen, der niedlich aussieht, wie eine Kinderrassel. Die Tür zu seiner Praxis hat bunte Scheiben aus roten, blauen und gelben Glassteinen. Wie durch ein Kirchenfenster fallen zitternde Lichtpunkte ins dunkle Treppenhaus. Meine Angst hat diese Farben.

Dann kommt Dr. Trotter und nimmt Dr. Heisigs Stelle ein. Die Tür aus Glas behält ihre Panikfarben und auch der Geruch der Praxis bleibt – ein Geruch nach Nelkenöl und verschmortem Kunststoff.

Dr. Trotter ist jünger, braungebrannt und weiß angezogen wie ein Tennisspieler. Er hat schelmisch zwinkernde Augen, redet viel, lacht viel und pfeift ein Liedchen, während er mit den blitzenden Geräten in meinen Mund fährt. Er tut so, als sei ich schon erwachsen, und macht Witze, die ich nicht verstehe. Sein lippenloser Mund gefällt mir, er sieht aus wie ein Messerschnitt, er hat schneeweiße Zähne, und ich schaue sie gerne an, ganz aus der Nähe.

Dr. Trotter, so erfahre ich von ihm, steht gerade eine grauenhafte Scheidung durch. Seine Frau, eine wahre Teufelin, will ihn verlassen und ausrauben. Er singt mir ein Lied vor, in dem der Refrain lautet: »Der Dumme im Leben ist immer der Mann.« Ich verstehe nicht genau, um was es geht. Ich habe Frau Trotter schon einige Male gesehen, eine knochige, hoheitsvolle Frau, unnatürlich blond und mit den langsamen Bewegungen eines Faultiers. Immer trägt sie sehr hohe Schuhe, so dass sie Dr. Trotter überragt, immer ist sie ausstaffiert, als ginge sie zu einem Tanztee: grün schillernde, weit ausgeschnittene enge Kleider und viel Schmuck. Sie riecht nach Veilchen. Ich finde Frau Trotter prächtig und wundere mich nicht, dass sie von Trotter loskommen will. Er hat einen Bauch, mit dem er mich bedrängt, wenn er ganz nahe herankommt bei der Behandlung. Er hat keine Haare, und wenn er anfängt, über seine Frau zu jammern, vergisst man all sein Scherzen und Pfeifen auf der Stelle.

Später wechseln wir zu Dr. Babowski. Ihn mag ich nicht.

»So ein schönes Gesicht und so hässliche krumme Zähne!«, sagt er, weil ich meine Zahnspange nicht oft genug trage. Die Zahnspange, ein seltsames rosarotes Wesen mit Beinen aus Draht, lebt in einer grünen Büchse und wird beim Essen herausgenommen, was dazu führt, dass sie oft irgendwo liegen bleibt oder verschwindet und erst nach aufwendigen Suchaktionen wieder aufgespürt werden kann. Dr. Babowski stöhnt laut, wenn er sich über mich beugt, in seinem offenen Kragen sehe ich ein getigertes Fell, das er auf der Brust trägt. Das macht ihn interessant. Meine Mutter erklärt mir später, er habe Rheuma. Ich verzeihe ihm den Satz mit den krummen Zähnen trotzdem nicht.

Und dann natürlich ist da Dr. Serkin. Er ist Naturheiler und kommt nur ab und zu in unsere Stadt. Er wird von meiner Mutter verehrt wie ein Weiser. Er sagt, alle Krankheiten kämen davon, dass der Mensch nicht richtig atme. Er hat China und Indien bereist und dort Heilmethoden studiert. Er hat Bücher darüber geschrieben und praktiziert in einer eigenen Klinik in einer anderen Stadt. Meine Schwester und ich ärgern uns darüber, in welche Schwärmereien meine Mutter verfällt, wenn es um Dr. Serkin geht. Wir können sehen, wie sehr er ihr gefällt, und nicht nur ihr. Alle Frauen, die zu seiner Sprechstunde kommen, verdrehen die Augen, wenn er nur vorbeigeht. Wir sitzen auf allen möglichen Stühlen auf dem Gang. So ist das immer. Seine Assistentinnen würden, so sagt meine Schwester, am liebsten auf dem Bauch vor ihm kriechen. Sie rennen wie aufgescheuchte Hühner auf dem schmalen Gang hin und her.

Dr. Serkin ist ein Geheimtipp, ein Meister mit Jüngerschaft. Wenn er anreist, stellt einer der Jünger seine Wohnung zur Verfügung, und dort auf dem Gang, in Wohnzimmern, in Küchen und Schlafzimmern, hocken und stehen die Heilsuchenden und warten geduldig, oft mehrere Stunden, bis sie an der Reihe sind. Wir auch. Mein Vater kommt nicht mit. Dr. Serkin gibt, um einem beim richtigen Atmen zu helfen, schmerzhafte Massagen. Seine Feinde nennen ihn den »Prügelserkin«. Er schlägt einen auf die richtigen Stellen. »Am Hintern zugefügte Schmerzen«, so sagt er, »werden den Atem dort hinunterlocken.« Kinder werden nicht massiert.

Wir sitzen in großer Enge in der fremden Wohnung. Alle Erwachsenen haben ängstliche Gesichter. Sie warten auf die kommenden Schmerzen: Sie bilden eine flüsternde Leidensgemeinschaft. Sie sprechen von Krankheiten und ihrer Heilung, von anfänglichen Widerständen, die sich in Dankbarkeit verwandelt haben und Hoffnung. Eine schwangere Frau sagt, sie sei schreiend davongerannt, als er ihr das rechte Bein eingerenkt habe, das linke sei dann aber eiskalt gewesen, wie tot, und sie habe den Doktor angefleht, auch das andere Bein einzurenken. »Und nun?«, sagt sie und streicht über ihren Bauch. »In einem kalten Nest gedeiht nichts«, sagt jemand. Alle murmeln beifällig.

Ich versuche immer herumzuschnüffeln und zu ergründen, wie die Leute, denen die Wohnung gehört, leben. Diese Neugier auf fremde Leben verlässt mich nie. Deshalb sammle ich auch für die Caritas, so kann ich in fremde Wohnungen eindringen. Jede Wohnung riecht anders. Jede hat Geheimnisse: seltsame Gegenstände und Bilder, Unordnung, Dreck, nie gesehene Pflanzen und Tiere.

Endlich werden wir vorgelassen. Im hellsten und schönsten Zimmer sitzt Dr. Serkin auf einem Sofa und lächelt milde. Er ist ein breiter, weißhaariger Mann, mit einem Hals wie ein Turm in dem offenen weichen Kragen. Seine dunklen Augen in dem blassen Gesicht sehen aus, als wären sie heiß und flüssig. Diese seltsamen Augen haben Macht über einen, das glaube ich, und ich versuche, nicht hineinzusehen. So stelle ich mir die Zauberer aus den Geschichten vor. Dr. Serkin ist alt und zählt nicht als Mann, finden meine Schwester und ich. Wir können nicht verstehen, was meine Mutter an ihm findet. Sein Foto hängt über ihrem Bett, und wenn er mit ihr spricht, wird ihr Gesicht weich und jung. Mir schaut er mit einer Lupe ins Auge. »Das Fröschlein«, sagt er, das nimmt mich für ihn ein. »Das Fröschlein ist gesund.«

Danach, zu Hause, schlucken wir verschiedene Pülverchen und Kügelchen. Meine Mutter überwacht uns streng und ruft ab und zu: »Du atmest wieder so flach!«

Dr. Serkin will, dass Luft an den Körper kommt. In Indien trägt niemand eine Unterhose. Meine Mutter näht eine Art Biberschwanz an unsere weißen Leinenhemden, man kann den dann vorne wieder ans Hemd knöpfen. Wir hassen diese Hemden. Der breite Steg reibt beim

Gehen. In der Schule kommt der Schularzt, und wir sollen uns alle ausziehen bis auf die Unterhose. Ich weigere mich. Ich kann nicht. Später kommt eine Frau von einem Amt zu meiner Mutter, um zu fragen, ob wir kein Geld haben, um Unterwäsche zu kaufen.

Meine Mutter sitzt vor dem Spiegel und steckt ihr Haar auf, einmal, zweimal, dreimal. Es ist nie so, wie sie es haben will. Sie gibt auf. »So spät, so spät«, sagt sie atemlos. »Wir müssen los.« Trotzdem nimmt sie sich Zeit, ihren Mund rot zu malen, vorsichtig, und dann die Brauen. Ihre Hand zittert dabei. Sonst schminkt sie sich nur, wenn sie mit meinem Vater irgendwo hingeht, am Abend. Sie tupft sich Parfüm hinter die Ohren. Ich will auch. Sie gibt mir einen Klaps auf die Hand. Sie betrachtet sich im Halbprofil im Spiegel, mit diesem Gesicht, das sie sonst nie macht. Die Augen weit aufgerissen, den Mund gespitzt. »So!«, sagt sie und richtet noch einmal den Kragen ihrer Bluse, steht auf und prüft von oben herab die Nähte ihrer Strümpfe.

»Alles für Dr. Serkin«, flüstert meine Schwester.

Unter dem Kopfkissen meiner Mutter finde ich zwei der schwärzlichen Tonfiguren, die meine Großmutter aus Bolivien mitgebracht hat. Diese beiden habe ich noch nie gesehen. Sie sind mit einem Einmachgummi aneinandergefesselt, Gesicht auf Gesicht: ein Mann und eine Frau. Ich will sie meiner Schwester zeigen, aber sie sind verschwunden.

Es ist Frühling, und ich habe zum ersten Mal Kniestrümpfe an. Meine Schwester und ich laufen durch den Park und achten darauf, nicht auf die Krokusse zu treten im schlaffen grauen Gras. Es ist rutschig, gestern hat es geregnet, und die Statuen auf den moosigen Sockeln stecken noch in ihren Holzverschalungen vom Winter. Hinter den Birken können wir schon die rote Leuchtschrift des Kinos sehen, LU-LI. Es ist Nachmittag und noch hell. Meine Mutter hat uns erlaubt, ins Kino zu gehen. Der Film ist von Cocteau: *La Belle et la Bête*. Sie kennt den Film und mag französische Filme, vor allem Cocteau. Es ist ein Märchenfilm, sagt sie, und deshalb darf ich ihn mir ansehen. Es ist mein allererster Film.

Meine Mutter will uns kultivieren. Ein unkultivierter Mensch ist in ihren Augen etwas Armseliges. Sie kontrolliert genau, was wir lesen, was uns nicht daran hindert, heimlich das im Regal zu finden und zu lesen, was verboten ist. Wir gehen in Konzerte, aber ich gehe nur ungern. Einmal, bei Boccherini, flüstere ich ihr zu, das Orchester erinnere mich an Insekten, die in einer großen Spanschachtel zirpen. Sie gibt mir eine Ohrfeige.

Später, als wir uns mit ihr den Film *Der Postmeister* ansehen, wartet sie umsonst auf unsere Begeisterung. Die Tochter des Landpostmeisters, die in die Stadt gezogen und dort zur Geliebten eines reichen, verkommenen Mannes geworden ist, spielt dem alten Vater eine riesige Hochzeit vor, um ihn glauben zu lassen, sie führe ein anständiges Leben. Der Alte findet das heraus und wird zum Berserker. Die Geschichte ist von Tolstoi, den meine Mutter liebt. Mir aber gefällt der Film gar nicht, auch meiner Schwester nicht. Ich sage, ich fände den Alten ekelhaft. Meine Mutter bricht in Tränen aus. Immer will sie, dass wir das, was sie begeistert, auch uns begeistert. Wir sollen so sehen und fühlen wie sie.

Mein Vater ist ganz anders. Er glaubt, man muss uns einfach alles Mögliche zeigen und anbieten, damit wir lernen, was Schönheit ist. »Ohne die Kunst ist das Leben öde«, sagt er. Mit ihm gehen wir ins Museum und zu Ausstellungen. Wenn uns etwas nicht gefällt, ermuntert er uns, mit ihm darüber zu streiten, und lobt gute Argumente. Als ich Rembrandt langweilig finde, sagt er nur, ich solle noch ein paar Jahre warten, ich würde dann schon sehen.

Ich mag Chagall, weil immer Menschen oder Tiere über den Dächern schweben. Ich mag Poussin, weil seine Engel aussehen, als flögen sie ganz mühelos im goldenen Himmelsblau. Ich bin verliebt in Botticellis großnasige, kuhäugige Männer, die sich mit hingerissenen Gesichtern um den Stall drängen, in dem die Heilige Familie lagert. Ich mag bei Breughel die bösen roten Reiter, die in der Winterlandschaft zwischen den weinenden Müttern und toten Kindern im Schnee herumgaloppieren, und die Hunde, die sich nicht im Geringsten um das Gemetzel kümmern. Ich mag die bunten kristallinen Tiere von Franz Marc und die traurigen mageren Harlekine von Picasso. Ich mag die schrillen Farben bei Gauguin und seine immer so träge herumliegenden Frauen. Ich mag das flimmernde Wasser bei Renoir, vor dem Leute in geringelten Pullovern sitzen und so schöne Sachen frühstücken. Auf jedem Bild möchte ich sein. Ich suche nach mir, finde mich manchmal irgendwo oder finde wenigstens die Stelle, an der ich gleich auftauchen werde.

Mein Vater liebt Goya, Rubens, Rembrandt und Vermeer. Ich weiß nicht genau, warum.

Meine Mutter liebt Giorgione, Tizian und Klee, das kann ich besser verstehen.

Am liebsten gehe ich in den Bildern von Hieronymus Bosch umher, aber es gibt Tage, da finde ich das anstrengend, weil ich glaube, nie alles zu finden, was er auf seinen Bildern versteckt hat. Dann ist es schön, in Fra Angelicos Zimmer zu treten, wo alles seine Ordnung hat und alles so stillhält, als wäre es gefroren und man hätte alle Zeit der Welt, um dort zu bleiben und auszuruhen.

Meine Mutter, die in dem »bohemen« Haushalt ihrer Tante die Schule nicht beendet und, soviel wir wissen, nie ein Gymnasium besucht hat, spricht nicht über diese Zeit. Sie ist von ihrem Onkel Lulu, dem Archäologen, in einer Art privatem Unterricht ausgebildet worden. Sie kennt die griechische Mythologie, die Philosophen, die Weltgeschichte, die klassische Literatur und die alte Kunst, aber auch Künstler und Schriftsteller der Gegenwart. Sie ist voller Hochachtung für alles, was mit Bildung zusammenhängt.

Sie ist noch sehr jung, als mein Vater sie kennenlernt und, wie er sagt, beschließt, sie zu retten. Seit Onkel Lulu eine neue Frau hat, gibt es in Tante Maisins Wohnung nur noch meine Mutter, und natürlich Julius, Lulus kleinen Sohn. Tante Maisin führt, wie mein Vater andeutet, ein freies Leben, das er missbilligt. »Liederlich« ist das Wort, das er verwendet haben soll, aber das weist er immer weit von sich. So etwas hat er nie gesagt. Wir glauben ihm nicht.

Ehe er meine Mutter heiratet, schickt er sie in eine Art

Pensionat für höhere Töchter. Sie lernt dort aquarellieren, nähen, sticken, Klavierspielen und den Tisch decken. Wir finden nie heraus, wo dieses Pensionat gewesen ist. Irgendwo im Gebirge, im Wald, an einem See, das entnehmen wir den Liebesbriefen, die sie meinem Vater von dort geschrieben hat und die wir entdecken und uns hämisch gegenseitig vorlesen. Aber auch von dieser Zeit erzählt sie uns nie Genaues. Sie macht Scherze über sich und die anderen Pensionäre und nennt das Ganze eine »Grille« meines Vaters.

Unsere Bildung ist für meine Mutter ihre wichtigste Aufgabe. Sie erlaubt uns keines von den in ihren Augen lächerlichen Mädchenbüchern wie *Trotzkopf*, *Heidi* oder *Hanni und Nanni*, die sie verachtet. Meine Comichefte spürt sie auf und verbrennt sie im Heizungsofen. Wir haben keinen Fernseher und es gibt für uns keine Illustrierten. Dafür haben wir ein Abonnement fürs Theater und die Oper. Mittwochs fahren meine Schwester und ich unweigerlich mit der Straßenbahn durch die halbe Stadt zum Ludwigsbau. Das Stadttheater ist ausgebombt. Wir haben besondere Kleider für diese Abende, und im Winter tragen wir unsere guten Schuhe in einem Beutelchen bei uns. Wir finden die fetten alten Opernsänger und -sängerinnen lächerlich und machen auf dem Heimweg nach, wie plump sie auf der Bühne herumlaufen, torkeln und sich mit beiden Händen an die Brust greifen, wenn sie sterben. Natürlich erzählen wir nichts davon zu Hause. Das Theater beeindruckt uns mehr. Nach Brechts *Furcht und Elend des Dritten Reiches* muss ich mich übergeben. Auch davon erzählen wir nichts.

Ich sehe meinen ersten Film. Die Nachmittagsvorstellung von *La Belle et la Bête* ist nicht gut besucht. Das Kino ist fast leer, wir kaufen Schokolinsen und setzen uns in die letzte Reihe. »Damit wir wegkönnen, wenn's langweilig wird«, sagt meine Schwester. Aber außer uns sitzen nur eine Handvoll Leute in den Stuhlreihen, und natürlich wird es nicht langweilig.

In der Dämmerung laufen wir wieder durch den Park nach Hause. Diesmal bleiben wir auf dem Weg, es hat angefangen zu schneien. Ich bin wie betäubt und fühle mich fremd in der Welt draußen. Ich will wieder zurück. Ich sehe den großen prächtigen Katzenmann zwischen den bretterverschalten Statuen herumstreichen, sehe Arme, die Kerzenleuchter halten, aus den Mauern wachsen. Ich brauche lange, um über die Enttäuschung hinwegzukommen, dass sich der Katzenmann am Schluss in einen geschminkten, steifbeinigen Prinzen verwandelt, der mit seiner Liebsten gen Himmel steigt, wie von einem Seil gezogen. Ich habe bis zum Ende gehofft, sie würde in seinen Armen zur Katzenfrau werden und die beiden würden für immer glücklich in dem verwunschenen Schloss im Nebelwald wohnen.

In unserem Botticelli-Buch steht eine Widmung, die mein Vater geschrieben hat, in der Zeit, bevor meine Schwester geboren wurde. »Für meine Flora.« Wir kennen Flora aus der *Primavera*. Sie spuckt Blumen.

»Er fand, ich sehe so aus wie Flora«, sagt meine Mutter und lacht. Wir haben sie noch nie so genau angeschaut, aber jetzt betrachten wir sie prüfend. Wir schlagen das Buch auf, wir vergleichen. Eigentlich sieht Mama gar nicht aus wie diese Flora, aber es ist schön, dass sie mal so ausgesehen hat.

»Ich war natürlich jünger«, sagt meine Mutter verlegen. »Und Papa war sehr verliebt in mich.«

Sicher liebt er sie immer noch, aber das zeigt er uns selten. Ich merke mir jede Umarmung, deren Zeuge ich werde, wie ein Buchhalter. Ich wünsche mir diese Liebe.

Auf den Fotos, als junges Mädchen, sieht Mama nicht aus wie Flora und überhaupt nicht wie eine Mutter, sondern wie eine Fee, finde ich: die langen blonden Haare, das kleine Lächeln, die abgewandten Augen, als wäre sie nicht ganz da, träumte von schönen Sachen und wollte nicht gestört werden bei diesem Traum, auch nicht vom Fotografen.

»Sie steht da an der Glastheke, bei Lieblein, diesem winzigen Käseladen am Markt, ihr kennt ihn, steht so zwischen anderen Leuten und schüttelt ihre blonden Haare, eine Mähne ist das. Sie hatte Löcher im Strumpf«, sagt mein Vater und lacht. »Sie zählte das Geld nicht nach, abwesend wie eine Mondsüchtige. Sie geht und schaut nicht nach links und rechts auf der Straße.«

Er läuft ihr nach bis zum Haus der Tante. Das gefällt uns, er muss es immer wieder erzählen.

»Vor dem Haus, am Zaun, bleibe ich stehen, und oben im dritten Stock macht sie ein Fenster auf, steht da und streckt mir die Zunge heraus.«

Auch meine Tante schaut hinter der Gardine hinunter auf diesen neuen Verehrer meiner Mutter. Sie soll gesagt haben: »So ein schwarzer Deifi. Ein Ausländer, der bringt nichts Gutes.« Sie bestreitet das, aber wir glauben ihr nicht und lachen über diesen Satz.

Später begegnet mein Vater der Tante auf einem der berühmten Faschingsbälle im »Drei Mohren«, dem Hotel, das danach ausgebrannt ist. An ihr Kostüm, sagt er, kann er sich nicht erinnern. »Sie war eine Schönheit«, sagt er. »Ich weiß aber noch genau, was eure Mutter an diesem Abend anhatte. Sie zeigte ihre nackten Beine. Ganz kurze Goldlamé-Hosen hatte sie an und ein großes Herz aus roter Seide auf der Brust. Das sollte ein Page sein.« Mein Vater wirft meiner Mutter einen Blick zu. »Ihre schönen Haare hatte sie abgeschnitten.«

»So nahm die Sache ihren Lauf«, sagt meine Mutter. Sie möchte das Thema abschließen. »Und dann kamt ihr.«

Aber wir wissen, wie es dann weiterging.

Zu ihrem ersten Treffen im Frühling, auf einer Bank des »Roten Torwalls«, bringt meine Mutter ihre Lieblingsgedichtbücher mit, um meinen Vater zu prüfen. Er besteht die Prüfung.

Ein Familiengerücht besagt allerdings, auch meine Tante habe meinen Vater, auf ihre Weise, geprüft und für gut befunden.

Auf der Bühne liegt ein Mann im Fliegerkostüm. Der kleine Prinz ist eine Marionette, ein ganz zartes Kerlchen, das vor ihm herumhampelt und mit ihm spricht. Da ist auch der Wüstenfuchs, die Rose, das Schaf. Die Himmelskörper sind runde Kugeln, die hereinfliegen und auf denen ihre verschiedenen Bewohner hocken, um sich mit dem kleinen Prinzen zu streiten. Bis auf den schweren Mann mit seiner Fliegermütze und seiner Fliegerbrille, der ungemütlich auf der kleinen Bühne liegt, ist alles zart und luftig, genau so, wie ich es aus dem Buch kenne.

Meine Mutter, die den kleinen Prinzen so sehr liebt wie ihre Gedichte und die das Foto des Autors an ihrem Spiegel stecken hat, sitzt neben mir mit andächtigem Gesicht. Meine Schwester und ich können den kleinen Prinzen nicht leiden, weil wir die Begeisterung meiner Mutter übertrieben finden.

»Immer das Getue!«, sagt meine Schwester böse.

Danach, auf dem Heimweg, ist meine Mutter glücklich. Ich mag das Stück nicht, aber ich sage es nicht.

»Sie haben ihn abgeschossen«, sagt meine Mutter traurig.

Sie liest alle seine Bücher und möchte, dass wir den kleinen Prinzen zeichnen. Eine Zeitlang sind Männer, die fliegen, tapfer und einsam in kleinen Flugzeugen mit Postsäcken an Bord, ihre Helden. Auch die Wüste wird eine Landschaft, über deren Schönheit sie nicht genug erfahren kann.

Wir kennen das schon. Das ist immer so. Wir haben Heinrich Mann überstanden, Tolstoi und Buber. Wir haben Sigrid Undset überstanden und Melville, Beckmann, Klee, Franz Marc und Gabriele Münter. Wir machen alles mit.

»Das Haus verkommt«, sagt mein Vater alle paar Wochen.

Ich weiß nicht genau, was er damit meint.

Meine Mutter und meine Großmutter binden sich Tücher um den Kopf und scheuchen uns in den Garten. Mittags gibt es Wurstbrote. Wir müssen die Schuhe ausziehen, wenn wir ins Haus wollen.

»Jetzt spinnen sie wieder«, sagt meine Schwester.

Am Sonntagnachmittag muss das ganze Silber geputzt werden. Meine Mutter zählt das Besteck nach. Wehe, es fehlt ein Löffel. Mein Vater schaut zufrieden zu.

Wir wissen, dass das Silber am Sonntag geputzt wird, damit mein Vater es sehen kann.

Am Abend ist er bester Laune und küsst meine Mutter auf die Stirn.

Die Turnstunde bei Frau Heidrun: In dem dunklen, holzgetäfelten Saal im Hinterhof gehen wir Kinder im Kreis herum und sind mal Riesen und mal Zwerge. Je nachdem strecken wir uns so hoch wir können, oder krümmen uns ganz klein zusammen, dabei müssen wir weiterlaufen und im Rhythmus bleiben. Frau Heidrun, in weiten bestickten Hosen, springt mit ihrem Tamburin zwischen uns hin und her, um zu kontrollieren, ob wir alles richtig machen, die Füße richtig setzen und dabei vor allem gut atmen. Sie ist eine Schülerin von Dr. Serkin.

Außer uns gibt es nur Kinder, die wir blöde finden, und meine Schwester schubst und zwickt jeden, der ihr in die Quere kommt, wenn Frau Heidrun gerade nicht hinsieht. Wir gehen nicht gerne zu Frau Heidruns Turnstunde.

Frau Heidrun ist nicht viel größer als ich, aber sie sieht größer aus, weil sie so viele Muskeln hat. Sie zeigt sie uns an ihren Armen und ihren Waden. Ihr Kopf aber ist klein, weil sie alle Haare in einem Haarnetz trägt.

»Kein Hohlkreuz machen! Zehen nach vorne! Nicht mit dem X-Bein aufstehen!«, ruft sie laut, um die Musik zu übertönen. »Wichtelmännchens Wachparade.« Es gibt nur diese eine Platte. Das Grammophon muss man aufziehen, wenn der Klang langsamer, tiefer und leiernd wird, danach ist die Musik etwas zu schnell und zu hoch im Klang.

Dann sind wir Frösche und hüpfen um die Wette durch den Saal, dann sind wir Häschen und liegen auf dem Rücken, die Beine angezogen, Hände unterm Kopf. Wir atmen: Fffff, ffff, ffff.

Danach müssen wir an die Sprossenwand, eine große Leiter aus poliertem Holz.

»Gut aushängen. Atmen«, ruft Frau Heidrun.

Meine Schwester und ich finden sie komisch, weil sie uns erzählt, dass sie morgens den Kaffee, wenn sie ihn aufgebrüht hat, in ihrem Clownskostüm so erschreckt, dass er sich »setzt«. Sie sagt auch, auf dem Klo solle man sich oben auf die Brille hocken, ganz so, als wäre man im Wald, dann solle man »tönen«, tief einatmen, so, sie macht es vor, dann mit dem Ausatmen laut tönen:

»Pu, pu, pu, pu … pi, pi, pi, pi … po, po, po, po … pa, pa, pa, pa …« Und dann, sagt sie, gehe es los.

Ich mache das nach zu Hause, bis meine Mutter mich aus dem Klo scheucht. Sie findet das zwar einen guten Rat, wie alles, was von Frau Heidrun kommt, sagt aber, Kinder hätten das noch nicht nötig. Ich behalte heimlich Frau Heidruns Hockstellung bei.

Einmal, auf dem Heimweg, muss ich umkehren und allein zurück, weil ich meinen Turnbeutel vergessen habe. Die Tür zum Turnsaal ist abgesperrt, aber da lehnt Frau

Heidruns Fahrrad und das Fahrrad von Herrn Tibal, einem fetten glatzköpfigen Mann, der manchmal am Ende unserer Stunde kommt und uns mit glitzernden Augen beim Turnen zusieht, weil sie ihm später eine Einzelstunde gibt. Herrn Tibals Fahrrad ist grün gestrichen und hat alle möglichen Drähte und Lämpchen am Lenker. Es sieht aus wie ein großes Insekt.

Ich schaue durchs Fenster. Drinnen, auf der großen Matte, auf der wir, wenn wir Gürteltiere sind, Purzelbäume schlagen, bewegt sich etwas. Ich drücke mein Gesicht ans Glas. Da ist ein fetter Knäuel, der sich bewegt. Es sind hastige Bewegungen, hin und her, die mir seltsam vorkommen, begleitet von einer Kette leiser schluchzender Töne, die durchs Fenster zu mir herausdringen. Jemand arbeitet dort am Boden und keucht dabei. Zwei Leute sind da zusammen auf der Matte, aber es ist dunkel dort drinnen, und ich sehe nicht, was sie da machen. Ich wage nicht, sie zu stören.

Meine Mutter sagt, das sei sicher eine bestimmte Massage, eine besondere Behandlung, die Frau Heidrun Herrn Tibal gibt, und es sei gut, dass ich sie nicht gestört habe, ich könne ja die alten Turnschuhe mitnehmen zur Schule und eine Turnhose meiner Schwester.

»Was für eine Behandlung?«, frage ich.

»Sie gibt ihm Kraft«, sagt meine Mutter.

Meine Mutter besucht meine Großtante Maisin fast jeden zweiten Tag. Die lebt noch immer in der alten Wohnung, teilt sie aber nun mit ihrem zweiten Mann, Onkel Kurti, einem pensionierten Bankbeamten, der seine Frau vergöttert, für sie kocht und sogar bügelt und saubermacht. Er liebt ein geregeltes Leben und muss selbst dafür sorgen, sagt meine Mutter. Maisin streichelt im Vorbeigehen seine Glatze, wenn er am Tisch sitzt, Gemüse schneidet oder Kreuzworträtsel löst, und sagt: »Was tät ich ohne mei Kurtele.«

»Ja, das frage ich mich auch«, flüstert meine Mutter uns dann zu.

Wenn wir früh kommen und Maisin noch nicht aufgestanden ist, macht Onkel Kurti für uns Kaffee. Er trägt eine Tasse zur Schlafzimmertür und ruft: »Mümselchen, spielst du heute nicht mit?«

Wenn Tante Maisin in die Küche geht, weiß ich, sie will eigenhändig etwas herstellen, was sie besonders liebt. Etwas Süßes. »Nachspeisen sind nicht seine Stärke«, sagt sie und scheucht Onkel Kurti hinaus. Da ist ihr berühmter Zwetschgendatschi aus sorgsam geknetetem Hefeteig. Die fein geschnittenen Zwetschgen müssen in dichten Reihen dachziegelartig aufgereiht werden. Es dauert lange, ehe das Blech voll ist. Ich darf dabei nur entkernen, weiter nichts. Aber ich bin es dann, die den Datschi, mit einem Namensschild versehen, zum Bäcker trägt. Dort warten schon viele solcher Bleche, flache Töpfe und Tortenformen aus der Nachbarschaft darauf, in den leeren, aber noch heißen Ofen geschoben zu werden.

Ich schaue alle genau an. Maisins Datschi ist der schönste: die Zwetschgen üppig und mit Mandelsplittern bestreut.

Später hole ich das Blech wieder ab, und Onkel Kurti schlägt schon den Rahm. »Ja, das macht er gut«, sagt

Maisin und sitzt schon wieder in ihrem Lieblingssessel am Fenster.

Sie macht auch ihren berühmten Igel aus Schokoladenbuttercreme und einem Kern aus aufgeschichteten Löffelbisquits. Er bekommt als Nase eine rote Geleekirsche und Stacheln aus karamellisierten Mandeln. Ihn gibt es nur ganz selten, den Datschi gibt es zur Zwetschgenzeit fast jeden Tag.

Bei den Weihnachtsplätzchen, die im eigenen Ofen gebacken werden, verlässt Maisin sich bald ganz auf meine Hilfe. Meistens machen wir Butterblumen, von denen mein Vater sagt, schon drei wären ein ganzes Abendessen.

»Dünner auswalken«, sagt Maisin. »Mach mehr Herzen!«, sagt sie. »Hast du die Hände gewaschen?«, sagt sie. »Mehr Guss!«, sagt sie. »Jetzt schnell in den Puderzucker werfen und herumrollen«, sagt sie. Sie sitzt am Küchentisch, trinkt ein Gläschen grünen Likör und probiert den Teig und summt ein Lied aus dem Radio mit, ohne einen Finger zu rühren. »Schatz, ich glaube, da brennt was an«, ruft sie, ohne selbst auch nur die Hand auszustrecken. »Verbrenn dich nicht!«

Onkel Kurti räumt danach die Küche auf.

An den Tagen, an denen ich nachmittags Unterricht habe, esse ich bei Maisin zu Mittag, höre, am Tisch sitzend, den Löffel in der Hand, wie immer Punkt zwölf das Mittagskonzert im Radio und muss mich dann, wie die anderen beiden, zu einem Schläfchen aufs Sofa legen. Dort lese ich Maurois und Proust, meine Tante hat alle ihre Bücher in einem kleinen Regal über dem Sofa. Es sind die einzigen Bücher; ihr erster Mann, Onkel Lulu, hat sie dagelassen.

Sie hält nichts von der Schule und schreibt mir oft Entschuldigungen mit ihrer großen, steilen Schrift, nachdem ich ihre Brille gesucht und gefunden habe.

»Meine Nichte hatte starkes Nasenbluten.«

Danach gehen wir ins Café. Meiner Mutter sagen wir nichts davon. »Die armen Mädle«, sagt Maisin, wenn meine Mutter mich wegen meiner Faulheit schimpft. »Möchte wissen, für was der ganze Zinnober gut sein soll.« Später auf dem Gang flüstert sie mir zu: »Heut is wieder ganz narrisch!« Sie meint meine Mutter. Ich darf auf ihrem abschüssigen Schoß sitzen und ihren Schmuck abnehmen und selbst anlegen. Ich darf auch ihr Haar kämmen und Puder auf sie stäuben, bis sie niest. Sie steckt mir Geld zu und lacht über meine Witze. Ich darf dabei sein, wenn sie Besuch bekommt: alte Verehrer, die ihr Komplimente machen, Blumen mitbringen und ihr unter dem Tisch die Hand aufs Knie legen, oder ihre Freundin Mara, die ihr die Karten legt und die zur Inspiration immer ein paar Gläser Wein braucht.

Wenn sie fort sind, reißt Onkel Kurti alle Fenster auf und murmelt: »Riecht wieder nach Schwefel hier.« Dann räumt er das Teegeschirr weg.

Maisins Schwester Leoni, die mit dem Hutladen in München, ist im Krieg umgekommen.

»Leoni war Papas Liebling, seine Älteste, ich war die Jüngste«, sagt Tante Maisin. »Rothaarig! Hat sich immer versteckt, wenn Besuch kam. Papa hat sie dann herausgezogen aus der Besenkammer, wo sie weinte, und ihr gesagt, sie sei die Schönste von uns allen. Frauen mit roten Haaren seien überhaupt die schönsten Frauen. Natürlich war ich die Schönste, das wusste die ganze Familie. Die Männer waren hinter mir her, sobald ich lange Röcke anhatte. Aber Leoni war so eine Seele von einem Menschen. Sie hat diesen wunderbaren Mann bekommen, Piet Graf, wir nannten ihn den Grafen, aber so hieß er nun mal. Er war Künstler, na ja, leben tat er von seinem Handel mit Badezimmerkacheln. Der hätte mir auch gefallen, so ein Hüne mit einer schwarzen Mähne wie ein Löwe. Wie die sich geliebt haben! Abgöttisch. Sie machte die schönsten Hüte, meine Leoni. Alle meine Hüte kamen von ihr, ach, meine Leoni.«

Hansi, Leonis Sohn, ist mit seinem U-Boot in der »karibischen See« untergegangen. Lange halte ich die »karibische See«, von der sie immer spricht, für einen bösen, gewaltigen Strudel, der U-Boote einsaugt und zerknackt wie Charybdis. Die Mittlere der Schwestern, Margarete, meine Großmutter, hat nach ihrem »Fehltritt« einen frommen sektiererischen Witwer mit vielen Kindern geheiratet, und Maisin redet nur selten von ihr und hat sie seit Jahren nicht gesehen.

»Nicht wegen dem unehelichen Kind, wie kommst du auf so was Dummes?«, sagt sie, als ich sie frage. »Wegen diesem grässlichen Frömmler, den sie geheiratet hat.«

Alle drei Brüder von Maisin sind im Ersten Weltkrieg gefallen. Ich sehe sie auf Fotos: verlegene blonde Buben in seltsamen Uniformen. Maisins Papa war bei der Eisenbahn, und sie nennt ihn einen »Lebemann« und einen »Hallodri«. Ihre Mama, die geliebte Großmutter meiner Mutter, nennt sie eine »Heilige«.

Julius, Maisins eigener Sohn aus ihrer ersten Ehe mit

Lulu, dem Archäologen, ist noch in Gefangenschaft, zuerst ist er in Russland, nun aber ist er in England. Nur wenn sie von ihm spricht, erlaubt sie sich Tränen. Sie verliert ihre ganze Fröhlichkeit. Ihr Gesicht wird traurig und schwer, und ich muss alles tun, um sie vom Weinen abzuhalten. Meine Mutter fängt dann sofort an, über die böse, hinterhältige Frau zu sprechen, die Maisin den Onkel Lulu weggenommen hat. Damit kann man sie verlässlich ablenken. Tante Maisin gerät sofort in Wut und erzählt erwartungsgemäß von ihrer Empörung und wie sie »der« im Fischladen eine Ohrfeige gegeben hat. Und wie die dann hingefallen ist und wie alle Frauen im Fischladen Zustimmung gemurmelt haben. Sie vergisst nicht zu erwähnen, dass »diese Frau« keine Beine habe, sondern »Geleise«. Ein Vergleich, den ich nie ganz verstehe.

Julius kommt eines Tages aus der Gefangenschaft zurück und bringt Polly mit, eine junge englische Frau, die er als Gefangener kennengelernt und die ihren englischen Mann seinetwegen verlassen hat. Sie wohnen von da an im alten Zimmer meiner Mutter. Polly ist schwarzhaarig, weißhäutig und rotmundig wie Schneewittchen. Ich will immer um sie herum sein und sie anschauen, wenn ich bei Maisin bin. Wir alle sind stolz auf Julius und darauf, dass er sie erobert hat.

»Das«, so sagt meine Mutter, »hätte ihm nun wirklich niemand zugetraut.«

Mir gefällt Onkel Julius gut, er zischt wie eine Lokomotive beim Lachen und hat vorne einen Wirbel, der seinen Pony aufrichtet und die Haare der Stirn auffächert.

»Er sieht aus wie der junge Lulu«, sagt Tante Maisin.

»Diese feine lange Nase, dieser kühne Blick. Obwohl – eigentlich ist er viel hübscher, als sein Vater jemals war.«

Onkel Julius geht mit mir Eis essen. Er bestellt den allergrößten Eisbecher für mich. Er hat Russisch und Englisch gelernt dort, wo er war. Er sagt, Russisch sei die schönste Sprache der Welt, auch wenn Tante Maisin die Augen zur Decke rollt. Er kann auf Russisch, Englisch, Italienisch und Französisch sagen »Ich liebe dich«, sogar auf Japanisch. Er zeigt mir das Foto von einer Vespa. So eine will er sich kaufen und fragt mich, ob sie mir gefällt. Er fragt mich auch, wie mir Polly gefällt, und sagt, sie sei die schönste Frau unter der Sonne.

»Wir mussten da so einen Bach begradigen«, sagt er. »Wir hatten kleine Beile für die Büsche, die waren hundescharf. Ich hab mich in die Hand gehackt. Ich hab geblutet wie ein Schwein. Ich bin ins nächste Haus. Und da war sie, die Hände voller Mehl vom Kuchenbacken. Polly.«

Die beiden umarmen und küssen sich die ganze Zeit. Das gefällt mir gut, und ich schreibe ein Gedicht auf die beiden. Ich nehme Anleihen bei Heines *Don Ramiro*, mit Don Fernando und Donna Clara.

Tante Maisin schreit, wenn sie mit Polly spricht, aber Polly ist nicht schwerhörig und versteht Maisins Deutsch dadurch nicht besser. Julius muss dolmetschen. »Was meint die Polly?«, sagt Maisin und schaut in die Runde, es klingt, als spräche sie von einem Kind. Nur mein Vater kann sich gut mit Polly unterhalten. Meine Mutter nimmt Pollys Hand und schaut sie liebevoll an. »Sie versteht das«, sagt Julius.

Meine beiden kleinen Plüschaffen, sie sind nicht größer als ein Daumen, tragen Taftkleider, die ich ihnen aus Haarbändern nähe. Diese Bänder, in allen Regenbogenfarben, kaufe ich in einem Laden am Milchberg. Dort gibt es Knöpfe, Spitzen und Samtblumen. Die Haarbänder werden abgemessen und sind auf Holzspulen aufgerollt. Ich bin dort Stammkunde, und die junge Frau, die immer die neuesten Schleifen im Haar trägt, lässt mich stundenlang in den Knopfkisten wühlen und die Bänder befühlen. Zuerst kaufe ich nur Bänder für mein eigenes Haar, Samtbänder in Rot und Blau, die man mit einem Druckknopf im Nacken schließt. Später kleide ich meine Affen ein, mit Taft oder Moirébändern. Sie heißen Doña Elvira und Doña Sol. Meiner Schwester gehört die Königin der Affen, Aurelia, sie stammt aus »Friedenszeiten« und sieht mit ihren schlaffen, haarlosen Gliedern und ihrem blassen Filzgesicht aus wie eine kränkliche feine Dame. Sie liegt in den gebauschten Taftkleidern sehr elegant in ihrem Lieblingsstuhl, eine Tasse Tee neben sich auf einem umgekehrten Eierbecher als Tisch. Meine beiden Affenmädchen sind nur halb so groß wie Aurelia und stark behaart. Aurelia gefällt mir besser, sogar ihr Name.

Mein Vater liest uns Schillers *Räuber* vor und Stefan Zweigs *Marie Antoinette*. Wir nähen an den Kleidern und lassen, ohne dass mein Vater es bemerkt, die Affen miteinander tanzen und sich balgen. Meine Schwester bekommt einen neuen Affen, er ist weiß, und ich finde ihn hässlich. Sie näht ihm einen karierten Seidenanzug und klebt ihm einen Dreispitz aus Pappe. Er ist nun Aurelias Freund, und meine Affenmädchen mühen sich umsonst, ihn für sich einzunehmen. Wenn wir zu unaufmerksam werden, kehrt mein Vater alle Affen mit einer Handbewegung vom Tisch.

Meine Anziehpuppen aus Papier, Frauen und Männer, schneide ich aus Karton aus. Ich zeichne ihnen Kleider, Hüte, Taschen. Sie wohnen in einem großen Schulheft. Dort drin hat jede einzelne von ihnen verschiedene Zimmer auf mehreren Doppelseiten, Schlafzimmer mit Bett, Bad und Küche. Es gibt faltbare Kleiderschränke, in denen ihre Garderobe liegt. Am Anfang spielt meine Schwester mit, und die Kostüme ihrer Puppen, die sie aus Kunstbüchern kopiert, übertreffen die meiner Puppen bei weitem. Gerade als ich anfange, ihr nachzueifern, hat sie keine Lust mehr zu diesem Spiel und findet die Puppen kindisch. Auch die Affen, samt Aurelia. Aurelia sitzt nun den ganzen Tag auf dem Fensterbrett und liest in einem Buch, das ich, ihre Tante, für sie gemacht habe. Es heißt *Aurelia im Wunderland* und ist von Hand illustriert. Auch meine Schwester sitzt auf dem Fensterbrett und liest, ohne sich um das, was ich gerade mache oder sage, zu kümmern. Sie liest *Anna Karenina*. Die Rufe meiner Mutter dringen nicht zu ihr durch. Wenn ich sie anspreche, ihr das Buch aus der Hand winden will, sie kitzele und schubse, besieht sie mich wortlos mit schmalen Augen, als sähe sie mich gar nicht, als wäre ich gar nicht da. Sie ist verliebt, unglücklich verliebt. Sie verrät mir nicht, in wen, aber ich kann es mir denken.

Ich glaube, meine Schwester ist in Melchior verliebt. Er kommt zu meiner Mutter zum Tee, um mit ihr über seine Kümmernisse zu sprechen.

»So ein begabter Junge«, sagt meine Mutter. »Sie machen ihn kaputt zu Hause.« Melchior, arrogant und schüchtern zugleich, blinzelt beim Sprechen, knackt mit den Knöcheln, und manchmal stottert er sogar. Ich würde ihn gerne beobachten und zuhören, was er meiner Mutter erzählt, aber sie scheucht mich in den Garten, wenn er kommt. Meine Schwester setzt sich manchmal dazu.

Er ist groß und plump und hat von allem ein wenig zu viel. Dicke Haare, buttergelb, die ihm in die Stirn fallen, riesige Hände, die er nicht unterbringen kann an seinem Körper, große Zähne, die er beim Lachen alle zeigt. Aber er lacht ganz selten. Er trägt weiße Leinenanzüge, und immer hat er eine abgegriffene Ledermappe mit Papieren dabei, Papieren, die er beschrieben hat. Wir erfahren, dass er Theaterstücke schreibt, Gedichte, Musikkritiken. Wir erfahren, dass seine Mutter seit Jahren den berühmten und todkranken Vater pflegt und keine Liebe übrig hat für den empfindsamen Sohn. Er sitzt mit meiner Mutter am Tisch und liest ihr aus seinen Papieren vor. Manchmal sehe ich, wenn ich durchs Zimmer gehe, dass er den Kopf auf die Brust gesenkt hält, ohne einen Laut von sich zu geben. Ich finde ihn grässlich, wir finden ihn grässlich, meine Schwester und ich.

Mit einem Mal hat sie keine Lust mehr, über ihn zu reden und zu witzeln, und wird rot vor Zorn, wenn ich es trotzdem tue. Meine Mutter spricht oft von ihm. Abends beim Essen sagt sie:

»Kann nicht schlafen, der arme Junge. Er muss raus aus diesem Haus. Was können wir nur tun?«

Mein Vater antwortet beruhigende Sätze. »Fängt sich schon«, sagt er, oder: »Er ist jung und stark.«

Er hat keine Lust, sich über Melchiors Probleme den Kopf zu zerbrechen. Meine Schwester aber sagt kein Wort, atmet flach und hält die Augen auf ihren Teller gesenkt. Und weil alle schweigen, sagt sie nach einer Weile ganz leise: »Hat er keine Freundin?«

Früher hat sie mir zugeflüstert: »Da kommt Mamas weinender Mehlsack«, oder dergleichen. Damit ist es jetzt vorbei.

Ich kann sehen, dass Melchior meine Schwester gar nicht sieht, er sieht auch mich nicht. Es ist, als ob wir zwei Büsche im Garten wären oder zwei Topfpflanzen auf dem Fensterbrett. Ich sehe, wie sie Blumen auf seinen Teller legt, und wie er die beiseiteschiebt, um Platz für den Zwetschgendatschi zu machen. Ich sehe, wie sie ihm gegenübersitzt, ihm Tee einschenkt und ihm zuhört. Er sagt Sachen wie: »Die Menschen sind einander fremder als die Gestirne.« Oder: »Die Seele ist wie eine Wüste.« Ich finde ihn blöde.

Zu meiner Mutter kommen Leute, die Kummer haben. »Sie ist eine weise Frau«, sagt meine chilenische Tante Lilli. »Sie ist ein Mensch.«

»Wir sollten ihr sagen, dass Mama kein Mensch, sondern ein Fuchs ist«, sagt meine Schwester. Wir finden, Tante Lilli ist ein Lama, aber das will sie nicht sein.

Wir haben es nicht gerne, wenn wir nach Hause kommen und einen von ihren »Jammerern«, wie sie mein Vater nennt, am Küchentisch antreffen. Manchmal ist es ein Bettler, der an der Tür geläutet und dem meine Mutter ein Wurstbrot und ein Glas Milch hingestellt hat.

Frau Fichtel aus dem Schrebergarten gegenüber riecht

nach Sumpf, hat eine tiefe Stimme und Sorgen mit ihren Töchtern, von denen keine sich um sie kümmert, und die meine Mutter am Telefon dazu bewegen will, ihre Mutter bei sich aufzunehmen. »Im Winter, allein in dem Holzschuppen da drüben, ohne fließend Wasser, ohne Heizung, das ist doch eine Schande.«

Frau Fichtel mag ich nicht. Sie sieht mit ihren wulstigen Brauen und ihren vorstehenden Zähnen aus wie der Neandertaler auf dem Bild in meinem Schulbuch. Mit mir redet sie barsch und laut. Meine Mutter sagt, ihr gefalle dieser polternde Ton, diese tiefe Stimme, diese Tapferkeit. Frau Fichtel wisse viel über Kräuter und Pflanzen und sei eine »ganz famose Person«. Frau Fichtel weist mit dem Finger auf mich und lacht dröhnend. »Die wird ihre Mama genauso im Stich lassen eines Tages«, ruft sie. »Sie werden schon sehen!« Frau Fichtel bekommt Cognac und Stützstrümpfe für ihre Beine. Die Küche muss nachher gelüftet werden.

Später, als meine Schwester und ich aus dem Haus sind, sie zum Studium, ich im Internat, kommen Kinder aus der Nachbarschaft meine Mutter besuchen. Wir begegnen ihnen selten, aber meine Mutter erzählt zärtlich von ihnen. Siggi, der sechs Geschwister hat und kein eigenes Zimmer, räumt alle Schubladen meiner Mutter auf und liegt auf unserem Sofa, um in den Büchern zu lesen, die sie ihm gibt. Hedwig kommt, um etwas zu essen zu kriegen. Meine Mutter stopft ihre Kleider, näht Knöpfe an, und wenn das Wetter schön ist, wäscht sie Hedwigs Sachen und lässt sie in der Sonne trocknen. Hedwig schämt sich in Unterwäsche und liebt es, sich in ein altes spanisches Seidentuch meiner Mutter einzuwickeln, während meine Mutter ihr die Haare kämmt und die Nägel schneidet. Den Eltern dieser Kinder begegnet meine Mutter nie.

Und dann sind da natürlich von Anfang an die Freundinnen meiner Mutter. Sie kommen zum Tee oder um im Garten in einem Liegestuhl zu dösen.

Linde, die mit den schönen Beinen, sie hat immer ganz dünne Stümpfe an, sagt, dass sie sich allein fühlt ohne Mann. Sie bringt meiner Mutter Feldblumensträuße mit und fragt schon an der Tür, ob sie stört.

»Warum hat sie keinen Mann?«, frage ich meine Mutter.

»All die vielen Männer sind im Krieg gefallen«, sagt meine Mutter.

Da ist Lore, die sich nicht geliebt fühlt von ihrem Mann. Sie hat eine hohe Stimme und sammelt bemalte Bauernschränke und Truhen. Sie liegt auf dem Sofa und gibt Befehle: »Hol mir mal meine Tasche! Reich mir mal die Kekse rüber! Mach das Fenster mal auf! Halt du jetzt mal den Mund!« Immer zeigt sie uns Fotos von geschnitzten Kerzenleuchtern und Kommoden. Sie will, dass man sich begeistert für ihre Neuerwerbungen.

»Putzi hat nicht den geringsten Sinn für meine Schätze«, sagt sie. Putzi ist ihr Mann. Er ist Biologe und interessiert sich nur für Insekten.

Gudrun wird betrogen von ihrem Mann. Sie spricht nur von ihm und seinen Untaten, auch wenn meine Schwester und ich zuhören. Meine Mutter kann sie kaum bremsen.

»… und ich stelle ihn. Am Abend, ehe die Gäste kommen, in der Küche, er macht gerade den Wein auf. Und ich sage: ›Luise hat dich gesehen, im Roma auf der Caféterrasse mit dieser Matz, am hellen Nachmittag, vor allen Leuten. Du hast ihr so intim die Stola umgelegt, Luise hat's gesehen …‹ Und er, er schreit sofort los. Du kennst ihn ja … ›NEIN! NEIN! NEIN!‹ Gudrun zündet sich eine Zigarette an, ihre Hände zittern. Sie schaut meine Mutter an und wartet auf ihre Empörung. »Dieser Lügner!«, flüstert sie. Meine Mutter gibt beschwichtigende Laute von sich. Sie sagt uns mit den Augen, wir sollen verschwinden.

Clara kommt mit dem Fahrer. Er wartet draußen auf sie. Sie trägt schillernde Kleider, die zum Mantel passen, und Turbane aus schön geknoteten Seidentüchern. Die Schuhe zieht sie sofort aus, wenn sie kommt. Hohe Schuhe, die zur Tasche passen. Sie trinkt nur einen bestimmten Weißwein, den bringt sie mit. Später legt sie den Mantel ab und wirft ihn achtlos auf den Boden, dann wickelt sie den Turban ab. Sie füllt sich ein neues Glas.

»Schaut meine Haare nicht an, die sind so ›wüscht‹ heute«, sagt sie und wischt an ihrem Gesicht herum, zaust ihre Haare, lacht. Sie trinkt noch ein Glas Wein. Sie zerrt an ihrem Kleid, als wolle sie auch das noch ausziehen. Vor unseren Augen löst sie sich immer mehr auf, ihr roter Mund ist verschmiert und ihre Augen tropfen schwarze Perlen. Meine Mutter schickt uns zum Unkrautjäten oder zum Klavierüben. Wir sollen nicht dabei sein, wenn sie anfängt zu klagen. Wir wissen, was sie hat. Meine Mutter hat es uns gesagt: Clara wird überfordert von ihrem Mann.

»Was der wohl von ihr verlangt?«, sagt meine Schwester. »Sicher nicht, dass sie arbeitet.« Clara hat ein Dienstmädchen. Draußen wartet der Fahrer.

Von ihren Freundinnen fühlt meine Mutter sich manchmal »benutzt und ausgesaugt«, wie sie sagt. Sie hat Lust, sich über sie zu beklagen und über sie zu schimpfen. Das ist meiner Schwester und mir gerade recht. Wir verfolgen sehr interessiert alle möglichen komplizierten Ehedramen. Es ist uns klar, dass meine Mutter über dem allen steht und genau weiß, wie man es richtig machen soll, aber sich das vor ihren Freundinnen nicht anmerken lässt. Sie hat, wie sie sagt, »Verständnis für die Schwächen des Menschen«. Das Leben mit Männern ist eben einfach schrecklich schwierig. Wir stimmen ihr scheinheilig zu, um nachts im Bett über diese idiotischen Frauen und ihre Männergeschichten zu lachen. Das wird uns nie passieren, uns nicht.

6

In der Oberschule wird Biggi meine beste Freundin. Auf unserem Heimweg von der Schule steigen wir beide in dieselbe Straßenbahn und steigen beide am protestantischen Friedhof wieder aus. Dort trennen sich unsere Wege. Ich wende mich nach links zur Hutfabrik, aus deren Kamin immer nasser, nach Wolle riechender Rauch über die Straße weht. Biggi verschwindet rechts hinter der Friedhofsmauer und läuft bergauf zum Westfeld, einem Vorort mit Mietskasernen an baumlosen Straßen. Ich besuche Biggi gerne, sie hat eine kleine Schwester und einen kleinen Bruder, die wir beide unterdrücken und in unsere Spiele zwingen, als unsere Kinder, wenn wir Familie spielen, oder als unsere dressierten Hunde, wenn wir Zirkus spielen. Sie sind auch unsere Träger, wenn wir, bei der Expedition in den Dschungel, nach wilden Tieren suchen. Der Dschungel, ein riesiger Schrottplatz mit Wellblechhütten, wird von einem hinkenden alten Mann bewacht, der uns beschimpft und mit erhobenem Stock hinter uns herstolpert, um uns zu vertreiben. Dieser Dschungel ist voller Geheimnisse. Wir finden die eigenartigsten Gegenstände, rostige Maschinen, zerquetschte Motorräder, reifenlose Fahrräder, riesige Drahtknäuel, glitzernde Bleche mit ausgestanzten runden Löchern und lackierte Autoteile, in denen Regenwasser steht. Der alte wütende Mann ist ein wildes Tier, mal Gorilla, mal Hyäne. Wir pirschen uns an ihn heran und tun so, als schössen wir Pfeile auf ihn ab. Wir spannen Seile, um ihn zu Fall zu bringen, und schieben große schwankende Bleche zusammen, um ihn zu fangen. Immer spürt er uns auf, immer brüllt er schreckliche Worte, die wir uns merken und uns dann kichernd zuflüstern auf dem Schulhof, ohne sie den anderen zu verraten. Er droht uns mit der Polizei und damit, sich einen Hund anzuschaffen, der uns verfolgen wird, bis dahin, wo wir wohnen. Wir glauben ihm nicht.

Biggis Mutter macht uns Brote mit Butter und Zucker drauf, mit Tomatenmark oder Senf. Sie hat Biggis rosige Haut, ihr rundes Gesicht und dieselben schwarzen, etwas vorstehenden Augen, die immer feucht aussehen. Sie trägt Blusen mit Rüschen am Kragen und enge Röcke und sitzt mit uns am Tisch im Wohnzimmer wie mit zwei erwachsenen Damen, denen sie Tee einschenkt in farbige Sammeltassen mit hoch aufgerichteten goldenen Henkeln; solche Tassen gibt es bei uns nicht, und sie gefallen mir sehr. Ich wünsche mir auch einen elektrischen Rauchverzehrer, wie Biggis Mutter einen hat. Eine weiße Eule, deren Augen rot leuchten, wenn man sie ansteckt. Meine Mutter sagt, so was sei Kitsch.

Biggis Mutter erzählt uns von Biggis Vater, er ist Koch, aber nun ist er vermisst. »Wir haben uns so geliebt, so geliebt«, sagt sie. »Die Paradekissen auf unserem Bett gingen in Fetzen.«

Sie erzählt uns auch, bei Biggi habe sie so viel Milch gehabt, dass sie manchmal zum Spaß etwas davon an die Zimmerdecke gespritzt habe, es sei einfach zu viel gewesen. Sie breitet eine Zeitung über die Schüssel mit blutiger Wäsche, die auf dem Balkon eingeweicht steht, und wenn ich komme und sie ist im Nachthemd, zieht sie sich an und bemalt sich sogar den Mund. Ich finde sie wunderbar.

Biggi hat dicke schwarze Zöpfe bis zum Steiß, es tut weh, von so einem Zopf ins Gesicht getroffen zu werden, wenn wir raufen. Sie riecht nach Honig und nach frischem Brot. Sie kann schneller laufen als ich.

In die Schule bringt Biggi »Mrs Trizona« mit. Ein handtellergroßes Bildchen aus drei durchsichtigen Lamellen, auf denen man, je nachdem, wo man ein Stück Pappe einschiebt, zuerst eine Frau im Abendkleid, dann eine Frau in Unterwäsche und dann eine nackte Frau sehen kann. Nur wenige dürfen mit »Mrs Trizona« spielen.

Biggi sagt mir, sie wisse, was Männer mit Frauen im Bett miteinander täten. Wir sind gerade vor dem Spiegel, im Schulklo, und damit beschäftigt, uns dicke rote Lippen zu malen. Wir beide treten bei der großen Schulaufführung von *Abu Hassan* als Mohrenpagen auf. Unsere schwarzen Pumphosen vom Sport sind mit bunten Bändern benäht und unsere Gesichter schwarz angemalt.

Vor den Proben am Nachmittag gehen wir nicht nach Hause, sondern hocken in den leeren Klassenzimmern herum und essen unsere mitgebrachten Brote. Wir treiben uns in den Kulissen herum und belauschen die großen Mädchen, die sich dort umziehen, schminken und heimlich rauchen. Sie kommen uns vor wie Erwachsene, und es kränkt uns, dass sie uns nicht um sich dulden. Sind wir nicht Kollegen? Auf Abu Hassans Diwan, in der

Mitte der Bühne, die hinter dem heruntergelassenen Vorhang wie eine blau bespannte Höhle aussieht, zeigt mir Biggi, was die Erwachsenen machen, wenn sie sich lieben. Sie legt sich auf mich, Gesicht auf Gesicht, Bauch auf Bauch, und ruckelt auf mir herum. Kein unangenehmes Gefühl, obwohl es etwas Lächerliches hat, so dass wir nach einer Weile vor Lachen vom Diwan fallen. Ich lasse mir das des Öfteren zeigen.

Unser Musiklehrer, Herr Anderson, den wir alle bewundern, weil er riesengroß ist und eine tiefe, dröhnende Stimme hat, wenn er uns vorsingt, fühlt sich in dem Barockkostüm mit Perücke, das er zur Aufführung von *Abu Hassan* und zu allen Proben trägt, so zu Hause, dass er uns leidtut, wenn er es wieder ausziehen muss. Ich habe keine schöne Stimme, und er beachtet mich nicht weiter. Das macht mir nichts, ich will nur dabei sein. Er setzt alles daran, unser Singspiel zu einem Erfolg zu machen. Mich wählt er überraschend aus, eine kleine Extrarolle zu übernehmen. Man steckt mich in einen Schurz aus imitiertem Leopardenfell und Leopardengamaschen, beide sind von der Handarbeitslehrerin aus einem alten Jackenfutter genäht. Ehe das Stück beginnt und nachdem alle Lichter gelöscht sind, schreite ich langsam und feierlich, mit nacktem Oberkörper, eine Fackel in der Hand, den barock gekleideten Musikern unseres Schulorchesters voraus, durch die Zuschauer zur Bühne, wo ich meine Fackel in eine Halterung stecke und den großen Gong schlage, den Herr Anderson von zu Hause mitgebracht hat. Den Zuschauern gefällt das.

Als wir alle in der Pause der ersten Aufführung auf

kleinen Tellern Konfekt unter ihnen verteilen – wir sollen dafür zu jeder Vorstellung von zu Hause Pralinen mitbringen –, werde ich gelobt und getätschelt, und manche stecken mir Schokolade von meinem Teller in den Mund. Dann, beim großen Applaus, bei dem sich alle Sänger verbeugen, rufen viele Zuschauer nach mir: »Wo ist der kleine Fackelträger?«, und Herr Anderson schubst mich auf die Bühne, wo ich mich verlegen verneige. Hinter der Bühne gibt mir die Direktorin eine Ohrfeige und ruft, ich solle mich schämen. »So was Unanständiges«, sagt sie, und alle Lehrer, die hinter die Bühne gekommen sind, nicken beifällig. Herr Anderson will sich nicht dreinreden lassen und besteht auf meiner Rolle. Ich trage von da an den Lendenschurz und eine Seidenbluse meiner Mutter, auf die ein rotes Herz genäht ist. Ich habe sie in der Faschingskiste zu Hause gefunden. Der Erfolg des ersten Abends jedoch stellt sich nicht mehr ein.

Biggi fällt die Schule nicht schwer. Sie lässt mich abschreiben, und wenn wir Schulaufgaben zusammen machen, ist sie doppelt so schnell fertig wie ich. Ihr Name steht im Alphabet hinter meinem, und wenn die Lehrer meiner Mutter meine schlechten Schulnoten zeigen, fällt ihr Blick immer schmerzlich auf Biggis untadelige Reihe von Einsern. Ich muss eine Klasse wiederholen, und das trennt mich von Biggi.

Ich treffe Biggi wieder. Ich studiere im ersten Jahr und komme in den großen Schreibwarenladen, in dem es uns erlaubt ist, auf Kosten des Büros meines Vaters einzukaufen. Biggi unverändert, bis auf die Hochfrisur und die schön geschminkten Augen, verkauft Füllfederhalter und wird rot, als ich sie begrüße. Sie kommt auch nicht hinter ihrem Ladentisch vor, wie ich es mir gewünscht habe, sondern tritt noch einen Schritt zurück und zupft an der rauen Haut ihres Handrückens, wie sie das immer getan hat. Mit fällt ein, dass sie in der Schule immer ein kleines Porzellanschwein dabeihatte. Es hieß Sug-Sug, und wenn sie es streichelte und beim Namen nannte, machte sie ein Rüsselchen und grunzte leise. Sogar auf den Fotos von uns beiden, die der Schulfotograf gemacht hat und auf denen nur sie und ich zu sehen sind, schaut sie hinunter auf ihre Hände, in denen sie Sug-Sug hält. Ich wage nicht, sie an Sug-Sug zu erinnern, sondern frage höflich, wie es ihr geht. Sie lächelt, betastet ihre Haare und sagt: »Ich werde nächste Woche heiraten. Er ist Major bei der Bundeswehr.« Ich habe mir für meine wunderbar kluge und fantasievolle Biggi ein anderes Leben vorgestellt. Popsi jedenfalls, ihre kleine Schwester, so lese ich in der Zeitung, macht Karriere beim Fernsehen.

Jeden Tag nach der Schule komme ich am »Billigen Jakob« vorbei. Er kennt mich schon.

»Ah ... meine beste Kundin«, sagt er.

Ich kaufe nie etwas bei ihm.

Er steht breitbeinig unter einem rot-weißen Schirm vor seinem kleinen Tisch, immer umdrängt von Frauen mit Taschen und Einkaufsnetzen. Ein kleiner rothaariger Mann mit einer Nase wie eine Erdbeere und in einem weißen Arztkittel. Er verkauft Hühneraugensalbe.

Vor ihm auf dem Tisch liegen kleine Schächtelchen, die er herumzeigt. Da sind Hühneraugen drin. Mir gibt er nie eines in die Hand, aber den Frauen schon. Er redet schnell und unablässig. Er sagt immer dieselben Sachen. Ich kann ihn nachmachen. Er sagt und zeigt dabei mit einem Bleistift auf eine Schachtel:

»Da, das haben sie mir gestern vorbeigebracht. Ein Prachtstück. Da, sehen Sie. Ich kann ja nicht in den Laden gehen und ein Pfund Hühneraugen kaufen oder zwei Meter Hornhaut.« Er lacht, alle lachen. »Ich bekomme das alles von meinen zufriedenen Kunden geliefert. Ah, da ist die Dame wieder, die schöne blonde Dame. Ich merke mir alle. Ja, bitte, gnädige Frau, noch einmal das Wundermittel für den Herrn Gemahl! Bitte, hier!« Er reicht ihr die blaue Tube. »Vier achtzig, bitte sehr.« Er nimmt das Geld, verneigt sich. »Sie kommen alle wieder. Ja bitte, auch eine für Sie, Gnädige, vier achtzig, bitte sehr. So, jetzt für die neu Hinzugekommenen.« Er nimmt den rosafarbenen Fuß vom Tisch, der auf einem kleinen Sockel in die Luft ragt, streichelt ihn mit der Hand und trägt dann einen dicken Wurm Creme auf die Fußsohle auf, verreibt sie liebevoll, hebt den Fuß, zeigt ihn in die Runde.

»Auftragen, einreiben, Socke drüber, und schon am nächsten Morgen finden Sie den Quälgeist im Strumpf.«

Diesen Satz mag ich besonders.

Manchmal sagt er, ich soll Platz machen am Tisch, damit die Damen die Hühneraugen in ihren kleinen Särgen begutachten können. Ich beschaue sie mir jeden Tag. Sie sehen aus wie Zwiebelschalen, wie eingetrocknete Uhuflocken, wie gelbe Hühnerfußknorpel, nicht wie Augen.

Eines Tages ist er weg.

Nach ihm kommt ein Mann, der Messer zum Gemüseschälen verkauft. Ich kaufe ein Messer für meine Mutter. Sie benutzt es täglich, sagt sie, aber der Mann gefällt mir nicht so gut wie der Hühneraugenmann.

Meine Schwester und ich gehen nie in deutsche Filme. Wir gehen nachmittags in das Kino, das auch ein Theater ist und das meine Schwester gefunden hat. Wir haben dort Marcel Marceau gesehen.

Es heißt »Komödie« und liegt in der Altstadt. Ein dumpf riechender Keller mit Wänden, von denen der Putz bröckelt.

Dieses Kino, in dem wir Leuten begegnen, die wir sonst nie sehen: Frauen mit wilden Haaren und schwarz umrandeten Augen und Männer in abgetragenen Trenchcoats, die schon am Tag ins Kino gehen und über denen bei der Vorstellung Rauchwolken hängen im bewegten Licht der Leinwand. Dieses Kino ist unser Geheimnis.

Wir sehen: *Die roten Schuhe*, *Die schwarze Füchsin* und *Heinrich VI.* mit Laurence Olivier, für den wir beide schwärmen. Meine Schwester ist verliebt in Gérard Philipe. Ich möchte aussehen wie Dany Robin, mit ihrem dicken blonden Pony bis zur Nase und ihren steifen Unterröcken und Ballerinaschuhen. Aber dann möchte ich auch wieder aussehen wie Jennifer Jones, die barfuß über das Hochmoor rennt, den zahmen Fuchs an sich gedrückt, und mit ihm in ein Moorloch springt, um ihn vor den Jägern zu retten.

Wir erzählen niemandem davon.

Wir lesen auch heimlich zusammen Simone de Beauvoir, aber nur die Fallgeschichten, die uns zum Lachen bringen, weil wir sie nicht glauben wollen. Ich lese *Die Haut* von Malaparte und kann nächtelang nicht schlafen, weil ich mir das alles immer wieder vorstellen muss. Ich lese Colette, auf der Suche nach Bettszenen, und alle russischen Bücher, die meine Schwester neben ihrem Bett aufgestapelt hat.

Mein Vater liest uns den *Grünen Heinrich* vor und *Götter, Gräber und Gelehrte*. Ich will Archäologe werden. Ich will Tierarzt werden. Ich will dabei aussehen wie Jennifer Jones.

Polly, Onkel Julius' Frau, hat englische Freunde gefunden und tritt in einem ihrer Theaterstücke auf. Alle Rollen werden von Laien gespielt, auf der engen Bühne einer Kneipe. Polly spielt eine alte Frau im Rollstuhl, die umgebracht wird. Ihr grauenhafter Todesschrei ist danach das Gespräch des Abends. Mein Vater, der bei einer Schulaufführung der *Nibelungen* mit einer blonden Perücke als Giselher aufgetreten ist, erzählt davon, wie Siegfried, ein junger Lehrer, keinen guten Schrei zuwege brachte, als er von Hagens Speer getroffen wurde, und deshalb der Koch hinter den Kulissen für ihn schreien musste. Meine Mutter macht vor, wie Mara, Maisins Freundin, singt: »Vorüber, ach vorüber, geh wilder Knochenmann.« Jemand macht vor, wie sein Schnauzer auf der Kiesbank versucht, sein Maul mit Steinen zu füllen, um sie wegzutragen, und zu seiner Verzweiflung immer wieder einige herauspurzeln. »Sisyphos!«, sagt jemand. Es gibt ein großes Gelächter.

Danach wollen alle Scharade spielen. Ein neues Spiel,

das keiner kennt. Meine Schwester sagt sofort, sie habe keine Lust dazu. Man lässt kopfschüttelnd von ihr ab. Ich habe auch nicht die geringste Lust, aber meine Eltern, ungewohnt aufgekratzt in dieser Gesellschaft von jungen, theaterbesessenen Leuten, überreden mich. Ich soll den Kampf mit dem Drachen spielen. Ich bin sehr schüchtern, versuche das aber immer zu verbergen, weil meine Schwester die Schüchterne in der Familie ist und weil mein Vater Schüchternheit lächerlich findet.

Ich stehe im Kreis fröhlicher Zuschauer und weiß nicht, was ich tun soll. Ich versuche erst ein Drache zu sein, dann ein Ritter, der auf den Drachen einsticht. Ich merke sofort, dass man weder den einen noch den anderen erraten kann. Ich fuchtle ein bisschen herum und gebe dann auf. Ich schäme mich. Schlimmer ist, dass meine Eltern sich schämen. Sie betrachten mich vorwurfsvoll, ja, verärgert.

Ich habe sie blamiert vor all den begabten Menschen.

Mein Vater bewundert und verehrt die blonde Frau Hilfinger samt ihren zwei blonden, pferdehaarigen Töchtern, die meiner Schwester und mir von ihm oft als Vorbilder angepriesen werden. Mein Vater nennt Frau Hilfinger immer ein tapfere Frau und vergisst nie zu erwähnen, dass sie »Kriegswitwe« sei und ein Flüchtling. Sie ist bei Kretschmers, unseren Nachbarn vier Häuser die Straße hinunter, untergekommen.

»Das arme Luder. Kretschmer ist irgendwie verwandt mit ihr«, sagt meine Mutter.

»So eine ausgefallene Erscheinung«, sagt mein Vater. »Diese slawischen Backenknochen.«

Wir treffen Frau Hilfinger oft ganz zufällig, wenn wir mit meinem Vater spazieren gehen oder auf dem Weg in die Stadt. Immer bleiben wir dann stehen. Beim Sprechen hält sie oft eine Zigarette im Mundwinkel, ihr Mund ist rot wie eine Mohnblume. Sie kommt aus ihrem Garten an den Zaun, in Männerhosen und Unterhemd, um meinem Vater zuzuwinken. »Es ist nicht ihr Garten«, sage ich. »Jetzt ist es auch ihr Garten«, sagt mein Vater streng.

Meine Mutter hasst Frau Hilfinger, und das nicht ohne Grund, wie sich später zeigt. Meine Mutter sagt, sie habe keine Nase, sie nennt sie »Popogesicht«. Meine Großmutter findet sie »billig«. Wir treffen sie auf allen Gartenfesten und Kaffeeeinladungen der Nachbarn, immer ist sie dann so angezogen, wie mein Vater das liebt: Blumenmuster, weite Röcke, enge Taille, großer Ausschnitt, Stola. Wir wissen, was ihm gefällt. Sie sieht dann wirklich sehr hübsch aus. Das sehen auch meine Schwester und ich. Ihre Töchter sind kleine Kopien von ihr. »Sie hat eine gute Schneiderin«, sagt mein Vater.

Frau Deffner wohnt in einer Straße, auf der viele Kinder spielen, schreien und Roller fahren, in einer weit entfernten Vorstadt. Immer drängen diese Kinder sich um unser Auto, wenn wir dort anhalten, oder werfen den Ball nach uns. »Lasst die Finger von dem Auto!«, sagt mein Vater.

Samstags, wenn er nicht arbeitet, fahren wir zu Frau Deffner. Meine Mutter bleibt zu Hause.

Mein Vater will meine Schwester und mich an die Freuden der Mode heranführen. Er liebt elegant angezogene Frauen, Frauen, die »Schick« haben. Er glaubt solchen Frauen sofort, wenn sie behaupten, sie hätten dieses Kleidchen in ein paar Stunden genäht, an ihrer Nähmaschine. Immer wie aus dem Ei gepellt – ein Ausdruck, den er liebt –, das wünscht er sich von uns.

Meine Mutter hält nichts von »Hausmacherkleidern«, schon weil sie keine gute Handarbeiterin ist, obwohl ihre Stopfarbeiten an Kunstwerke grenzen. Mamas Knöpfe sitzen bombenfest. Sie weist uns gelegentlich darauf hin. Frauen, die mein Vater lobt, erregen ihr Misstrauen und ihre Ablehnung. Wir Schwestern geben ihr recht.

Frau Deffner näht so preiswert, dass man fast das Gefühl hat, die Garderobe selbst genäht zu haben. »Und so sieht es auch aus«, sagt meine Mutter zu uns. Schick hat Frau Deffner nicht, aber das ist uns beiden gleich. Mein Vater schaut mit uns Modemagazine an. Er will unsere »Lust am Schönen schulen«, sagt er. Ich liebe ihn dafür. Frau Deffner, immer etwas verwirrt von unserer Wahl, sagt uns, ob sie bereit ist, die ausgesuchten Kleider zu nähen. Wir kaufen den Stoff.

Mein Vater sitzt im Lehnsessel in Frau Deffners vollgestellter Wohnküche unter der roten Glaslampe aus Murano und wir stehen abwechselnd auf ausgebreitetem Zeitungspapier vor dem Spiegel. Frau Deffner, eine runde, fröhliche Frau, hantiert mit Stecknadeln, Kreide und Schere. Sowohl sie als auch mein Vater sind nach einigen Einwänden dazu bereit, uns ausgefallene Kleidungsstücke zu erlauben. Da ist eine Jacke, die ich unbedingt haben will. Sie ist aus Wollstoff mit riesigen schwarzweißen Karos, so, wie Marlon Brando sie in *Faust im Nacken* als heldenhafter Gewerkschaftler der Dockarbeiter getragen hat. Da ist das karierte Schottenkleid mit tellerweitem Rock und breitem grünem Gummigürtel, der vorne mit sich ineinanderhakenden Messingösen zugeschnappt wird. Das rosa-weiß gestreifte Piquékleid mit vorgetäuschter Schürze und einem Jäckchen mit weißen Aufschlägen. Da ist der Rock mit schwarzen Scherenschnittumrissen von Giraffen, Löwen und Tigern, die vor einem Hintergrund, der leuchtet, wie ein Sonnenuntergang dahinziehen. Ich liebe die Kleider, die Frau Deffner uns näht, und wenn meine Schwester vor dem Spiegel steht, setze ich mich auf den Schoß meines Vaters, lobe ihn und gebe ihm aus Dankbarkeit viele Küsse auf seinen Kopf. Er ist voller Hoffnung.

Auf den Fotos, die aus den Zeiten ihrer jungen Ehe stammen, steht meine Mutter immer wundervoll elegant gekleidet neben Reiterstatuen und Kirchenportalen und lächelt zutraulich, den Kopf etwas zur Seite geneigt unter diesen winzigen Hüten mit Schleierchen oder kecken Kappen, auf denen schräge Federn sich im Wind biegen. Sie steht auf hohen Schuhen, die um die Knöchel zu Schleifen gebunden sind, und ihre Seidenstrumpfbeine leuchten matt, wie von innen beleuchtet. Sie betrachtet diese Fotos mit uns, zärtlich, als sähe sie eine liebe verstorbene Verwandte.

»Das war meine Sassa«, sagt sie. »Das hat Sassas Schneiderin gemacht. Sieh dir dieses Kostüm an mit dem Pelzkragen. Es war perlgrau, innen mit rosa Seide gefüttert, und der Pelz roch nach meinem Parfüm. Das hat sie mir für die Reise nach Rom genäht, diese wunderbare Schneiderin. Sassa wusste immer, was gerade modern war. Immer haben wir ihr Kuchen mitgebracht und in ihrem Atelier herumgesessen, Sassa und ich. Sassa war ja immer so wahnsinnig schick angezogen, und ich habe ohne sie nicht einmal einen Schal gekauft. Sie hat mich angezogen von oben bis unten. Sie wusste genau, was mir steht. Ach, Sassa! Sogar meine Nachthemden haben wir zusammen ausgesucht.«

Sassa ist vor den Nazis nach Amerika geflohen und so aus der Welt meiner Mutter verschwunden. Meine Mutter hat nichts gelernt von dieser eleganten Freundin. Sie kauft ihre Kleider nun bei »Kröll und Nill«, und mein Vater seufzt und sagt: »Wenn Sassa dich sehen könnte.«

Später findet meine Mutter einen Ersatz für Sassas Schneiderin. Ihre Garderobe nimmt einen nie dagewesenen Aufschwung, sogar mein Vater sonnt sich im neuen Schick seiner Frau. Frau Süßmann ist jung und wunderschön, wir alle sind ganz verliebt in sie. »Eine Elfe!«, sagt mein Vater, er fährt meine Mutter manchmal zu den Anproben. Frau Süßmanns Kleider kosten das Zehnfache von dem, was sie bei Frau Deffner gekostet hätten. Ihre Journale kommen aus Frankreich, die Stoffe, die sie selbst besorgt, aus Italien. Ich darf, wenn ich in den Semesterferien zu Hause bin, manchmal etwas bei ihr nähen lassen. Einen weißen Hosenanzug mit goldenen Knöpfen. Ein mit blassen Rosen bedrucktes Sommerkleid mit Spaghettiträgern. Einen roten Bikini, denn damals gibt es noch keine schönen Bikinis. Meiner ist aus knallrotem Fahnentuch. Das winzige Höschen hat kleine Rüschen unter dem Bauch. Im Freibad starren mich die Leute an. Ich genieße das. Ich habe bis dahin einen »Orchidee-Anzug« getragen. Ein grausiger, mit Gummifäden gerüschter Schlauch, rühreigelb mit roten Einsprenkelungen, wie von Paprikabröckchen, und am Hintern verblichen und ausgeleiert. Zum ersten Mal begreife ich, dass ein schön gemachtes Kleidungsstück einen verzaubert.

»Ich werde dir eines Tages ein wunderschönes Hochzeitskleid nähen«, sagt Frau Süßmann. »Ich sehe es schon vor mir, cremefarbene Spitze.«

Aber ich will keinesfalls jemals heiraten.

Dann näht Frau Süßmann keine Kleider mehr für meine Mutter. Sie hat geheiratet, sagt meine Mutter, sehr, sehr glücklich, sagt meine Mutter, sie muss sich nun nicht mehr abrackern für schwierige Kundinnen, sagt meine Mutter.

»Du weißt ja, wie grässlich manche Frauen sind, gerade bei der Schneiderin. Dieser Mann hat sie gerettet.« Ich glaube ihr kein Wort.

Die von Frau Süßmann gefertigte Garderobe hält meine Mutter trotzdem lange über Wasser.

Vater ist unser König.

Der Abendbrottisch ist ein Altar. In kleine Porzellandosen gepackt, stehen besonders für ihn zubereitete Leckerbissen bereit und warten darauf, dass er den Deckel hebt: winzige Kalbfleischbuletten, ein Stückchen Aal, Salat aus geschälten Tomaten mit Sahne, selbst gemachter Fleischsalat. Später dann Kuchen oder Kompott. Es ist wichtig, ihn bei guter Laune zu halten, ihn zu loben, ihn zum Sprechen zu bringen, zum Entspannen, zum Lachen oder ihn mit kleinen Geschichten vom Tage aufzuheitern.

Ich lerne bald, diese Aufgabe zu übernehmen. Ich lerne, auf sein Gesicht zu achten und abzulesen, was gerade in ihm vorgeht, und ich versuche darauf zu reagieren. Dafür werde ich belohnt und mache mich unentbehrlich. Ich bin sein Lieblingsclown.

Mein Vater spricht mit uns darüber, wie er die Welt sieht. Und so ist die Welt gedacht, es gelten seine Gesetze. Es gibt eine lange Liste in meinem Kopf.

Er hasst grobe, unhöfliche, unsensible, ungebildete Menschen, Arroganz, Snobismus, Gewalt und Unbescheidenheit. Er verachtet Menschen, die von sich überzeugt sind. Angeber, Schwätzer, Selbstmitleidige und Ausnutzer. Er hasst Grausamkeit und ihre Verherrlichung. Er hasst alles, was unappetitlich und schmutzig ist. Er beurteilt alles. Er hat immer recht.

Ich will so sein wie er. Ich will so aussehen wie er, und ich will nach seinen Gesetzen leben. Ich will ihn verstehen und das lieben, was er liebt. Ich will nicht wie meine Mutter sein. Sie ist so abhängig davon, was er gerade fühlt. Wir wissen, sie kann ohne ihn nicht leben. Sie sagt oft: »Ach, wenn ich doch etwas Richtiges gelernt hätte, um mein eigenes Geld zu verdienen.« Meine Schwester und ich nehmen das nicht ernst und werfen uns Blicke zu. »Das schon wieder.« Wir finden, es geht uns allen gut, so wie es ist.

Mein Vater liebt vor allem seine Arbeit, dann die Kunst, die Literatur, Pferde, seinen Garten, Paris, das Bauhaus und natürlich uns. Ich merke mir alles. Ich ergänze die Liste jeden Tag. Er liebt »fleißige, anständige« Menschen. Das sagt er oft. Ich weiß nicht genau, was »anständig« ist, aber ich weiß, was »fleißig« ist. Ich bin es nicht.

Er will auch, dass wir schöne, elegante Frauen werden, selbstsicher, weltgewandt und erfolgreich. Meine Schwester verweigert sich diesem Regime schon bald. Ich dagegen versuche, es ihm recht zu machen.

Ich frage ihn nach dem Krieg. Er sagt, er habe Fabriken gebaut, die Flugzeuge herstellen. Er zeichnet mir ein Flugzeug. Er zeichnet für mich einen Windkanal, in dem Flugzeuge getestet werden. Er ist ungeduldig, ohne das zuzugeben. Ich lasse von ihm ab.

Über den Krieg und alles, was geschehen ist, wird nie gesprochen. Die Erwachsenen haben keine Lust, darüber zu sprechen, und bekommen schlechte Laune, das merkt man sofort; also fragt man besser nicht.

Einmal sehe ich in einer Zeitung Fotos von Leichenbergen und frage aufgeregt, was da passiert ist. Solche Aufregung sei nicht gut für Kinder, sagt meine Mutter. Danach werden die »schrecklichen Dinge« nicht mehr erwähnt.

Über dem Bett meiner Mutter hängt ein Foto von ihrer Freundin Sassa. Sie lächelt und hebt einen weißen, wolligen Hund in die Höhe. Ich weiß, dass Sassa aus Deutschland geflüchtet ist, um der schrecklichen Gefahr zu entgehen, aber das Böse ist nun besiegt und man braucht nicht mehr davon zu sprechen.

»Vielleicht wacht es sonst wieder auf«, sage ich zu meiner Schwester.

»Ach was«, sagt sie, »sie wollen sich bloß nicht mehr daran erinnern.«

»Wieso?«, frage ich.

»Weil sie sich schämen.«

»Warum?«, frage ich.

»Weil es Scheiße war«, sagt meine Schwester. Mehr sagt sie nicht. Mama hat es ihr verboten. Ich bin ganz entsetzt, dass sie so ein hässliches Wort in den Mund nimmt.

Ich stehe nachts auf und laufe durchs Haus, ohne aufzuwachen, meinen Bären Schmatzi trage ich mit herum, an mich gedrückt, meine Mutter hat mich schon ein paarmal gesehen. Man darf mich nicht wecken.

»Wenn man dir was erzählt, dann geisterst du wieder«, sagt meine Schwester. Sie hat keine Lust, neben einer Schlafwandlerin zu schlafen, sagt sie.

Der Arbeitstisch meines Vaters ist heilig.

Er schreibt und zeichnet an diesem Tisch, wenn er zu Hause ist. Durch die Glastür sehe ich ihn dort mit ernstem Gesicht sitzen. Man darf ihn nicht stören. Wenn niemand mich sieht, setze ich mich auf seinen Stuhl, lege meine Hände auf seine Stifte und schaue durch das große Fenster, eine Wand aus Glas, hinaus in den Garten.

Es ist ein Tisch aus rötlichem Teakholz, nicht größer als der Küchentisch, die Platte hat einen fetten Glanz. Der Teakholzstuhl mit geflochtenem Sitz, eleganten Armflügeln und konisch zulaufenden Beinen kommt, wie der Tisch, aus Finnland. Das weiß ich, denn mein Vater hat mir erklärt, wie schön die Möbel sind, die aus diesem Land kommen. Auf dieser matt glänzenden kastanienbraunen Fläche ist nie auch nur ein Stäubchen zu sehen. Dafür sorgt meine Mutter, die immer eine kleine hektische Aufräumaktion durch alle unteren Räume unternimmt, ehe mein Vater abends nach Hause kommt. Alle

Bewohner dieses Tisches haben ihren festen Platz. »Seine Sächelchen« nennt sie meine Großmutter. Man darf nichts davon anfassen. Wenn ich allein bin, spiele ich mit ihnen. Da ist die Lupe in ihrem schwarzen Lederfutteral und Brieföffner und Schere, mit arabischen Ornamenten verziert, sie bewohnen zusammen eine goldgeprägte Doppelscheide. In der grünen Blechschachtel liegen, dicht an dicht, die Faber-Castell-Bleistifte, eine ganze Armee, sie riechen wunderbar, daneben der dicke graue Druckstift mit seiner weichen Miene, und dann ist da der riesige Montblanc-Füller, mit einer Feder wie ein goldener Zahn. Er macht ein schmatzendes Geräusch, wenn man ihn füllt. Mit ihm schreiben darf keiner, außer meinem Vater. Auch ich wage es nicht. Ich streichle das Bronzefohlen von Renée Sintenis auf seinem Granitsockel und dann den schweren silbernen Stier mit seinem elliptischen Maul. Er sieht aus, als brüllte er vor Schmerz. Er kommt aus Cuzco. Manchmal liegen dort Briefe, Rechnungen, Einladungen und Fotos, manchmal auch nur die kleine Rolle Pergamentpapier, auf der mein Vater mit dem dicken Stift etwas gezeichnet hat. Hausfassaden, Türen, Treppen.

Immer habe ich Lust, diese Ordnung zu zerstören, die Sachen zu benutzen, mich seinem Befehl zu widersetzen. Ich setze mich an den Tisch und zeichne mit dem dicken Stift, nicht auf das Pergamentpapier, denn es gelingt mir nie, das Gezeichnete so sauber abzureißen, wie er das kann. Vor dem Füller habe ich Respekt, ich wiege ihn in der Hand, sehe nach, ob er noch Tinte hat, mehr nicht. Schere aber und Lupe leihe ich mir aus und mache alles Mögliche damit: schneide Gras, bohre in den Boden, versuche, mit der Lupe ein Feuer anzufachen, in der Mittagssonne, versteckt hinterm Haus. Und wie um erwischt zu werden, lege ich die Sachen manchmal nicht zurück. Meine Mutter bemerkt das immer. Es gibt ein Verhör, eine Such- und eine Strafaktion. Mein Vater merkt nie, wie gefährdet die Ordnung auf seinem Schreibtisch ist. Nur einmal, als die Schere tagelang verschollen bleibt, scheint er für Augenblicke zu ahnen, dass ich die Schuldige bin, und betrachtet mich lange, traurig und verständnislos: ein König, von seinem Vertrauensmann bitter enttäuscht.

Es gibt auf diesem Tisch noch eine hohe 30er-Jahre-Lampe mit grünem Schirm. Nachts spiegelt sich der Tisch und alles, was ihn bewohnt, in der großen Glasscheibe des Fensters. Es sieht so aus, als schwebe er draußen über die Wiese, ein Geistertisch, der erst verschwindet, wenn man den schweren Rollladen herunterlässt.

Schon als kleines Mädchen, in Alpbach, weiß ich, dass mein Vater ein schöner Mann ist. Ich selbst finde ihn wunderschön, aber nicht nur ich, das kann ich ablesen an den Blicken meiner Mutter, an der Art, wie die Töchter des Nachbarbauern ihn beobachten und wie bereitwillig und übertrieben sie über seine Scherze lachen. Immer sehe ich in den Gesichtern anderer Frauen dieses Aufleuchten, ich bin daran gewöhnt. Er gefällt ihnen, er gefällt auch mir, er gefällt uns allen. Für mich sieht es nicht so aus, als müsse er sich anstrengen, um zu gefallen, vielleicht aber tut er das doch.

»Wer ihn bewundert, wird belohnt«, sagt meine Schwester.

Mein Vater liebt die Frauen und nimmt ihre Bewunderung dankbar entgegen.

Am Eiskanal, auf unserer Decke liegend, sehen meine Schwester und ich meinen Vater. Er steht bis zur Brust im Kanal und hält sich an den Ästen der Weide fest, die ins Wasser hängen, um nicht von der Strömung davongetragen zu werden. Im silbrigen Laub der Weide wiegt sich eine Frau wie eine Nymphe. Aber es ist keine Nymphe, sondern die Kriegerwitwe mit den zwei Töchtern. Mein Vater streckt den Arm zu ihr hinauf, aber sie zögert eine Weile, ehe sie seine Hand fasst und zu ihm ins Wasser platscht. Sie treiben davon.

Wir sind zu überrascht, um zu sprechen.

»Hast du gesehen, was für fette, dellige Schenkel die hat?«, sagt meine Schwester nach einer Weile. »Was findet er an der?«

»Ich bin ein Hasenfuß«, sagt meine Großmutter. Meine Mutter macht ein Gesicht, das ich nicht kenne. Sie versteht meine Großmutter nicht. Mehr noch, sie verachtet diesen Satz. Sie hat vor nichts Angst, das sagt sie uns. Sie kennt keinen Neid, keine Eifersucht, keine Wehleidigkeit. Wir sollen so sein wie sie. Wir wissen, wir enttäuschen sie.

Meine Mutter steht mitten im Wohnzimmer vor dem Bügelbrett, neben ihr liegt ein Stoß schon gebügelter weißer Hemden. Sie bügelt gerade ein neues, sie weint. Tränen laufen über ihre Backen, sie macht dabei kein Geräusch. Wir wissen, sie weint wegen meinem Vater, wir wissen auch, dass es um eine Frau geht, wir wissen auch, um welche Frau. Sie macht eine Bewegung mit der Hand, und wir gehen hinaus in den Garten.

»Sie hat Angst«, sagt meine Schwester.« Siehst du das?«

»Sie ist eifersüchtig«, sagt meine Schwester.

Mit uns will sie nicht darüber reden. Am Abend versuche ich, unseren Hund auf diese Frau zu hetzen, als sie vorbeiradelt. Er versteht nicht, was ich von ihm will. Den Mann, der die Opernkarten bringt, beißt er ins Bein.

Mein Vater kann meine Mutter zum Lachen bringen, um sie zu versöhnen, wenn er sie gekränkt hat. Er nähert sich ihr als Tier, meistens als Katze – sein Spitzname ist »Puss in Boots«, gestiefelter Kater. Er hat noch andere Namen: Pataki, der Rabe aus Nils Holgersson, oder Monac, der Löwe aus einer Geschichte, die meine Schwester mit ihm für die Schule geübt hat, unter Tränen, weil er so ungeduldig mit ihr war. Aber wenn er meine Mutter zum Lachen bringen will, tritt er meistens als Katze auf. Er maunzt, putzt sich und trippelt auf der Stelle, wie beim Milchtritt, den alle Katzen beherrschen. Er schiebt ihr seinen Kopf hin und lässt sich ein paarmal von ihr schlagen, ehe er sie so weit hat, ihn zu streicheln. Sie lacht. Sie lacht wunderbar laut und hemmungslos mit weit offenem Mund. Sie lacht gerne, und auch meine Schwester und ich versuchen oft, sie dazu zu bringen. Sie ist so schön, wenn sie lacht. Nur wenn wir mit ihr in der Stadt sind und sie sich, wie sie das immer tut, beim Lachen zusammenkrümmt und nach Luft ringt, schämen wir uns ein bisschen für sie und tun so, als gehörten wir nicht zu ihr. Mein Vater lacht beherrscht, nie laut, aber er bebt dabei, das merke ich, wenn ich auf seinem Schoß sitze. Auch ihn versuche ich zum Lachen zu bringen, wann immer ich kann. Lachen ist wie ein guter Zauber. Es macht gute Luft. Wenn gelacht wird, ist jede Gefahr vorbei.

Meine Mutter kommt manchmal in den Garten herunter, wo wir spielen, und liest uns etwas Komisches aus einem Buch vor, das sie in der Hand hält. Sie liest es auch am Abend meinem Vater vor, sie erzählt ihm Geschichten aus ihrem Tag, die ihn zum Lachen bringen. Sie erzählt ihm, wie unser Nachbar sich nackt aus seinem Haus ausgesperrt hat oder wie eine Frau im Milchladen gesagt hat, die Seele ihres verstorbenen Vaters sei in ihren Hund gefahren und er schaue sie nun mit seinen Augen an. Mein Vater liebt solche Geschichten und lacht. Wir alle lachen, nur meine Großmutter hört schlecht, und ich muss ihr alles noch mal erzählen. Der Abend ist gerettet.

Meine Mutter ist zur Kur. Ich gehe nach der Schule nicht nach Hause, sondern mit zu meiner neuen Freundin Hedda. Ich esse dort zu Mittag. Es wird Nachmittag. Ich muss nach Hause, aber ich habe kein Geld für die Straßenbahn. Ich nehme die Straße durch den Siebentischwald, ich renne, Hedda rennt mit mir. Es ist viel weiter, als ich dachte. Wir brauchen lange. Zu Hause wartet mein Vater, meine Großmutter hat ihn angerufen im Büro. Er schickt Hedda fort. Er nimmt mich am Arm, führt mich in sein Zimmer und gibt mir eine Tracht Prügel mit der Hand. Er hat mir sonst nur manchmal eine Ohrfeige gegeben, wenn ich etwas verschüttet habe bei Tisch oder wenn ich gelogen habe. Er sagt kein Wort, aber ich weine, weil sein Gesicht so hart und so böse aussieht.

Meine Mutter schlägt sehr schnell zu. Sie schlägt mit allem, was sie gerade zur Hand hat: Kleiderbügel, Haarbürsten, Kochlöffel. Sie gibt auch Ohrfeigen. Jedes Mal ist sie außer sich vor Zorn. Jedes Mal tut sie mir leid. Ich weine nur, um sie wieder friedlich zu stimmen. Das wirkt meistens. Einmal gelingt es mir nicht. Ich habe mir die Braue mit der Nagelschere abgeschnitten. »Entstellt!«, schreit sie. »Fast das Auge ausgestochen!« Ich muss ins Bett. Sie kommt noch ein paarmal ins Zimmer, um mir eine Ohrfeige zu geben.

Meine Schwester bekommt öfter Ohrfeigen von ihr, wenn sie »frech« ist, »aufsässig«, »respektlos«. Sie weint dann lange und zornig, lässt sich nicht trösten, schreit Beschimpfungen, um noch mal geschlagen zu werden. Ich bin immer auf ihrer Seite. Mein Vater schlägt meine Schwester nie. Sie ist oft krank, und er überlässt es meiner Mutter, sie zu bestrafen.

Ich glaube, mein Vater ist allwissend, so wie Dr. Allwissend aus dem Grimm'schen Märchen. Er wird gerne gefragt, und ich frage ihn, damit ich auf seinem Schoß sitzen und so seine Erklärungen anhören kann. Er steht nur manchmal auf, um mir etwas zu zeigen, etwa in einem Buch oder auf einer Landkarte oder um mir etwas aufzuzeichnen. Er weicht schwierigen Fragen nur selten aus.

»Wie findest du Mickymaus?«, frage ich ihn. Ich weiß, dass er meine Mutter unterstützt in ihrem Kampf, mich von Comics fernzuhalten. »Du machst deinen Schreibstil kaputt mit diesem Mist«, sagt sie. »Deine Noten in Deutsch sind ja nicht gerade gut.«

»Mickymaus?«, sagt er. »Ich finde es großartig, wenn

einer sich ein neues Wesen ausdenkt, das es noch nicht gibt.«

»Woran merkt man, dass man jemanden liebt?« Da braucht er eine Zeitlang, und er lacht auch, obwohl er sich nie lustig macht über meine Fragen.

»Lieben heißt, nicht mehr vergleichen«, sagt er. Ich bin mit dieser Antwort nicht zufrieden. Erst später entdecke ich, dass das nicht sein Satz ist.

Wenn er beleidigt ist, und das ist er dann, wenn jemand aus der Familie, ganz gleich, wer, ihn verärgert hat, gibt er auf keine Fragen mehr Antwort. Er schweigt beharrlich, beim Abendessen, auf dem Spaziergang, im Garten, bei der Arbeit. Sein Mund wird zu einem Strich, seine Augen werden kalt, wir alle ducken uns unter diesem Blick. Das ganze Haus überzieht sich mit Raureif.

Meine Eltern streiten. Sie schicken uns aus dem Zimmer, wenn sie anfangen, laut zu werden. Meine Mutter ist es, die laut wird. Meinen Vater hören wir nie schreien. Wir hören sie streiten bis hinauf in unser Zimmer, und wir schleichen herum, als wären wir bestraft worden. Wir leiden mit. Meistens ergreifen wir im Stillen die Partei unserer Mutter. Wer lauter schreit und wer weint, muss in unseren Augen der Schwächere sein, der, dem Unrecht angetan wird. Mein Vater zieht sich danach zurück in sein Schweigen. Manchmal für Tage.

Wir verstehen nie ganz genau, um was es geht. Das wollen wir auch gar nicht.

Meine Großmutter weint, wenn sie sich streiten. Meine Mutter wirft eine Schüssel Spinat durchs Fenster hinaus in den Garten. Mein Vater schweigt, hört auf zu kauen, steht gemächlich auf, betupft sich den Mund, geht und schlägt die Haustür hinter sich zu. Meine Großmutter hält zu meiner Mutter, das wissen wir. Wir hören sie sagen: »Das ist er dir schuldig.« Oder: »Das lässt du dir nicht gefallen.«

Wenn wir Kinder etwas angestellt haben, etwas vergessen zu erledigen oder die Unwahrheit sagen, kippt der Abend für alle, nur dass sich meine Eltern diesmal einig sind und sich gegen uns wenden. Immer gegen uns beide, als wären wir eine Person. Meine Großmutter versucht zu beschwichtigen, aber auf sie hört nie jemand.

»Verstehst du mich?« ist ein Satz, den meine Mutter oft gebraucht, nicht nur meinem Vater, sondern auch uns gegenüber. Es liegt ihr viel daran, davon zu sprechen, was sie fühlt, und mit diesem Satz unsere Zustimmung einzufordern. Meine Schwester und ich sagen ganz mechanisch »Ja«, wenn sie uns fragt. Mein Vater aber antwortet ihr oft nicht, sondern schweigt, ganz so, als habe er sie gar nicht gehört.

»Eigentlich will er sagen, er hat keine Lust, sie zu verstehen«, sagt meine Schwester. Ich aber verstehe ihn nicht. Es ist so einfach, »Ja« zu sagen.

Mein Vater und ich stehen am Ufer der Wertach und schauen hinunter auf die breite Kiesbank. Es ist Frühling, und die Weidenbüsche leuchten wie aus grünem Glas.

Dort unten hat ein Mann einen Wagen mit Kies beladen und versucht nun, das Pferd, das davor gespannt ist, dazu zu bringen, den Wagen ans Ufer zu ziehen. Das Pferd kann das nicht, es tut sein Bestes, es legt sich ins Geschirr, zittert, schafft einen kleinen Ruck nach vorne, bleibt wieder stehen. Wir hören den Mann schreien, er schlägt das Pferd mit einem Stock, er zerrt an ihm. Immer wieder nimmt das Pferd einen Anlauf, legt sich ins Zeug, schafft es nicht und wird geschlagen.

»Der Wagen ist zu schwer«, sagt mein Vater. »Bleib hier stehen«, sagt er zu mir. Seine Stimme hat einen Klang, der mich gehorchen lässt.

Ich sehe ihn hinunterlaufen auf die Kiesbank. Er springt auf den Mann zu, ich glaube, er wird ihn schlagen, aber er reißt ihm den Stock aus der Hand und zerbricht ihn. Er schreit jetzt viel lauter als der Mann. So habe ich ihn noch nie schreien hören. Dann gehen wir nach Hause.

Wir sitzen im Café Tomaselli in Salzburg. Ein Mann geht durchs Café und bietet Postkarten an. Er kann nicht sprechen, sondern bellt eine Kette von kurzen, gutturalen Lauten. Er bleibt vor jedem Tisch stehen und stößt den Leuten die Karten dicht vors Gesicht, immer wieder, und bellt dabei. Meine Mutter hat schon die Geldbörse in der Hand, als er an unseren Tisch kommt. Mein Vater hält sie zurück. Er lässt den Mann eine Zeitlang bellen und zuckt nicht zurück vor den Postkarten, die bei jedem Stoß fast seine Nase berühren. Wir alle flüstern ihm zu, er solle ihm schnell etwas geben. Wir schämen uns, alle Leute an den anderen Tischen schauen gespannt zu

»Hören Sie doch auf«, sagt mein Vater leise. »Sie können doch sprechen, hören Sie auf mit dem Theater.«

Meine Mutter wird ganz rot vor Entsetzen. Meine Schwester und ich würden am liebsten unter den Tisch kriechen. Der Mann öffnet den Mund und fängt an, meinen Vater zu beschimpfen. Er spricht laut und verständlich. Er zeigt mit dem Finger auf uns, er sagt, mein Vater sei ein Schwein, er schaut Einverständnis heischend in die Runde. Keiner rührt sich, das ganze Café hält den Atem an. Der Mann geht.

Wir drei Frauen erholen uns lange nicht von diesem schrecklichen Augenblick. »Was, wenn du nicht recht gehabt hättest?«, sagt meine Mutter. Mir tut der Mann leid, und ich verstehe meinen Vater nicht, auch wenn er recht gehabt hat.

Mein Vater hat sich als Frau verkleidet. Er hat sich ein Tuch um die Hüften gebunden und eine Rose hinters Ohr gesteckt. Es ist der Faschingsball im Hause meiner Tante Maisin. Er lässt sich von allen bejubeln und belachen. Er geht durchs Zimmer, schwenkt die Hüften, wölbt seine ausgestopfte Brust, prüft seine Frisur. Er sieht mit seiner ragenden Nase, seinem breitschultrigen Männerkörper, seinen großen Ohren überhaupt nicht aus wie eine Frau, und doch glaube ich einen Augenblick lang, dass da eine fremde und dazu noch besonders schöne Frau selbstbewusst über das blanke Parkett stolziert und von allen gefeiert wird.

Mein Vater sitzt auf meinem Bett, in dem ich schon liege. Er ist gerade nach Hause gekommen. Er sitzt da, ohne mich anzuschauen, mit gesenktem Kopf, die Arme auf die Knie gestützt, mit rundem Rücken. Er sagt:

»Glaubst du, dass ich den Wettbewerb für die Kirche am Lechfeld nicht gewonnen habe, weil ich nicht an Gott glaube?«

Ich überlege, was er jetzt hören will und was ich sagen soll, um ihn zu trösten. »Ja«, sage ich, »das glaube ich.«

Ich kenne seine wütenden Angriffe auf die Verlogenheit und den Machthunger der Kirchen, auf die Missionare, die die indianische Bevölkerung ins Elend getrieben haben. Ich habe seinen Schilderungen der Inquisition, der Hexenverbrennungen zugehört, seinem Gelächter bei Witzen über den Papst. Er sagt, dass die Bibel ein schönes, vom Menschen erdachtes Märchen ist. Meine Mutter betet jeden Abend mit uns. Wir sprechen nie über Gott oder ob wir an ihn glauben. Ich möchte schon an ihn glauben und stelle ihn mir vor als jemanden, der mich liebt. Ob dieser Jemand nicht zulässt, dass mein Vater seine Kirche baut, um ihn zu strafen, weiß ich nicht. Kann es mir eigentlich nicht vorstellen. Aber es scheint mir besser zu sein für meinen Vater, wenn er denkt, er hätte im Glauben versagt und nicht als Architekt. Ich denke noch lange darüber nach, als mein Vater schon gegangen ist.

Wir Kinder spielen im Hof. Wir wohnen noch in dem Wohnblock aus den Dreißigerjahren, eine weiße, gewundene Schlange mit flacher Fassade und Fensterzeilen. Mein Vater findet diese Architektur »sehr anständig«. Das ist sein höchstes Lob.

Der Hof wird zur Straße mit riesigen Gittertoren in eisernen Rahmen verschlossen. Diese Tore lassen sich an manchen Stellen nicht mehr schließen, zwei Torflügel sind ausgehängt und lehnen am Gitter. Wir dürfen dort nicht spielen. Wir turnen an diesem Gitter herum, kriechen darunter, schaukeln daran. Plötzlich kippt eines der

Tore und fällt auf Karl, den Sohn des Hausmeisters. Er steht nicht mehr auf. Wir alle rennen schreiend auseinander, uns ist streng verboten, an diesen Toren zu spielen. Ich finde meinen Vater im Wohnzimmer, gestehe sofort alles und will mit ihm hinunter zu dem Jungen, um ihm zu helfen.

»Da kümmert sich schon einer darum«, sagt mein Vater, und als ich nicht locker lasse, sagt er: »Besser, du hast nichts zu tun damit«, und als ich weiter an seiner Hand zerre, sagt er: »Das war verboten, dort zu spielen. Man wird dich bestrafen!« Und da gebe ich nach.

Karl, das hören wir später, kommt mit einer Gehirnerschütterung davon. Keiner fragt mich, ob ich dabei gewesen bin bei dem Unfall. Die Kinder, die dabei waren, sprechen nie mehr davon. Das Tor wird repariert.

Ich bin ein Feigling, das weiß ich, aber mein Vater ist auch ein Feigling, und das macht mich traurig für viele Tage. Ich erzähle niemandem etwas davon, auch nicht meiner Mutter.

Mein Vater flucht nie.

»Er hat ein paar hässliche Worte«, sagt meine Mutter.

Sie mag nicht, wenn er so spricht. Sie mag auch nicht, dass er »Mahlzeit« sagt, wenn sie mittags im Büro anruft. Sie findet auch nicht gut, wenn er eine ihrer Freundinnen »armes Schwein« nennt, oder von Onkel Bertold sagt, er sei ein »übler Mitgiftjäger«, was er nach Gerüchten in der Familie angeblich ist. Aber aussprechen darf mein Vater das nicht. Meine Mutter findet grobe Worte grausam und hässlich. Sie kann »Grobes« nicht aushalten, in keiner Form. Eine Frau, an der wir vorbeikommen, die ihren brüllenden, um sich schlagenden Mann vor unseren Augen ohrfeigt, mitten auf der Straße, hat von vornherein nicht ihre Sympathie.

Mein Vater sagt »Topfsau« von Leuten, die etwa eine schmutzige Wohnung haben, schwarze Fingernägel oder die ungewaschen riechen. Wenn er selber kleckert, auf die Krawatte, was selten vorkommt, wird er zärtlich getröstet, sofort entschuldigt und freundlich geneckt. Meine Mutter nimmt die Krawatte und versucht, sie zu reinigen. Ich stelle mir eine »Topfsau« vor: ein Schwein, das in einem angebrannten, schmierigen und übergekochten großen Topf sitzt. Ebenso rätselhaft ist die »blutsaufende Katz«, die bei überraschenden Katastrophen und bösen Überraschungen auftritt. Es gibt auch zwei hässliche Worte, die er für meine Schwester und mich benutzt, »Schisser« und »Lahmarsch«. Wir finden sie beide kränkend. Wir mögen auch nicht, wenn er uns »krankes Huhn« nennt, eben dann, wenn wir krank sind und im Bett liegen. Es klingt verachtungsvoll. Er mag es nicht, wenn wir krank sind. Er sagt, krank würde man nur, wenn man das auch wollte. Er selber ist fast nie krank. Wenn er doch krank ist, kommt es davon, dass er sich für uns halb zu Tode arbeitet, sagt meine Mutter. Er ist also anders krank als wir. Wir würden nie wagen, ein hässliches Wort zu ihm zu sagen. Auch meine Mutter nicht.

Ich bin sehr ungeschickt, lasse Sachen fallen, werfe Gläser um beim Essen, kleckere und stolpere. Alle nennen mich »Ruschel«, aber das klingt nicht wirklich hässlich.

Meine Mutter nimmt den Hecht aus, den uns Lasse mitgebracht hat. In seinem Bauch ist ein kleiner silberner Fisch. Meine Mutter nimmt ihn heraus und hält ihn eine Weile in der Hand.

»Sein Baby«, sage ich.

»Seine letzte Mahlzeit«, sagt sie. »Das Leben ist grässlich.«

Meine Mutter telefoniert mit meinem Vater. Das Telefon steht auf dem breiten Granitfensterbrett im Wohnzimmer. Wenn man telefoniert, hören immer alle, die gerade da sind, zu und mischen sich ein.

Meine Mutter legt das Telefon ganz vorsichtig zurück auf die Gabel und schaut hinaus in den Garten, wo die Dahlien blühen, dann geht sie in Papas Zimmer, und wir sehen sie durch die Glastür an seinem Tisch sitzen, ganz aufrecht. Und wieder schaut sie hinaus in den Garten. Ich mache die Tür auf.

»Wann kommt er?«, frage ich.

»Er kommt nicht«, sagt sie. »Lass Mama jetzt mal in Ruhe. Ich muss ein bisschen denken.«

Das hat sie früher oft gesagt, und sie hat uns erklärt, dass Kinder manchmal den Mund halten müssen, weil Mamas Zeit brauchen, um nachzudenken. Aber das hat sie lange nicht mehr gesagt, und heute klingt sie anders als früher.

»Was hat er gesagt?«, frage ich, aber sie schickt mich mit einer Handbewegung hinaus.

Wir sehen sie sitzen an Papas Tisch, ohne sich zu rühren, bis es anfängt, dunkel zu werden.

Wenn mein Vater verreist ist, verfällt das Haus nach dem Wirbel seiner Abreise in eine Art Dornröschenschlaf.

In allen Zimmern wuchern Nester der Unordnung, liegen Kleider und Zeitungen herum, stehen Tassen und Gläser, Teller mit Obstschalen und abgenagten Knochen. Zu essen gibt es irgendwann. Im Sommer vielleicht im Garten, mitten auf der Wiese. Wir laufen in Nachthemden herum, und keiner schließt am Abend die Fensterläden. Wir lesen das mexikanische Märchen von dem Bauern mit den vielen Kindern, der sich nichts sehnlicher wünscht, als ein Mal im Leben einen ganzen Truthahn allein zu essen. Wir machen Witze über unseren Gänsebraten und seine Rituale. Die Frau des Bauern liebt ihren Mann so sehr, dass sie ihm heimlich einen Truthahn brät, und er geht damit in den Wald und isst ihn dort auf. Danach erscheint ihm der Teufel und zeigt ihm die Höhle mit all den Lichtlein, von denen jedes ein Menschenleben ist.

Meine Mutter brät meiner Schwester und mir am nächsten Tag eine Gans. Jede von uns bekommt eine Hälfte ganz für sich. Die Gans, die wir die »Witwe« nennen, weil sie schwarze Füße hat, lagert ordentlich geteilt im Keller. Immer wenn eine von uns Lust auf Gans hat, geht sie hinunter, ein Messer in der Hand, und schnippelt »an der lieben Toten«, wie meine Schwester sagt, herum.

Manchmal, danach, sprechen wir noch von der »Witwe« und werfen uns Blicke zu, wenn mein Vater fragt, von wem wir sprächen.

Er kommt zurück von seiner Reise, und das Haus sieht aus wie immer, und alles hat die von ihm gewünschte Ordnung und alles hat wieder seine Pünktlichkeit.

Der Zufluchtsort meiner Mutter ist ihr Bett. Dorthin zieht sie sich zurück, wann immer sie kann. Manchmal, wenn genügend Zeit bleibt, nach dem Mittagessen, aber nur ganz kurz, um nicht zu überhören, wenn mein Vater unten am Fuß der Treppe wie eine Katze maunzt, um sie wissen zu lassen, dass er seinen Kaffee erwartet. Oder vielleicht ein Minütchen vor dem Abendessen, wenn alles in der Wohnung an seinem Platz ist, der Abendbrottisch gedeckt und das Essen fertig auf dem Herd. Mein Vater findet es nicht gut, tagsüber im Bett zu liegen. Mein Vater legt großen Wert auf Ordnung, auf pünktliche Mahlzeiten und einen schön gedeckten Tisch. Meine Mutter bügelt all seine Hemden, weil keiner das so kann wie sie. Sie sorgt dafür, dass mein Vater Obst und Gemüse isst und Vollkornbrot. Sie macht den Gurkensalat für ihn mit Sahne an und Zucker und füllt seine Pralinenbüchse mit den Schokoladen, die er liebt. Unordnung und Schlamperei kann Papa einfach nicht ertragen, sagt sie, aber sie zitiert auch aus Frischs *Gantenbein*:

»Wer Ordnung braucht, versteht das Leben nicht.«

Wenn er verreist ist, verbringt meine Mutter halbe Tage im Bett, einem immer frisch bezogenen Bett mit Kissen zum Anlehnen und Büchern und Blumen auf dem Nachttisch. Sie sitzt dort, mit Brille auf der Nase, und liest Zeitungen oder schneidet Artikel aus, die sie noch mal lesen will. Ich schlüpfe gerne zu ihr ins Bett. Sie riecht so gut, und ihre Haut ist, wenn ich mich an sie kuschele, so glatt und weich. Ich lese ihr Sachen vor, die ich gerade schön finde, und sie nimmt die Brille ab, legt sich zurecht und hört zu. Danach unterhalten wir uns darüber.

Nachts, wenn ich Angst habe, krieche ich unter ihre Decke: »Löffelchenstellung«. Ihr warmer Körper formt einen Wall um mich, von dem ich glaube, er hielte alles Böse von mir ab. Aber sie mag keine Brösel in ihrem Bett und keine Unruhe.

Mein Vater liegt nicht gerne im Bett. Er kann nicht verstehen, wie gerne meine Mutter in ihr Bett geht, am Abend, wenn er noch aufbleiben und mit ihr sprechen will. Sie haben getrennte Schlafzimmer, solange ich mich erinnern kann.

»Geh doch ins Bett« ist ein Satz, den mein Vater oft und nicht ohne eine gewisse Verachtung ausspricht. Von meiner Mutter aber stammt der Satz:

»Ach, dass man ein Bett hat!« Er wird mit einem kleinen, wohligen Seufzer ausgesprochen, und zwar erst dann, wenn man schon drinliegt.

Meine Mutter ist oft müde und sehnt sich, wie sie sagt, nach ihrem Bett. Wir überreden sie manchmal, sich auch am Tag ein bisschen hinzulegen, schon weil wir dann tun können, was wir wollen. Ich mache ihr eine Milchsuppe: Milch mit Weißbrotbröckchen. Sie hat mir erzählt, das sei das Trostessen aus ihrer Kinderzeit.

Wenn jemand aus der Familie krank ist, wird er sofort ins Bett geschickt und liebevoll gepflegt. Besonderes Essen wird gekocht, Tee gemacht, Wärmflaschen angeliefert. Man bekommt vorgelesen. Manchmal stelle ich mich krank, um im Bett bleiben zu können. Meine Schwester, die oft krank ist, mag das Bett ebenso wenig wie mein Vater und versucht, bis sie nicht mehr kann, auf den Beinen zu bleiben.

Im Sommer, im Garten, laufen wir alle nackt herum. Mein Vater besucht gerne seinen schwedischen Freund Lasse, einen Architekten, den er besonders liebt und der mit seiner Familie in einer kleinen Stadt in der Nähe lebt. Lasses Grundstück grenzt an die Amper, dort hat Lasse eine kleine Sauna gebaut. Im Sommer fahren wir zu Lasses Familie. Es gibt zwei kleine Söhne, die besonders hübsch sind und die meine Schwester und ich lästig finden. In Lasses Garten laufen alle nackt herum, und das finden meine Eltern modern und befreiend. »Viele Leute in diesem Land sind so entsetzlich spießig«, sagt mein Vater.

Ich finde meine nackte Mutter schön und lege mich gerne auf ihren Bauch, um mein Gesicht an ihre weiche Brust zu drücken, bis sie mich abschüttelt, weil ich so heiß bin und so schwer und weil ihr meine ungestümen Bewegungen wehtun. Meinen Vater finde ich nicht schön. Sein baumelndes Geschlechtsteil unter dem Haarschopf sieht unansehnlich aus und fehlfarben. »Peinlich«, sagt meine Schwester. Wir sind da einer Meinung. Sie selbst zieht sich bald nicht mehr aus und verlangt auch, dass mein Vater sich anzieht, wie meine Mutter, wenn wir uns zum Essen unter die Pergola setzen. Ich verstehe sie, wage aber nicht, ihr zuzustimmen. Meine Großmutter, die sich nie auszieht, lacht über meine Schwester und küsst sie. Ich kann sehen, dass auch sie ihr recht gibt. Ich laufe weiter nackt herum, und meine Schwester sagt: »Wen interessiert denn so ein Hundekörper.« Das verstehe ich als Kompliment. In diesem Sommer fühle ich mich als Hund. Meine Mutter stellt mir manchmal, wenn mein Vater nicht da ist, meinen Teller auf den Boden neben den Tisch.

Meine Eltern haben jeder ein Schlafzimmer. Wir finden das ganz normal, meine Schwester und ich. Tante Maisin witzelt manchmal darüber und macht unverständliche Bemerkungen. Meine Mutter wird dann böse. Tante Maisin schläft mit Onkel Kurti zusammen in einem einzigen, nicht sehr breiten Bett. »Solange wir zusammen sind, habe ich keine Nacht ohne meinen Kurti geschlafen, das könnte ich gar nicht«, sagt sie dann.

Meine Freundinnen wollen nicht glauben, dass meine Eltern zwei Schlafzimmer haben.

»Das würde Papa nie erlauben«, sagt Marlene. »Was ist, wenn die Liebe machen wollen?«

Kein Mädchen in der Klasse hat je von so etwas gehört. Wenn ich eine besuche, will ich sofort das Ehebett sehen, und es wird mir heimlich gezeigt: zwei Betten nebeneinander, darauf, auf jeder Seite, ein fettes Kissen mit aufgerichteten Ohren. Auch solche Kissen gibt es bei uns nicht. Diese Schlafzimmer sind im Winter immer eiskalt und riechen komisch, und im Sommer habe ich noch nie einen einzigen Blumenstrauß dort gesehen.

Liebe, und meine Mutter spricht oft von Liebe, ist etwas, das Dichtern widerfährt, und sie beflügelt oder zerstört. Die Helden unserer Geschichten werden von ihr ergriffen und gebeutelt, getötet oder erlöst. Mit uns hat das nichts zu tun, mit uns Kindern schon gar nicht. Die Liebe, die uns gilt, die Liebe meiner Eltern, ist die einzige Liebe, die zählt. Mutterliebe und Vaterliebe ist etwas Heiliges. Wir sind Glückskinder, wir haben all das, was unsere Eltern nie gehabt haben. Sexualität ist etwas, über das man nicht spricht, auch sie ist nur den Dichtern vorbehalten. Ein Künstler hat das Recht, alles Mögliche zu erforschen, um dann eben Kunst daraus zu machen, das ist seine Aufgabe. Allerdings muss er ein guter Künstler sein, sonst ist das, was dabei herauskommt, Kitsch und unerträglich. Es wird also nicht über Sex gesprochen, höchstens gelacht über Frauen, die, aus irgendwelchen unappetitlichen Gründen, nicht ohne Mann auskommen oder sich mit Männern einlassen, die nur das Eine wollen. Männer hält meine Mutter für große Kinder, liebenswert, unartig vielleicht, aber im Grunde arglos und bedauernswert naiv. Sie können einem leidtun. Leidenschaft im normalen Leben zeugt von Dummheit, man kann nur den Kopf schütteln darüber. Es gibt nie ein ernsthaftes Gespräch über derlei, und all das wird nie in Worte gefasst. Es ist abzulesen an vielen winzigen Beobachtungen und Bemerkungen. Wir Töchter sind geübte Beobachterinnen unserer Eltern. Wir wissen, was von uns verlangt wird. Wir wissen, wie wir sein sollen. Wir halten uns daran, solange wir können. Meine Schwester viel länger als ich.

7

Auf dem »Plärrer« begegnet uns der nackte Mann.

Er kommt auf uns zu in der Menschenmenge. Ein magerer, rotbackiger Mann mit fettigen Haaren, die sich auf seinem Kopf zu einem kleinen Kamm aufrichten. Er treibt auf uns zu, öffnet seinen Kleppermantel wie zwei Türflügel und zeigt uns seinen nackten Körper. Dann schlägt er den Mantel wieder zu. Er schiebt sich an uns vorbei, ohne uns eines Blickes zu würdigen. Die Menge verschluckt ihn. Wir schauen uns um nach den anderen Leuten. Auf keinem Gesicht entdecken wir Verwunderung oder Schrecken.

Wir haben Freikarten für unser Lieblingskarussell, das mit den springenden weißen Pferden, dem Schwan, den mit Silberfarbe bemalten Fischen und der frei stehenden, klimpernden Orgel. Wir setzen uns auf zwei Pferde. Wir fahren im Kreis und lauschen schweigend der wohlbekannten Musik. Wir sehen uns an, wir haben das beide gesehen.

Meine Mutter erklärt uns zu Hause, so etwas komme oft vor. Der arme Mann, dem der Doktor frische Luft am Körper verordnet habe – sie selbst halte viel von frischer Luft am Körper –, habe keinen Garten und keinen Balkon. So müsse er sich eben auf seine Weise versuchen, Luft zu verschaffen. Wir glauben ihr.

Meine Mutter telefoniert mit einer Freundin, deren Tochter mit ihrem Freund und ohne Erlaubnis ihrer Eltern eine ganze Nacht irgendwohin verschwunden ist. Ich höre sie mit gequälter Stimme fragen: »Ist es denn zum Allerschlimmsten gekommen?« Ich überlege lange und stelle mir das »Allerschlimmste« vor. Mord?

Das Liebespaar nennen wir sie. Meine Freundinnen und ich halten Ausschau nach ihnen auf dem Heimweg. Wir alle schwärmen für sie.

Er holt sie vom Unterricht ab, steht an den kleinen Brunnen gelehnt vor unserer Schule und raucht. Er geht ins Anna-Gymnasium gegenüber, das wissen wir. Ein schlaksiger Kerl mit schwarzen verzausten Locken und einem ironischen Lächeln für uns alle. Sie zart, hoch aufgerichtet und die blonden Haare zu einem strengen Knoten gesteckt, sieht aus wie eine Ballerina. Wir finden sie wunderschön. Wir wollen so aussehen wie sie. Wir wollen an ihrer Stelle sein. Die beiden wagen es, Hand in Hand zu gehen, sich zu küssen und zu umarmen, furchtlos, direkt vor der Schule. Wir sprechen von ihnen, beneiden sie, bewundern sie. Jemand erzählt, er spiele am Wochenende Saxophon in einer Kellerbar. Jemand erzählt, sie schreibe Gedichte. Wir glauben, die ganze Stadt kennt das Liebespaar.

Dann ist sie schwanger. Sie fliegt von der Schule. Sie ist verschwunden. Er wird nicht mehr gesehen.

»Das passiert mit solchen Mädchen«, sagt meine Mutter. »Da haben wir die Katastrophe«, und mein Vater fragt sich aufgebracht, ob sie nie daran gedacht hat, was sie ihren Eltern damit antut. Er hat ein ganz neues, nie gehörtes hässliches Wort für sie.

»Verdorben«, sagt meine Mutter. Es klingt endgültig.

Jeden Juni gibt es das Sommerfest der Schrebergärtner. Die Kolonie zieht sich unserem Haus gegenüber mit lauter kleinen Parzellen die Bahngeleise entlang. Es ist uns verboten, uns dort einzuschleichen. Mein Vater hat es strikt untersagt. Natürlich gelingt es uns doch, jedes Jahr, obwohl niemand, der nicht dazugehört, das Fest besuchen darf. Zwar haust Frau Fichtl dort, die alte Freundin meiner Mutter, aber ihr gehen wir aus dem Weg. Sie würde uns verraten.

Durch die Sträucher zur Straße beobachten wir die Gärten das ganze Jahr über. Es ist eine fremde Welt: die kleinen sauberen Beete, die Vogelbrunnen, die Gartenzwerge, die bunt gestrichenen Holzhäuschen. Uns gefallen diese Puppengärten. Wir haben auch die Leute beobachtet, die dort auf Liegestühlen in der Sonne sitzen, die Blumen gießen oder Bohnen ernten.

Wie Besucher mit harmlosen Mienen schlendern wir an den schön geschmückten Zäunen entlang bis zu dem runden Platz, auf dem eine Musikkapelle spielt und Bratwürste verkauft werden. Diese Bratwürste schmecken besonders gut. Sie sind doppelt verboten. Wir stellen uns scheinheilig an, um die prämierten Gemüse und Blumengestecke zu begutachten. Wir machen Bemerkungen zur Schönheit der Lampionketten, laut genug, um von den Umstehenden gehört zu werden, ganz so, als gehörten wir dazu. Wir erwarten jeden Moment, dass sich Hände auf unsere Schultern legen, man uns entdeckt hat und hinauswirft. Wir treffen dort zufällig Freunde meiner Eltern, ein Paar, das wir beide nicht mögen. Er hat einen Roller, und sie sitzt hinter ihm angeklammert »im Damensitz«, wie meine Großmutter es nennt, mit einem Rock, den der Wind von ihren Beinen bläst. Wir finden das affig. Wir haben in Italien junge Paare Rollerfahren sehen, die Mädchen mit wehenden Haaren an ihre Männer geschmiegt. Wir finden die beiden zu alt dafür. Sie haben keine Kinder, sondern leben, wie meine Mutter sagt, »nur füreinander«. Beide malen und schreiben Tagebücher, die sie überall herumzeigen. Sie sprechen mit uns, als wären sie in unserem Alter, so, wie ihrer Ansicht nach Kinder und junge Leute sprechen. Wenn sie auf unserer Terrasse sitzen, hat er immer seine Hand auf ihrem Schenkel. Sie küssen sich auch vor uns, und zwar lange. Wir finden das unerträglich.

Das Fest ist in vollem Gange, wir haben uns gerade, nach einer ersten Runde, mit unseren Bratwürsten auf eine Bank gesetzt. Zwei junge Männer setzen sich neben uns und versuchen ein Gespräch mit uns anzufangen. Wir sind beide schüchtern, aber meine Schwester nimmt einen Schluck aus der angebotenen Bierflasche. Die beiden jungen Männer sehen aus wie Brüder, beide sind sonnengebräunt und tragen Brillen. Ich versuche den beiden weiszumachen, dass unsere Großmutter hier ihren Schrebergarten habe, und wir seien zu Besuch hergereist, aus einer anderen Stadt, einer großen Stadt; mir fällt nur Köln ein.

Das Paar steht plötzlich vor unserer Bank. Der eine Junge hat gerade die Hand meiner Schwester genommen, um ihr daraus zu lesen. Ich will nichts verpassen, wir stecken die Köpfe zusammen. Der Jüngere hat den Arm um mich gelegt, und ich genieße das Gewicht dieses Arms auf meiner Schulter. Wir lachen. Und da stehen die beiden. Sie lachen lauter als wir.

»Haben wir euch erwischt?«, sagt sie. »Beim Flirten, was?«

»Keine Sorge«, sagt er. »Das bleibt unter uns.« Und dann küssen sie sich.

Natürlich erzählen sie es dann doch meinen Eltern, und wir müssen es ausbaden.

»Mit Männern herumgetrieben« ist der Satz, der bleibt. Meine Mutter weint über uns.

Das Heft heißt »Grand Hotel«, und auf dem Titelblatt ist immer ein Bild von einem Liebespaar, schlecht gezeichnet, das kann ich sehen, schwarz-weiß, so wie eins der großen Kinoplakate an der Straße. Es soll so aussehen, als wäre es ein Foto. Die Frau hat immer diese schaumig aufgeblasenen Haare, diesen fetten dunklen Mund, diese riesigen, dick bewimperten Augen. Ihr Busen: zwei Luftballons, ihre Taille: nicht breiter als sein Oberarm, obwohl der nicht gerade dünn ist und aus seinem Ärmel zu platzen droht. Er ist immer blond, mit verwehten Haaren und mächtigem Kinn. Es ist Schund. Ich weiß das alles, und doch muss ich dieses Heft kaufen. Ich warte voller Ungeduld auf jede neue Ausgabe. Es ist eine Liebesgeschichte in einzelnen Bildern, mit Sprechblase wie auf dem Titelblatt. Ich verfolge das Drama der Liebenden atemlos. Nicht mal meine Schwester darf mich beim Lesen erwischen. Es ist alles gelogen, und es ist schrecklich schlecht geschrieben. Ich weiß das.

»Liana, Liebste, ich kann ohne dich nicht atmen.«

»Ich bin dein, für immer, küss mich!«

»Dein Mund ist wie eine Offenbarung.«

Ich versuche, selber Liebespaare zu zeichnen. Ich erfinde Geschichten. Ich lasse sie sprechen und leiden, aber es nützt nichts. Das neue Heft ist da, und ich muss es haben.

Mein Taschengeld geht dafür drauf.

Meine Mutter sieht ganz aufgelöst aus, aber vielleicht kommt das nur davon, dass ihre Haare offen sind. Sie hat viele Haare. Sie lässt sie abends immer herunter und bürstet sie lange, ehe sie ins Bett geht. Nun steht sie vor meinem Bett und hält mir mein Tagebuch hin. Sie hat es gefunden und gelesen. Sie hält es mir hin. »Dreck!«, sagt sie. »So ein Dreck!«

Ich habe schon einmal dieses Gesicht an ihr gesehen. Das war, als mein Vater abends bei offenem Fenster telefonierte, mit leiser Stimme, und mir mit der Hand ein Zeichen machte, aus dem Zimmer zu verschwinden. Aber ehe ich gehen konnte, tauchte vor dem Fenster meine Mutter auf. Sie hatte dort draußen am Boden nach einer Haarspange gesucht, die ihr oben aus dem Fenster gefallen war. Sie stand einfach nur da und sagte kein Wort. Sie sah meinen Vater an, durchs offene Fenster, mit diesem Blick. Jetzt sieht sie mich an. Ich habe sie verraten, sie hintergangen, sie weiß jetzt alles.

»Solche Sachen hast du im Kopf«, flüstert sie, »anstatt zu lernen?«

Frau Deffner näht meiner Schwester ein Kleid für den Abschlussball der Tanzstunde. Es ist aus rosa, leicht ins grünliche changierendem Taft, mit breiten gerafften Trägern, enger, bis zu den Hüften anliegender Taille und weitem Rock. Dazu eine Ansteckrose mit Glitzersteinchen. Ich finde das Kleid sehr schön. Meine Schwester hat wochenlang Tanzschritte geübt in unserem Zimmer. Sie legt Platten auf. Der tragbare Plattenspieler sieht aus wie eine Hutschachtel. Ich schaue ihr eifersüchtig zu, auf meinem Bett liegend, mitzumachen erlaubt sie mir nicht mehr, weil ich die Schritte durcheinanderbringe und sie aus dem Takt kommt. Da ist dieser Tango. »Blue Tango.« Wenn sie nicht da ist, lege ich mich hin, um ihn mir mit geschlossenen Augen anzuhören. Immer wieder. Ich glaube, das ist die Musik meiner Zukunft: Die Welt wartet auf mich. Die Welt hat diesen berauschenden Rhythmus, den Klang von Geigen, Klarinetten, Trompeten und Gitarren, diese sehnsüchtige Melodie. Ich sehe mich in einem schwarzen schulterfreien Kleid auf einem Barhocker sitzen, mit glänzenden langen Haaren und dunkelrotem Mund. Ich halte ein Glas in der Hand, wiege mich im warmen Wind der Musik und bin endlich angekommen. Allen Männern verschlägt es den Atem, wenn sie mich anschauen.

Für mich näht Frau Deffner ein maulwurfsgraues Samtkostümchen mit Puffärmeln zur Konfirmation. Es muss immerzu am Rock zurechtgezogen werden. Auf dem Foto, auf dem wir beide auf der Terrasse stehen, sehen wir aus wie zwei seltsame Vögel. Beide tragen wir flache schwarze, unförmige Schuhe. Von meinem Vater ausgesucht und aus dem Laden, den unsere Nachbarin mit den zwei Töchtern ihm empfohlen hat. Meine haben Kreppsohlen, die sich ziemlich bald an der Spitze ablösen und jeden Morgen mit Uhu angeklebt werden müssen.

Frau Deffner näht uns in diesem Sommer zwei kurze weite Frotteejacken, die, wie wir aus der Zeitung wissen, gerade hochmodern sind. Wir haben den Frotteestoff selbst ausgesucht: grasgrün mit tennisballgroßen roten Punkten. Wir nennen uns die »Froschschwestern«. Diese Jacken sind dick und unpraktisch, wenn sie nass sind, wiegen sie schwer auf unseren Schultern. Sie nehmen viel Platz im Koffer ein.

Die Familie fährt nach Spanien an die Costa Brava, nach Tossa de Mar. Dort fährt sonst niemand aus Deutschland hin, mein Vater ist dort einmal gewesen und war dort glücklich, sagt er. Auf den Landstraßen begegnen uns kaum Autos, aber Esel, auf denen junge Frauen sitzen und winken. Mein Vater fotografiert sie alle. Es begegnen uns Pferdewagen mit jungen Männern, die uns »Guapas« – Schönheiten – zurufen und Kussmünder machen. Sie werden selten fotografiert.

Das alte prächtige Hotel in Tossa sieht noch genauso aus, wie mein Vater es in Erinnerung hat, nur etwas heruntergekommen und baufällig ist es geworden. Ein ganzer Flügel steht leer. Meine Schwester und ich durchstöbern die Flure und leeren Zimmer. Abends wird im weiten Patio gegessen. Es gibt viele Gänge mit unbekannten Speisen und ein Schlückchen roten Wein ins Wasserglas für mich. So will ich immer leben. Die ersten zwei Tage habe ich Zahnschmerzen und kann nur Reis und Suppe essen, aber nachdem ich den Zahnarzt des Ortes, seinen hölzernen Behandlungsstuhl und den Bohrer, der wie eine Nähmaschine mit dem Fuß angetrieben werden muss, gesehen habe, verschwindet mein Zahnweh wie von selbst, und die Familie atmet auf.

Den jungen Kellner, Tito, lieben alle Gäste. Meine Mutter findet ihn so rührend eifrig und wendig, wenn er schwitzend die riesige Paellapfanne auf unserem Tisch abstellt. Sie lächelt ihn jeden Abend an, bedankt sich bei ihm, nennt ihn beim Namen. Dieser junge Kellner gibt mir meinen ersten Kuss. Ich stehe im Garten unter der zerzausten Palme und halte die fette rote Katze auf dem Arm, die zum Hotel gehört und deren Schreie klingen wie die eines gemarterten Säuglings. Ich streichle sie und drücke sie dann an mich, damit sie schreit. Tito kommt mit Eimer und Besen an mir vorbei, stellt den Eimer ab und streichelt die Katze, dabei küsst er mich sehr schnell und geschickt auf den Mund. Ich lasse die Katze fallen und sehe ihm nach, wie er im Haus verschwindet. Ich warte auf ein heftiges Gefühl, wie Mädchen das immer haben in den Büchern. Aber nichts geschieht. Ich gehe hinauf in unser Zimmer und lege mich aufs Bett. Ich versuche, den Kuss noch einmal zu erleben. Trockene Lippen, nichts weiter fällt mir ein. Ich erzähle meiner Schwester davon. Sie hat auch noch nie einen Kuss bekommen, aber wir sind uns einig, dass es kein richtiger Kuss gewesen ist. Am Abend trägt Tito das Essen auf, er schaut mich an und wird rot. Meine Mutter, der so etwas nie entgeht, lächelt meinem Vater zu und sagt: »Wie süß, hast du das gesehen? Unsere kleine Tochter hat einen Verehrer. Dabei ist sie noch ein richtiges Baby.« Ich bleibe ganz gelassen. Was bildet dieser Idiot sich ein? »Sie wird auch rot«, sagt meine Mutter, aber das stimmt nicht, und mein Vater wischt das Ganze mit einer ungeduldigen Handbewegung vom Tisch.

Immer an den langen heißen Nachmittagen, wenn meine Eltern schlafen und meine Schwester und ich uns langweilen, laufen wir am Strand herum, klettern in die Fischerboote, die im Sand liegen, und dösen in der Nachmittagssonne, bis es Zeit ist, Kaffeetrinken zu gehen. Wir sitzen auf den Holzbänken der Boote, in unseren Badeanzügen, aber wir gehen nie ins Wasser. Ich trage den rühreifarbenen Anzug und meine Schwester hat einen grün gestreiften Zweiteiler mit Schößchen und spitzen BH-Tüten, der mir viel besser gefällt als meiner. Darüber natürlich tragen wir auch bei großer Hitze unsere Froschjacken, auf die wir stolz sind.

Der Mann aus dem Hotel, der neben uns wohnt, kommt und schlendert am Wasser entlang, ohne zu uns heraufzuschauen, und auch wir beachten ihn nicht. So ist das jeden Nachmittag.

Dann steht er plötzlich neben dem Boot und klettert zu uns herein, ohne ein Wort, ohne ein Lächeln. Wir kennen das, wir kennen ihn. Wenn wir ihm auf dem Gang begegnen, macht er uns Komplimente und bringt uns zum Lachen. Wir wissen, was jetzt kommt. Er betrachtet mich eine Weile mit traurigem Gesicht, das mir gut gefällt. Dann küsst er mich.

Später werde ich seinen Mund zeichnen, viele Male in meine Schulhefte, einen Mund, den man gut zeichnen kann. Das flache, schön geschwungene M seiner Oberlippe, die Unterlippe breit und fett, ein nougatbraunes Polster. Er schmeckt salzig.

Der Mann heißt José Font Saura und ist Hockeyspieler. Morgens kommt er immer an unserem Sonnenschirm vorbei und unterhält sich mit meinem Vater. Er ist ein Erwachsener, der nicht rot wird, wenn ich abends an seinem Tisch vorbeigehe.

Am Strand, im Nachmittagswind, sitzen wir, »die Froschschwestern«, in unserem Fischerboot, und er kommt, klettert einfach zu uns ins Boot und küsst mich, während meine Schwester, an mich gelehnt und den Rücken zu mir, vor sich hin summt, ihre Haare zu Zöpfen flicht und ihre Mückenstiche kratzt. Wir sprechen kein Wort, er und ich. Ich lasse mich küssen. Es ist gut, und ich finde es so selbstverständlich gut wie später, im Café, das Eis, das mir im Mund schmilzt. Es gehört zu diesen langen windigen Nachmittagen am Strand wie die aufdringlichen Möwen und die Kirchenglocken.

Später, auf dem Weg zurück ins Hotel, sprechen meine Schwester und ich von anderen Sachen, davon, dass wir weiße Espadrilles kaufen wollen, oder darüber, ob ich heute Schokoladen- oder Zitroneneis nehmen soll. Er hat mich nie angefasst oder umarmt.

Als wir abreisen, steckt er mir seine Karte in die Hosentasche. Ich kann sie später nicht mehr finden, aber wenn ich die Augen schließe, sehe ich sie vor mir, Wort für Wort. Er sagt mir leise und hastig viele Sachen, die ich nicht verstehe, und doch weiß ich, was er sagt. Er sagt, dass er mich liebt, dass ich wunderschön bin und dass ich sein Herz gebrochen habe. Meine Schwester, die etwas Spanisch kann, bekommt einen Lachanfall, als sie das von mir hört. »›Gute Reise‹ hat er gesagt und ›viel Glück‹ hat er gesagt!« Ich glaube ihr nicht. Ich habe ihn genau verstanden.

Ich war schon oft verliebt, in den Taugenichts, in Giuliano de Medici aus dem Botticelli-Buch, in Hector aus der *Ilias*, in den großen Katzenmann aus *La Belle et la Bête*, dessen pelzige Hände rauchen, wenn ihn die Leidenschaft überkommt. Ich habe zugehört, was diese Männer sagen. Ich weiß Bescheid.

Die Kastagnetten, die ich mir kaufe, hänge ich über mein Bett, und ich versuche, den *Don Quichote* zu lesen, den ich im Bücherregal meiner Eltern finde, aber ich komme nie über die ersten fünf Seiten hinaus. Dafür entdecke ich Lorca, Alberti und Jiménez. Ich lese immer wieder Jiménez' Gedicht:

Zuerst, mit welcher Gewalt
die wirklichen Hände!
Man hat das Gittertor geschlossen,
Einsam kreuzen sich
Das Herz und das Feld –
Mit welcher Beharrlichkeit dann
Die Hände des Erinnerns!

Der Brunnen auf dem engen Platz ist mit Brettern verschalt. Schnee fällt auf das Kopfsteinpflaster. Der Bau tut so, als sei er ein Palais, aber das ist kein Palais, obwohl das Haus den kahlen Platz mit seinem barocken Brunnen umklammert wie eine Zange. Das ist kein Palais, sondern das Gymnasium für höhere Töchter, ein massiger Schatten im Dämmerlicht eines Winterabends. Drinnen, im vertrauten Geruch nach Bohnerwachs und Angst, hebt sich die breite geölte Treppe, strecken sich die blassen Steinfußböden in den Gängen an den aufgereihten Türen vorbei, unter den toten Milchglasaugen der Deckenlampen.

Wir singen jeden Morgen, ehe der Unterricht beginnt, »Morgenglanz der Ewigkeit, Licht von unerschöpftem Lichte«. Dieses Lied fällt mir oft ein, wenn ich durch die Straßen laufe oder in meinem Bett liege, und ich höre uns singen. Ich frage mich, was Morgenglanz für mich bedeutet, im trübe beleuchteten Klassenzimmer an einem kalten Morgen. Ich singe trotzdem jeden Morgen mit.

In der Schule bin ich schlecht, ein Legastheniker. Ich verfalle im Unterricht in eine Art elende Lähmung, und meine Gedanken tragen mich fort in andere Welten, in denen ich mich zu Hause fühle, lebendig und frei. Ich lerne bald nicht mehr. Ich höre nicht mehr zu. Ich schreibe ab und verlasse mich, wenn ich gefragt werde, auf das Einsagen meiner Nachbarin. Ich fälsche Unterschriften unter schlechten Noten, werde erwischt und bestraft. In mir ist ein unbändiger Drang, mich aufzulehnen, eine trotzige Gewissheit, dass ich nicht diese schlechte Schülerin bin, für die man mich hält.

»Es ist so leicht, sich durchzumogeln«, sage ich zu meiner Schwester. »Die Lehrer sind alle so blöde, die merken nie was.«

»Verlass dich da nicht drauf«, sagt sie. »Wenn die draufkommen, und das werden sie, ist es aus mit dir.« Sie lacht und schüttelt den Kopf.

»Die hassen mich alle! Wie soll ich lernen, wenn die mich hassen?« Meine Schwester verdreht die Augen.

Ich möchte, dass sie mich mögen oder wenigstens in Ruhe lassen. Ich weiß nicht, wie man das macht.

»Mir ist so schrecklich langweilig, wenn ich mir das stundenlang anhören muss, was die uns vorbeten. Das ist doch alles Käse. Wer braucht denn das?«

Meine Schwester betrachtet mich über ihre Brille hinweg.

»Jetzt spinnst du wieder«, sagt sie. »Lass mich in Ruhe.«

Jeder Morgen, wenn alles aufs Neue beginnt, ist eine Qual für mich. Jeder Abend ist getränkt von der Angst, das, was am nächsten Tag von mir verlangt wird, nicht leisten zu können. Das gilt nicht für alle Fächer. Ich liebe Biologie und Erdkunde, weil ich gut zeichnen kann und von meinen Lehrern Lob und Bewunderung bekomme. Ich mag Religion und Deutsch. In Deutsch schreibe ich beim Klassenaufsatz zwei Aufsätze in der Zeit, die wir für einen haben. Einer ist für meine Freundin Hedda, die hinter mir sitzt, weil wir immer geschwätzt haben, als sie neben mir saß. Sie löst dafür in den Prüfungen meine Rechenaufgaben. Meine Aufsätze werden immer vorgelesen, aber sie sind voller Fehler. Ich versage in den Diktaten, natürlich auch in Französisch und Englisch, und sogar in Latein mache ich Fehler beim Schreiben. Irgendwann verpasse ich den Anschluss in Mathematik. Es entstehen Lücken, die ich nicht mehr auffüllen kann. Die Gewissheit der kommenden Katastrophe macht mich rebellisch und lethargisch zugleich. Ich zeichne Karikaturen der Lehrer, mache sie nach, stelle mich krank und verlasse den Unterricht. Einmal läute ich die Feuerglocke und sehe zu, wie alle Klassenzimmer evakuiert werden. Ich bin bei meinen Mitschülerinnen sehr beliebt und überrede meine Freundinnen zu allen möglichen Untaten. Wir öffnen mit dem Fingernagel, indem wir das Schildchen von »besetzt« auf »frei« stellen, die Türen zu den Klos, reißen sie auf und brüllen »Verzeihung«, wenn drinnen die großen Schülerinnen mit hängenden Unterhosen stehen. Ich bin die, die erwischt wird.

Meine Mutter kommt jedes Mal, wenn ich etwas verbrochen habe, in die Schule, um sich die Klagen über mich anzuhören. Sie ist erstaunt und beschämt von meinem Treiben. Sie lässt sich einschüchtern vom Zorn der Lehrer. Sie sagt mir, sie säße auf der Bank vor dem Zimmer der Direktorin, als hätte sie selbst etwas verbrochen.

Dieses Mal droht man ihr, mich von der Schule zu weisen. Meine Mutter kann nichts essen beim Abendbrot. Der ganze Abend versinkt im Elend. Ich gelobe Besserung. Das habe ich schon oft getan.

Die Schülerin, die ich im Klo überrascht habe und die mich gemeldet hat, besteht darauf, in der Sache auf eigene Faust zu ermitteln. Ich glaube, sie will mich zerstören. Der Arrest, mit dem man mich bestraft hat, scheint ihr nicht genug für diese Untat. Nach jedem Unterricht wartet sie mit einer Freundin auf mich, um mich erneut zu verhören. Die beiden stellen mir alle möglichen Fragen und werfen sich Blicke zu. Sie wollen herausfinden, ob ich Lust daran habe, Frauen nackt zu sehen. Sie heißt Ohms und fängt mich jeden Tag ab, im Gang, an die Heizung unter dem Fenster gelehnt, die Arme vor der Brust verschränkt, mit drohend gehobenem Kinn. Eine mickrige Gestalt mit mausigen Haaren und spitzer Nase. Ich finde sie hässlich, und die Unterstellung, sie gerne nackt zu sehen, kommt mir beleidigend vor. Ich weiß nicht, was sie von mir hören wollen, und fürchte ihre Verhöre. Sie deuten an, das alles könnte noch viel schlimmere Folgen für mich haben. Ich wage niemandem davon zu erzählen.

Meine Schwester rettet mich schließlich. Sie trägt »der Ohms«, die zwei Klassen unter ihr ist, eine Ohrfeige an, wenn sie mich nicht in Ruhe lässt, und damit hat sich die Sache.

In Deutsch haben wir Fräulein Kästner, die Schwester von Erhart Kästner, dem Dichter, aber das weiß ich noch nicht. Ich liebe sie, obwohl ich mit den anderen Schülerinnen heimlich über sie lache. Wenn sie uns Gedichte vorliest, kommen ihr manchmal vor Ergriffenheit die Tränen. Dann richtet sie ihre großen blauen Augen auf uns wie ein verhärmtes Kind. Sie liest in verschiedenen Stimmen und mit Pathos, sie rollt die Rs: »Und hurrrre, hurrre, hopp, hopp, hopp, ging's fort im sausenden Galopp …« Sie zischt und piepst und jammert. Sie wird zum röhrenden Bösewicht, »Und bist du nicht willig, so brauch ich Gewalt«, um gleich darauf angstvoll zu lispeln wie ein Kind. »Mein Vater, mein Vater, jetzt fasst er mich an!« Kein anderer Lehrer ist so unterhaltsam wie sie.

Sie liest uns *Die Küchenuhr* von Borchert dreimal hintereinander vor, damit wir merken, wie schön die Geschichte ist. Nach jeder Lesung betrachtet sie uns forschend, mit einem kleinen Lächeln, um die Wirkung der Geschichte auf unseren Gesichtern abzulesen. Es ist ihr so über die Maßen wichtig, uns zu bezaubern und zu gewinnen, wir alle spüren das, und wenn wir darüber lachen, ist es nur, weil uns ihre Leidenschaft verlegen macht.

Wir haben Fräulein Kästner bloß ein einziges Jahr, dann kommt Fräulein Schöller, die Schwester unseres Schulpfarrers. Sie nimmt mich immer als Erste dran, wenn wir Gedichte auswendig gelernt haben. *Die Glocke*, *Die Kraniche des Ibykus*. Sie kennt meinen Ruf als faule Schülerin und Unruhestifter. Ich kann es an ihrem Gesicht ablesen, wenn sie mir zuhört, mit schiefem Lächeln. Sie hat einen Kropf, ein lautes Lachen und schlechte Zähne. Ich weiß, dass ich ihr ein Dorn im Auge bin. Sie erwischt mich nie dabei, mein Gedicht nicht gelernt zu haben, dafür kommt ihre Stunde, wenn sie mir mein Diktat auf die Bank legt und »natürlich 5« flüstert, ehe sie mit ihren schlechten Zähnen lacht. Ich hasse sie.

Mein Mathelehrer Dr. Moor ist klein, dick und blondlockig. Er riecht nach Schweiß. Er stottert, wenn er mir meine schlechten Noten zurückgibt, wird rot und sagt, ich hätte keine Zukunft. Meiner armen Mutter sagt er, er habe mich, nachdem er mich ermahnt habe, laut lachend mit meinen Freundinnen in die Straßenbahn steigen sehen. So eine sei ich. Meine Mutter versteht Dr. Moor, das sagt sie. Sie ergreift immer die Partei der Lehrer.

Dann kommt Dr. Bar, ein feines schmales Herrlein mit blitzenden Augen hinter ovalen Brillengläsern und sauber gescheiteltem schlohweißem Haar. Er ist Schlesier, und alle Gedichte, die wir bei ihm lesen, kommen von dort. »… die Menschen schauen ins Dunkel hinaus, der Sturmwind bläst ums schlesische Haus, und nur ein Sternlein wacht …«

Mich liebt er, weil ihm oft Gedichtzeilen einfallen,

von denen er nicht weiß, woher sie stammen: »und saß gar still, gab keinen Laut?« *Belsazar*, sage ich dann, und das stimmt. Er findet meine Aufsätze gut. Er sagt, mein Ohr für die Melodie der Sprache sei erstaunlich. Manchmal nennt er mich zärtlich seinen »klugen Schwärzling«. Immer ruhen seine Augen wohlwollend auf mir. Als pedantischem Verteidiger der schönen deutschen Sprache erbittern ihn jedoch meine schlechte Rechtschreibung und meine Unfähigkeit, Kommas zu setzen. Er beschließt, mich zu unterrichten.

Ich radle an vielen Sommernachmittagen hinaus, über die Wertach und weiter in die Vorstadt, um im Garten seines Reihenhäuschens Diktate zu schreiben. Er gibt sich alle Mühe. Ich gebe mir alle Mühe. Es fruchtet nicht. Dazu kommt, dass ich in dieser Zeit anfange, immerzu an Liebesgeschichten zu denken. Und als könne er das erahnen, missbilligt er meine kurzen Hosen und ausgeschnittenen Blusen. Die Nachlässigkeit, mit der ich zu spät komme oder gar nicht zum Unterricht erscheine, beleidigen ihn. Er verliert die Geduld mit mir.

»Es hat keinen Sinn mit dir«, sagt er traurig am Gartenzaun, ehe er mich wegschickt. »Du taugst nichts.«

Ich steige auf mein Fahrrad und denke, »alter Trottel«. Mir ist schwindlig vor Erleichterung. Es fängt an zu regnen, und ich beuge mich über den Lenker und fühle die schweren Tropfen auf mein Haar schlagen und auf mein rot getupftes Kleid, das sich an meine strampelnden Beine klebt. Ich radle durch den Regen. Ich fühle mich voller Leben, neugierig auf den Sommer, ganz und gar unsterblich. Ich fühle mich wie ein befreites Tier, dessen Fell der Regen nichts anhaben kann.

Dieser Satz aber, den er mir zum Abschied auf den Weg gibt, bleibt mir lange in Erinnerung, wie ein böser Fluch.

Die Direktorin und das Lehrerkollegium beschließen, mich zurückzuschicken auf die Volksschule, da ich weder die Reife noch die Begabung besitze, die für ihre Anstalt nötig ist. Vor allem auf der sprachlichen Ebene, wie sie betonen, versage ich kläglich.

»Mit Pauken und Trompeten versagst du, hat mir diese hässliche fette Frau ins Gesicht geschrien«, sagt meine Mutter ganz verzweifelt, und ich weise sie darauf hin, dass ich diesen Satz schlechtes Deutsch finde. Sie betrachtet mich aufgebracht und sagt: »Mach nur so weiter! Und was soll ich deinem Vater sagen?« Ich bin zu dumm, um die Schule für höhere Töchter zu besuchen. Meine Eltern sind ratlos. Mein Vater erwirkt einen Aufschub. Freunde raten ihm zu Nachhilfestunden. Wir fangen mit Englisch an. Man hat meinen Eltern eine amerikanische Professorin empfohlen, die im »Amerikahaus« arbeitet und gute Erfolge mit schwierigen Kindern hat.

Mrs Dora Hirsch rettet mich.

Sie ist eine große Frau. »Eine Juno«, sagt mein Vater. Eine Frau mit einem breiten, glänzend geschminkten Clownsmund und mit den üppigsten Haaren, die ich je gesehen habe. Sie lacht so heftig über meine Schulkatastrophen, dass ihr die Tränen in die Augen steigen. »Poor baby«, sagt sie. »Poor baby.« Das verstehe ich. Mein Englisch nimmt unter ihr einen nie da gewesenen Aufschwung. Sie testet meinen IQ und findet heraus, dass er hoch ist. Meine Mutter, die schon geglaubt hat, ich wäre geistig behindert und hätte dies nur bis dahin vor ihr verbergen können, atmet auf. Mein Vater behauptet, das immer schon gewusst zu haben. Er sagt, ich sei einfach stinkfaul und hätte nur immer andere Sachen im Kopf.

Mrs Hirsch erzählt mir triumphierend und mit einer eben angezündeten Zigarette im Mund, wie sie zur Direktorin der Schule für höhere Töchter gesagt hat, es sei eine Schande, dass ein so begabtes Kind nicht besser gefördert würde. Sie stößt Rauch aus durch ihre Nasenlöcher wie ein Drache.

Von nun an weint meine Mutter nicht mehr, wenn ich schlechte Noten oder einen Verweis mit nach Hause bringe. Sie ist zwar nicht ohne Sorge, aber mehr auf meiner Seite, der Seite des begabten Kindes.

Aber dann, als ich gerade anfange, mich schulisch etwas zu erholen, überfällt mich die Liebe, und ich gehe nicht mehr zu Mrs Hirsch. Meine Mutter merkt nichts davon. Sie glaubt auch, ich ginge noch zur Klavierstunde, beim spitznasigen Fräulein Zeisig, die nach Fisch riecht, und in den Schwimmverein, wo ich die beste Schwimmerin von allen bin. Ich gehe nirgendwo mehr hin. Ich brauche die Zeit für Wichtigeres. Ehe ich nach Hause komme, mache ich meinen Badeanzug im Stadtbach nass. Ich bin vierzehn Jahre alt.

Er heißt Peter und ist der große Bruder meiner Freundin Hedda, die ihn mir in leuchtenden Farben beschreibt. Er ist in einem Internat und kommt selten nach Hause. Hedda spricht von ihm, als sei er ein Filmstar.

Er macht mir die Tür auf. Ich bin als Chinese verkleidet und komme zu Heddas Faschingsball. Mein Gesicht ist gelb geschminkt und juckt, weil ich schwitze unter meinem Kuli-Strohhut. Frau Deffner hat mir einen gelben Kittel genäht, den ich mit chinesischen Schriftzeichen bemalt habe.

Er steht in der Tür und begutachtet mich ganz offen. Er kippt sogar meinen Hut ein bisschen. Er ist viel größer als ich und hat eine breite Brust, das sehe ich, mehr sehe ich nicht. Ich sehe auch nicht, was er anhat. Ich bin sehr schüchtern und verberge das hinter einer arroganten Fassade.

Ich kann nicht tanzen. Ich finde die Musik peinlich. Ich höre nur AFN, den amerikanischen Sender. Ich verachte deutsche Schlager: »Jambalaya ruft der Señor, und dann küsst er. Jambalaya, und die er küsst, die vergisst er … denn sein Herz, denn sein Herz, das muss wandern und gehört darum schon bald einer andern …«

Ich weiß, dass Jambalaya ein kreolisches Gericht ist.

Der Perserteppich ist eingerollt, die Stühle aufgereiht an der Wand, von wo aus mich die Infantin Margarita in ihrem schweren Goldrahmen kühl im Auge behält. Eine schlechte Kopie, stelle ich fest. Die Musik ist ohrenbetäubend: »O Doña Juanita, wenn ich vor Ihnen steh, dann ist mein Blutdruck gar nicht mehr zu messen …«

Er kommt, zieht mich mit und zeigt mir ein paar Schritte. Er erlaubt mir nicht, auf meine Füße zu schauen, hält mich mit seinem Kinn, das er gegen meine Stirn presst, davon ab, den Kopf zu senken. Als ich alles richtig mache, küsst er mich. Ich gehe mit Hedda ins Bad, um ihr zu sagen, dass sich das angefühlt hat, als kröche eine Schnecke über meinen Mund. Sie lacht und will mir nicht glauben.

Drinnen dann lasse ich mich fügsam unter den klingelnden Lüster führen. Wir tanzen zu »Ganz Paris träumt von der Liebe, denn dort ist sie ja zu Haus …«. Dieses Lied finde ich unerträglich schmalzig. Ich gehe seinem Mund aus dem Weg, lasse aber zu, dass er mich an sich drückt und in mein Ohr atmet und flüstert: »Süße, du.« Ich bin froh, dass er den Text nicht mitsingt. Ich tanze den ganzen Abend nur mit ihm.

Und dann bringt er mich nach Hause, im alten Mercedes seines Vaters. Wir brauchen sehr lange für diesen Heimweg. Es wird schon hell, und die Vögel singen, als ich leise die Haustür aufsperre, ich habe nicht gemerkt, dass es so spät geworden ist. Und dieses eine Mal, dieses einzige Mal, ist meine Mutter nicht mehr wach, um mich in Empfang zu nehmen. Ich halte das für ein Zeichen des Schicksals.

»Na, euch hat es aber erwischt«, sagt meine Freundin Hedda am nächsten Morgen in der Schule. Am liebsten würde ich sie verprügeln dafür.

In meiner Familie haben wir Tennisspielen immer blöde gefunden. Mein Vater ist in seiner Jugend ein leidenschaftlicher Kletterer, Segler und Skifahrer gewesen. Das sind die Sportarten, die zählen.

Peter ist ein guter Tennisspieler. Er spricht wenig, er trinkt Bier aus der Flasche, er flucht, er interessiert sich weder für Bücher noch für Musik. Er mag kein Kino, er raucht unablässig und riecht danach, und er riecht auch nach Schweiß, wenn er vom Tennisplatz kommt. Ich mag das. Er riecht wie niemand, den ich kenne. Sein Mund schmeckt nach Harz. Seine blonden Haare locken sich im Nacken und sind steif wie Hundehaare unter meinen Fingern. Er schließt die Augen und nähert sich mir wie ein Schlafender. Ich lege meine Arme um ihn wie um einen Baum. Wenn er nach dem Match über das Netz springt, bilde ich mir ein, macht auch mein Herz einen Sprung.

Ich lüge. Ich radle zum Tennisclub. Ein verbotener Ort. Ich sitze allein in der Nachmittagssonne in den Zuschauerbänken und sehe ihn unten spielen: seine leuchtend weiße Gestalt auf dem roten Rechteck des Platzes. Er ist stürmisch und doch nachlässig in seinen Bewegungen, als ginge es um nichts, dann wieder bewegungslos, ganz aufmerksam und gespannt, nach vorn gelehnt, mit gebeugten Knien, den Schläger wartend erhoben. Ich sehe seine braunen Beine. Wie schnell er ist, wie kraftvoll er ausholt und trifft, wie weit seine Sprünge ihn tragen, sein siegessicheres Gesicht, wenn er sich streckt zum Aufschlag, das satte »Pam« des getroffenen Balls, die roten Staubfahnen, die seine Füße aufwirbeln. Nie habe ich etwas Schöneres gesehen.

»Jeder geliebte Gegenstand ist der Mittelpunkt eines Paradieses« lese ich bei Novalis und schreibe es in mein Schulheft. Das also ist das Paradies, aber mir ist kalt und elend dabei. Ich tue Böses.

Ich kaufe die Platte vom träumenden Paris auf Englisch und höre sie immerzu. Ich lese Liebesgedichte und finde alles wieder, was ich fühle. Ich lebe in ständiger Angst und Sehnsucht.

Der alte Mercedes seines Vaters, eine blaue Raumkapsel, wartet auf mich unter den Buchen an der Brücke. Keinen Augenblick des Tages habe ich an etwas anderes gedacht als an diesen Moment: wenn er mir die Tür öffnet und dasitzt, seine Hand nach mir ausstreckt, mir sein Gesicht nähert, atmet und seufzt. Ich höre auf zu denken. Regen rinnt über die Scheiben. Alles ist gut.

Und ich gehe nicht mehr zu Mrs Hirsch, ich gehe auch nicht mehr zum Schwimmverein und auch nicht zur Klavierstunde. Ich brauche die Zeit. Ich zögere keinen Augenblick.

Ich sitze auf dem Betonquader am Lechwehr, es ist früh am Morgen und die Weidenbüsche bewegen sich im Wind. Ich höre nichts als das Tosen des Wassers, und von der Kiesbank weht der warme Algengeruch herauf, als die Sonne höher steigt. Ich warte. Zu Hause glauben sie, ich sei in der Schule. Ich nehme einen Schluck aus der Colaflasche und sehe ihn kommen, den Weg entlang, mit schlenkernden Armen. Wir sitzen auf dem kühlen Beton eng beieinander und ohne zu sprechen. Nur seine Hand, ein warmes unruhiges Tier, muss festgehalten werden, mit beiden Händen. Manchmal lass ich es frei, und es geht spazieren auf mir.

Hier will ich immer bleiben.

Ich klettere aus dem Fenster, nachts, und laufe über die dunkle Wiese. Es ist spät. Ich habe lange nicht weggekonnt. Ich hasse meine Eltern dafür.

Er wartet zwischen den Bäumen, an einen Stamm gelehnt und hell, als leuchte er im Dunkeln. Es ist früher Sommer, und die Bäume riechen so stark. Sie lassen klebrige Blüten auf uns fallen. Ich glaube aber, wir sind es, die so riechen, wenn wir uns umarmen. Keiner kann uns finden. Die Bäume sind unsere Freunde. Wir sind unsichtbar.

Seine nackten Füße im Gras sind ganz neue Lebewesen, wie ich sie noch nie gesehen habe. Seine angezogenen Knie sind dazu gemacht, sich in meine Handflächen zu wölben, seine Achselhöhlen mit den nassen blonden Haaren müssen immer neu erkundet werden. Sein Hals riecht nach Schwimmbad, seine Ohren sind heiß, hart und rot wie Korallen. Seine Brust unter dem Hemd wartet auf mein Gesicht. Sein Mund ist mein Besitz. Ich bin ein Krieger, ein Entdecker, ein Forscher, ein Eroberer. Er ist ein neuer großer Kontinent, und ich habe ihn entdeckt.

»Ich möchte, dass alles, was in diesem süßen Kopf ist, mir gehört«, sagt er.

Er kann alles haben.

Als alles auffliegt, komme ich ins Internat.

Ich habe mich nie von Mrs Hirsch verabschiedet. Ich habe ihr nie gedankt. Mit der Undankbarkeit eines Kindes habe ich sie abgelegt und sie nie mehr besucht oder von ihr gehört.

Am Nachmittag sitzen wir bei ihr zu Hause an dem großen runden Tisch, auf dem noch Gläser stehen, verwelkte Blumen und volle Aschenbecher. Wir sitzen nebeneinander und lesen *Tom Sawyer*. Sie raucht und spricht mir langsam jedes neue Wort vor, damit ich es wiederholen kann. Draußen flimmert der Garten in der Hitze.

Auf einer Decke, zwischen den massigen Palmkübeln, liegt Mrs Hirschs Tochter, Abigail, in einem winzigen Bikini auf einer Decke. Sie liegt auf dem Bauch vor einem aufgeschlagenen Buch. Ich sehe den jungen Mann, der neben ihr hockt, und wie er ihre Schultern mit Sonnenöl einreibt, dabei küsst er immer wieder ihren Nacken und ihr Haar, schiebt seine Hand unter ihre Brust, streicht über ihren Rücken. Sie fängt seine Hand ein und legt sie auf ihr Gesicht. Mrs Hirschs Tochter ist älter als ich und studiert schon, und doch wundere ich mich sehr über Mrs Hirsch, die meinem Blick in den Garten folgt und sagt: »So in love those kids. So sweet.« Und sie lächelt und schaut mir in die Augen. Dann schauen wir beide hinaus, ohne etwas zu sagen.

Die Katze vom Hausberger hat Junge. Ich finde sie im Heu. Es sind viele; schwarze, weiße, gestreifte. Sie sind blind. Sie zittern und fiepen. Ich darf sie nicht anfassen, sonst mag sie ihre Mama nicht mehr riechen. Später sind sie weg.

»Die Alte hat sie woanders hingetragen«, sagt Mutter Hausberger. »Magst eine?«

Jeden Tag, wenn ich Milch hole, frage ich nach den kleinen Katzen. Ich warte.

»Da drin«, sagt Mutter Hausberger am Morgen und zeigt auf die Tür der Körnerkammer. »Da magst eine fangen.«

Die Körnerkammer ist dunkel und grausig. Sie liegt

zwischen dem Stall und dem Hausgang. Ich weiß, dass es dort drin Geister gibt, Korngeister, ganz aus trockenen Kornähren, die stechen, wenn sie einen packen. Das hat Lisei mir erzählt. In der Kammer stehen große Truhen. Es staubt und riecht nach Mäusen.

Ich höre die Katzen, sie sind unter den Truhen. Ich lege mich auf den Bauch und schließe die Augen. Ich möchte eine schwarze Katze. Ich strecke meine Hand unter die Truhe und taste herum. Ich schließe meine Finger um einen kleinen felligen Körper. Ich habe eine. Sie wehrt sich und hält sich mit ihren Krallen am Boden fest. Ich atme Staub ein und will loslassen, da gibt sie auf. Ich zerre sie unter der Truhe vor und drücke sie an mein Gesicht. Sie ist warm und riecht nach Heu.

Draußen sehe ich, dass sie schwarz ist, mit einem weißen Fleck unterm Kinn.

Umschlaggestaltung: Nina Rothfos & Patrick Gabler, Hamburg
Typografie: Birgit Thiel, Berlin
Gesetzt aus der Sabon von psb, Berlin
Druck und Bindung: CPI – Clausen & Bosse, Leck
Printed in Germany
ISBN 978-3-8270-0995-1

www.berlinverlage.de